漫游的辩证法

大作家们的旅行书写

黎幺 著

长江文艺出版社

图书在版编目（CIP）数据

漫游的辩证法：大作家们的旅行书写 / 黎幺著. --
武汉：长江文艺出版社，2024.9
ISBN 978-7-5702-3488-2

Ⅰ．①漫… Ⅱ．①黎… Ⅲ．①散文集－中国－当代
Ⅳ．①I267

中国国家版本馆 CIP 数据核字(2024)第 047752 号

漫游的辩证法：大作家们的旅行书写
MANYOU DE BIANZHENGFA : DAZUOJIAMEN DE LÜXING SHUXIE

责任编辑：杨　阳	责任校对：毛季慧
封面设计：胡冰倩	责任印制：邱　莉　胡丽平

出版：长江出版传媒　长江文艺出版社
地址：武汉市雄楚大街 268 号　　　邮编：430070
发行：长江文艺出版社
http://www.cjlap.com
印刷：武汉市首壹印务有限公司

开本：787 毫米×1092 毫米　　　1/32　印张：10.375
版次：2024 年 9 月第 1 版　　　　2024 年 9 月第 1 次印刷
字数：176 千字

定价：36.00 元

版权所有，盗版必究（举报电话：027—87679308　87679310）
（图书出现印装问题，本社负责调换）

作者自序

首先必须坦诚，我是个贪图安逸的人，或者说得更直白一些，我是个懒惰的人，而且，我那几乎如鲸类一般巨大的惰性，在身体和精神中的分布极不均匀。要我振作精神并不算什么难事，但若非要我从床上起来运动运动，哪怕仅止于抻抻臂抬抬腿，那也是要命的苦役。所以，起源神话中那种用泥包住火的造人方式，在我看来，倒也有几分可信。

话到此处，您大概了解了，对于我这摊烂泥而言，旅行并非乐事。每回出门在外，往往在疲惫实际到来之前，仅仅因为预期它的到来，我便已叫苦不迭。若实在不巧，有谁出于对我的误解或与我的某种不易断绝的密切关系，必须同我一道游玩，那就免不了遇到扫兴的时候。所以在此，我想先跟亲友们道个歉：我知错了，但若要我改，恐怕是改不了的。

不过，对精神的旅行，即所谓"神游"，我倒是相当擅长也相当热衷。发呆，做梦，或者躺在榻上凝视一只小猫的眼睛，之于我，便等同于漫步方外，遨游太空。

而阅读，无疑是这种种可供懒人搭乘的"灵魂舟楫"中最为便捷高效的一样。与那些信马由缰的遐思相较，它不仅指明了有趣的目的地，还为我指派了高明的导游作陪。更何况，在文字间跋涉的愉悦和艰辛，与那些寻幽探胜的旅程也有几分相似。

这种"阅读观"与"旅行观"其实早已在我的心底发端，甚至可以追溯到我识字之前的"蒙昧期"。我的记忆中一直保留着一幅画面：一个遥远的夏夜，一座方方正正的小院像一只敞开的盒子，我坐在院里，靠在椅背上仰望夜空，满天星斗以其温柔璀璨的光辉和妙不可言的排列，向我传达已在宇宙中绵延了亿万年的意义。这种对浩瀚的阅读，是一切阅读的开始，让我在面对书本时，总在期待着与"远"和"阔"的相遇。

正因如此，我爱阅读游记，而在其中，我尤为偏爱那一类不仅从空间的角度介绍一次旅行，更从象征的角度阐释一次旅行的作品，而在其中，我又特别偏爱那些大作家所写的游记。对于我，这些作者本人就是既壮丽亦险僻的精神景观。

事实上，许多文学史上的巨人都有游记存世。这种优雅而轻盈的文类，对于诗人或小说家而言，都是非常好的修辞练习。更何况，游记这种文体形式本就出自最纯正高贵的文学源头，无论是史诗《奥德赛》，还是骑士罗兰或贝奥武夫的冒险故事,都在虚实难辨的文字世界里孕育了游记的雏形,正因如此,喜欢做梦的堂吉诃德才会明白,他得骑上他的瘦马,和骡背上的桑丘并辔而行,四处游历,才能留下值得为人传颂的事迹。

很可能,那些大作家对于旅行书写的重视程度远甚于评论家和读者对游记作品的重视程度。将游记视为"次要之作"或"消遣之作",着实是一种令人伤心的偏见。

就我个人的观感而论,游记拥有显而易见的文学魅力。

首先,文字作品中最为迷人的部分,即那些非凡的状物描写在游记中十分多见,一本出色的游记所能带来的感官享受不亚于音乐与美酒,总能令人沉醉其中。

其次,游记几乎是一种不受限制的文体,甚至可以说,它本就是一种为自由而生的文体,能够最大程度地刺激作者的表现欲,因此,常常被用作陈列各式各样大智慧与小聪明的珍奇柜,所以,在一本游记当中往往能窥见一位作家最为本真的风格与趣味。

还有最重要的一点:我们在阅读一本游记时,不仅仅是在作家用文字构造的空间内游赏,也在同时投身于川流不息的历史长河之中,每读一段优美的文字,便等于借作家之手,撷取了一朵业已结晶的浪花。这种在时间与空间中的双重收获,似乎只有在阅读游记时才能轻易实现。另外,阅读游记或许可以帮助我们建立一种微妙的"历史感应",找到自身在历史中的位置。打个比方,当我们在远处遥望历史的整体,看到的只是平静的、如石镜一般全然凝固的混沌之海的洋面,但随着视角推进,逐步由宏观导向微观,海才会显出汹涌澎湃的真容,展露源于深处的变化与转机;每一位作家的经历都是一滴海水,如果我们凝视它,就会发现,大多数时候,它被牢牢地拘限在历史的海面之下,但在它主动跃起的瞬间,也会牵动全部的时间版图;这个由最微小的单元所做出的最细小的动作,是历史的最真实和最鲜活的内容,甚至可以说,只有那个瞬间才是可以被真切把握的:在那个瞬间,我们启动了自己,不再甘于只做一名时代的囚徒。

尽管阅读游记有这般多的好处,但似乎很少见到专门介绍经典游记的书籍。评论家们大约觉得游记作品的优点都太过直观,没什么值得深究之处。幸亏如此,我才有机会将这样一本书呈献在诸位面前。当然了,我无意扮演评论家的角色。评论家们总想用他们的评论把他们评论的对象关进笼子里,而在此之前,他们首先得把自己关进去,这和游记的天马行空本就相悖。

恕我妄言,我的本意其实只想说明,要写作一本介绍游记的书，只有以游记的方式才是适当的。换句话说，这本书对其中谈及的每一部游记作品均不做评论，它仅仅提供一份书单，一份导览，并且分享一名游客在赏玩文字时的感受与体验而已。在这层意义上，眼下这篇以说明为主的序言都显得多余，不过不要紧，我们马上就会结束它。

最后，尽管任何一本书的书名都具有"自明性"，本该把理解的权力完全交由读者掌握，但到了一篇序言的末尾，总得写几句"点题"的话，所以，我还是解释几句何为"漫游的辩证法"吧。

细想起来，"辩证"和"旅行"这两个看似相距甚远的词语，其实在象征层面有着高度的关联。可以将"辩证"比喻为一种在"两极之间"游移的逻辑之旅，而"旅行"本就是一个在故乡与异乡的对照中产生，在身体和心灵的统合中起效的辩证过程。可以说，在这本以作家的旅行为题材的书中，随处可以瞥见辩证法的幽灵。当然了，"辩证法"这个词语总还是刻板了些、抽象了些，体现不出字里行间的风光旖旎，所幸一旦与"漫游"连用，就多了几分温柔惬意，似乎还暗指左脚与右脚彼此反对，又相互推促的快步流星之象。所以，啰唆了这么久，我们终于等来了一个自然而然的结尾，虽说由我这个懒人讲出来，实在显得无稽：奉劝各位有缘的读者朋友，请切实负起大地之尺的责任，有空的时候多出门，去散步、去远足、去旅行！

是为序。

作者

2022年6月

目　录

第一辑　行走与沉思

车厢里的观察家：狄更斯的火车旅行　　3

文艺复兴时期的一段插曲　　12

在新旧大陆之间　　21

一个年轻诗人的漫游时代　　30

外省生活的研究者　　41

讽刺作家的田园诗　　50

一个少年艺术家的学习时代　　58

故乡是一首甜美的诗　　66

伯尔的爱尔兰：信仰的破灭与重建　　74

一次反诗意的埃及之旅　　83

马拉喀什的异乡人　　91

重新发现美国　　98

河流，作为生命的隐喻　　107

塞普尔维达：南美是一张遗失物品的清单　　116

第二辑　自然与文明

热带承载了我们的忧郁　　　　　　　127

故事家的山与水　　　　　　　　　　135

傻瓜威尔逊的人间游历　　　　　　　143

追访文明的脚步　　　　　　　　　　152

山中的永恒　　　　　　　　　　　　161

邂逅世界的广阔　　　　　　　　　　169

史怀哲的丛林岁月　　　　　　　　　178

南国的旅人　　　　　　　　　　　　186

阿尔谢尼耶夫与德尔苏·乌扎拉　　　195

夜空中的旅行者　　　　　　　　　　204

肮脏和美丽的非洲大地　　　　　　　214

从慕尼黑到巴黎，将道路还给足迹　　222

星野道夫的极地人生　　　　　　　　230

第三辑　东方与西方

东方，一部无法辨认的天书　　　　241

在梦境中旅行　　　　247

东方之心与西方之魂　　　　256

叙利亚，在故事的内与外　　　　265

候鸟的归乡　　　　273

从古典出发的现代之旅　　　　285

行走在文明的伤口上　　　　294

语法灵猿在印度　　　　303

重回和谐之路　　　　311

第一辑

行走与沉思

车厢里的观察家：狄更斯的火车旅行

> 世界如此之大，容得了我，也容得了你。
> ——查尔斯·狄更斯①《你，别挤了》

可以想象，在十九世纪，第一批目睹和乘坐火车的人，一定感觉自己被拽进了一个科幻时刻。完全由几何线条勾勒出轮廓的庞大身躯，冲破滚滚的烟雾，伴着沉重的、富有节奏的金属叩击声，驶向某个早已在预设之中的未来。这极富冲击力的场景出现在那些仍旧习惯以动物的四蹄代步，用烛火和油灯照明的人们眼前，也化石般地保留在克劳德·莫奈的《圣拉扎尔火车站》里，在画框当中，一列蒸汽火车从油彩铺陈的曙光里驶出，带着不可阻挡的革新力量奔向世界的清晨。

作为一个严格意义上的"十九世纪人"，作家查尔

---

① 查尔斯·狄更斯（1812—1870），十九世纪英国伟大的现实主义作家，对后世的英语文学，乃至世界文学具有不可磨灭的巨大影响。其代表作包括《匹克威克外传》《雾都孤儿》《董贝父子》《大卫·科波菲尔》《双城记》等。

斯·狄更斯几乎与火车同龄。他出生时，蒸汽机车在几年前才刚刚问世；在他的童年时代，火车更多是作为一种奇观被人们津津乐道；在他的青年时代，载客列车恰好刚刚投入商用，将像他这样敢领时代之先的年轻人带往陆地之上的各个角落。

1842年，三十岁的狄更斯偕妻前往美国，进行为期半年的旅行。穿梭在资本主义的伊甸园之中，这对英国来的亚当与夏娃有半数行程需要借助这知识树上的最新果实——火车来完成。其时，距离第一辆真正在轨道上行驶的蒸汽火车在康沃尔成功试车仅仅过去两年。狄更斯一生著述浩如烟海，其中多数是小说，游记只有两本，一本叫《意大利风光》，另一本则是《游美札记》，后者便是这趟旅行的产出。

在意大利期间，狄更斯的路途多半在水上，他乘坐大大小小的船只，从一个港口到另一个港口，这是一种自奥德修斯时代起便从未改变过的主流出行方式，对应着有关时间和命运的象征。在美国，他们却只能乘坐火车，凭借这种大地之上最具效率的交通工具，在广大的内陆地区穿行。

在阿加莎·克里斯蒂的小说《东方快车谋杀案》中，东方快车的董事给著名的小胡子侦探波洛出了一个谜语，谜面是："除了我的火车以外，还有一个地方，你可以看到所有的民族、所有的阶级挤在一起，吃啊，睡啊，都在同一个屋檐下。那是哪里？"波洛不假思索地给出了谜底："美国。"在从十九世纪下半叶到二十世纪上半叶的一百年中，火车与美国的这种相似性持续有效，它们分享着一幅热闹喧腾的发展图景中央的核心位置。

如果说船与意大利的组合代表着一种经典的、内敛的、缓慢的欧式情调，那么火车与美国便代表一种新兴的、外向、快速的时代精神。海上的风浪多少还在考验人的智慧和勇气，沿着被铁轨规定的路径精准行驶的火车则完全解放了人的身体，它平稳、舒适、安全，几乎排除了埋伏在起点与终点之间的所有可能的意外。但这种解放同时又是一种囚禁，火车上没有给充满激情的浪漫冒险预留任何空间，这里只是世俗社会的一片移动的剪影。

在登上北美大陆，开始他的火车旅行之前，狄更斯不得不先经过一次让他苦不堪言的海上航行。1842年1月3日，他在利物浦上了一艘名为"布列坦尼亚号"的汽船，十八天以后在波士顿港登岸。期间他和他的船一起，像海的玩物一般被风浪抛上抛下，严重的晕船只给这个欧洲人留下了半条性命，多亏了他新近到达的这个明净的国度又帮他补充完整。这仿佛是一个交接仪式，将作家从海洋递交给陆地,从一个老迈的帝国手中递交给它年轻的替代者,通过这个仪式,作家从一个回望落日的缅怀姿态中转过身,面对在世界另一端升起的蓬勃朝阳。

狄更斯一行乘坐火车从洛厄尔到斯普凌菲尔德,从哈特福德到新港,从纽约到费城,从费城到巴尔的摩,再从巴尔的摩到华盛顿,从哈里斯堡翻山越岭到达匹兹堡。在这些路段之间,他们也会采用汽船和马车等更为传统的交通方式,但似乎只有在提及火车旅行的时候,作家才会显得具有某种现代时间观念。他以一种笃定的口吻用"五六个小时"或"一天半的路程"来说明经过的行程,好像掌握了某种计算距离的秘密公式。也许,火车第一次给人提供了一种较为精准的、长距离的以时间兑换空间的方式。它以完全一致的,可精确重复的规划路线和均匀的速度,将意外的可能降至最低,保证了效率。可以说,在钢轮摩擦铁轨进出的火星中,正闪现着现代生产社会的理念之光。火车,便是人类越过神的授权,自行创造的衡量大地的标尺。

从纯粹感知的角度,火车就像一条密封的河流,你在一条铁轨画出的线段上移动,只能从一点到另一点,将自己完全托付给这种按照规划执行的、不可遏止的运动。那些固定的、可停留的点便叫作车站,车站总是设在城镇之中。英国杰出的文化批评家雷蒙·威廉斯说："只有在城市经验的维度上才能理解狄更斯的天才。"① 这大概是因为这位城市观察家将他目光中最为犀利深刻的部分投向城市，而将温柔和天真的部分留给了乡村。于是，一个有趣的现象出现了，夹在城市与城市之间、车站与车站之间的乡村在火车旅行之中完全承担了悦人眼目的职责，它以一种掠影的形式慷慨地将美妙的风光托呈到乘客的眼前。

让路途本身成为旅行的一部分，甚至是关键性的一部分，这是只有火车才能办到的事。它将它的窗口朝向世界，像一阵长着眼睛的风，扫过所到之处的风景。透过这风的眼睛，狄更斯看到了"秀美的陂陀，迤逦的丘阜，茂林阴阴的幽谷，细流涓涓的清溪"，看到了"晶莹明澈"的夕阳和"笼罩一切"的恬静。在这期间，这颗挑剔的心灵顾不上以自己的立场和视角来观察，只能全权投入被动的对景象的吸纳之中。也许正因如此，善感的旅行家匹克威克先生才会如此感慨："愉快的，愉快的乡村呵……"

火车大约是唯一一种容纳了所有社交内容的交通工

---

① 雷蒙·威廉斯（1921—1988），英国著名的文化批评家和重要的马克思主义思想家，引文出自其代表作《文化与社会：1780—1950》。

具。它的乘客数量足够多，行驶时间足够长，更重要的是，旅途安全、平静，并且弥漫着一种足以刺激人的社交需要的无聊。它让车厢四处连通，使整列车身都成为一条奔腾的长廊，与此同时，并未给私密的活动留下多少专有空间，人们都在这条大走廊里进食和睡眠。可以说，不同阶层、种族，不同行业、品位，不同见解、立场的人在火车上必须彼此相对，这种强制性的安排犹如做了一个短期的社会实验，有时甚至带有一点乌托邦色彩。查尔斯·狄更斯便将列车视为管窥美国社会的一个窗口。在火车上，他遇上的人五花八门，也许比最复杂的戏剧中的角色还要丰富。他与黑人、白人，与男人、女人，与穷人、富人，与基督徒、无神论者，甚至可能与未来的美国总统攀谈，他们或真或假，总要与他交换一点自己的人生秘密，以解旅途愁闷。

狄更斯提到，美国的客车并不按不同的功能布局和接待规格分为一等和二等车厢，而是按照乘客的性别分为男客车和女客车。"在女客车里，有许多携带家眷的男客，但是也有许多没有男子相伴的女客。因为，在美国，一个女人，可以一个人从美国的这一头走到美国的那一头，而可以放心，一定到处都受到最有礼貌、最体贴周到的待遇。"这自然是值得赞赏的，但新闻记者狄更斯的双眼从未有片刻失去它的批判性。他马上也注意到，在美国，黑人不被获准与白人一同旅行，因此在客车上均设有黑人车厢，而这种车厢往往是"笨手笨脚，瞎跑乱闯的大箱子，像格列佛在大人国里坐着到海上去的家伙一样……车颠得厉害，响得厉害，车里净是墙壁，没有什么窗户"。

火车大概可算得上是最为浓缩、整全的社会性场所之一。一列火车可以容纳所有社会阶层的成员，作为这一钢铁麻雀的五脏，他们仍然必须遵照那些"地上"的社会规范来行事。这当中，有些使人愉快，有些则使人痛苦。狄更斯在火车之上近身体验到的，是美国社会制度中最令人憎恶的一种：奴隶制度。在从里奇芒德开出的列车上，他见到一个痛不欲生的黑人妇女连同她的几个孩子一起被一个奴隶主像牲口一样出售，"那几个孩子哭了一路，他们的妈妈已经成了苦恼的化身"，而那位买下他们的"白人绅士"在狄更斯的眼中还不如《一千零一夜》中穷凶极恶的黑脸独眼巨人高贵。正因如此，在《游美札记》中，狄更斯才会专门辟出一章来抨击奴隶制度。他说，在美国，"自由女神"的手中握着奴隶制这把刀，并用"锋利的刀尖和刀刃"，扎着、砍着那些可怜的奴隶。通过在火车上目睹的一幕，他预言了奴隶制度的末日："这条铁路通过的那片地方，比一块只长着树的荒地好不了多少。那儿虽然满目荒凉，虽然毫无意趣，但是我看到这种可怕的制度所必有的灾殃终于在那儿出现，心里却非常高兴。我看着这块荒凉凋敝的土地，比看到它耕种得收获丰富、庄稼茂盛都更快活。"

这种由火车开始的社会观察此后一直贯穿了狄更斯的整个美国之行。在各个城市之中，最让作家感兴趣的似乎总是监狱、贫民窟、工厂、疯人院、福利院之类的地方，他总是力图穿透经过精心营造的光鲜的表皮，深入一个社会隐秘的，甚至是病变的部分。他在意的，唯有真相。他对洛厄尔工厂里的女工能够享受钢琴和流动图书馆，甚至还自办文学刊物感到惊讶，因为在英国，这些实在和"工人的身份"不相符。然而，他也对纽约黑人聚居的贫民窟表达了激烈的看法："难道那些还没被证明是否犯了罪的男男女女就这样整夜待在完全的黑暗里，整夜被包围在一片把你们给我们照路的暗淡的灯光都弄得朦胧不清的浊气里，整夜闻着令人恶心的臭味吗？你要知道，像这样的污浊肮脏，即使对于世界上最专制的帝国，都得算是耻辱！"

从更高的视角来看，我们生活其中的世界本身便是一列火车，它携带着我们，连同我们的喜怒哀乐，在浩渺的宇宙中周而复始地行驶。我们与无数的他者擦肩而过，我们与他们彼此交谈，或者相对沉默，他们或让我们感到无聊，或让我们感到惊奇，或让我们欣赏，或让我们嫌弃。我们有时疲于应付，有时游刃有余，但又总在期盼着下一次相遇。因此，在火车旅行之中，窗外和窗内的两种景象总是给我们一种双重提醒：一个说，你正在远离你的生活；另一个却说，你总还在你的生活之中。

火车旅行正是以这种方式表征了一种既在世界之内，又在世界之外的临在状态。在这种状态下，我们有可能体验到一种喧嚣之中的宁静与孤独。所以，火车可能是一处十分特殊的、适合于沉思的场所，它就像一个巨大的、钢铁怪兽般的躯壳，车内的人临时放弃了行动，因而也在一定程度上临时放弃了身体，被提炼为纯粹的灵魂。乘客们，这些习惯于以手托腮，凝视窗外的寄居蟹，在狂飙的风景中，沉浸在自我的静止不动的存在之中。查尔斯·狄更斯曾经和我们乘坐同一列火车，就在上一站，他刚刚下车，也许我们都曾看到过他那凭窗远眺的背影。

文艺复兴时期的一段插曲

见到陌生新奇的事物,是一种有益身心的锻炼。
——米歇尔·德·蒙田①《蒙田意大利游记》

在十六世纪八十年代,米歇尔·德·蒙田早已开始写作被誉为"十六世纪各种知识总汇"的《随笔集》。这部三卷本的著作仿佛是结在树顶的甘美果实,其下的茎干则是常年的隐居生涯和堆积如山的书籍。

这个孤僻的贵族留给这个世界的礼物是如此重要,如此辉煌,以至于其在人类文明史上的地位甚至远超作者的想象。但正是在撰写这部著作的中途,蒙田却离开了隐居多年的城堡,动身前往意大利,进行了一次历时527天的漫长巡游。具体的原因,如今已不可能追溯,但如果我们愿意运用一种有简化之嫌的,先入为主的结构主义的方式,做出一种分析性的猜测,那么也不难得

---

① 米歇尔·德·蒙田(1533—1592),法国著名思想家、文学家,文艺复兴后期的代表人物,著有三卷本《随笔集》,在西方文学史和文化史上享有极为崇高的地位。

出大致合理的推论：蒙田，一个显赫的，注定要名留青史的人物，他的旅行必定具有某种公共文化意义；同时，作为一位文学家，这次旅行肯定也与他正在写作之中的著作有关。

蒙田说："贪恋新奇的脾性养成我爱好旅行的愿望，但也要有其他情景促成此事。"在此，我们不妨将那所有的"其他情景"熔铸成一把钥匙，打开封存在这个名字里的时间匣子，释放出那些遥远而模糊的细节，再辅以想象，以这些只鳞片爪拼贴出一幅文艺复兴时期的民间风情画。毕竟，为我们提供这些细节的，是启蒙时代以来最伟大的头脑之一，他在各个文化层次上深刻影响了西方人的精神。

隐士的旅行

蒙田出生于1533年，在他的家族位于法国波尔多附近的世袭封地上长大。蒙田的父亲主张以一种严格的贵族式教育培养自己的继承人。他从意大利请回一位不会说法语的德国教师，让年仅三岁的儿子学习拉丁语。蒙田自幼便在他的城堡中，通过这种古老的语言了解了那些遥远而美丽的事物。正如后来蒙田自己所说：他在"知道卢浮宫以前就知道朱庇特神殿，知道塞纳河以前就知道台伯河"。他很早便掌握了一种让精神在身体静止的情况下自由遨游于天地之间的方法。除此之外，文艺复兴的思想光芒正照耀整个欧洲，可以想见，作为当时的知识权威，蒙田不但受到这种精神力量的感召，而且本人也是它的推动者和贡献者之一。

1570年，时年三十七岁的蒙田厌倦了职场生活，决定退居父亲留下的城堡，此后，他长年足不出户，专注于阅读与写作，开始过一种隐士的生活。总体来说，蒙田的少年时代和青年时代没有太多值得玩味的事迹，或者说，那些精彩的故事大多发生在他的精神内部。正因如此，那次历时超过十七个月的旅行，在蒙田的人生经历当中便显得格外引人注目。

1580年6月12日，蒙田带着几位随从离开他的城堡，9月5日又从法国博蒙出发，途经瑞士、奥地利和德国，于10月28日抵达意大利的博尔萨诺。之后，他在意大利的土地上四处游览，耗时超过一年。他的足迹遍及维罗纳、维琴察、威尼斯、费拉拉、博洛尼亚、佛罗伦萨、比萨、卢卡和锡耶纳等亚平宁半岛上的主要地区，各次停留时间长短不一。然而，在其中，罗马显得尤为特殊，对于蒙田来说，那里不仅仅是意大利最重要的城市，也是世界上最重要的城市，事实上他一直将它视为此行的主要目的地。仅在罗马一地，蒙田便居住了五个月,并且还获得了罗马公民资格证书。他曾说过,自己是一个"精神上的罗马人",在这一层意义上,他也算获得了某种确认。

作为一个隐士,现实空间的距离对于蒙田似乎并不构成一个实际的问题,他在一生中的多数时间都过着一种由自己主动选择的、看似自我拘禁的生活,但这与他所崇尚的个性解放和心灵自由不但不矛盾,甚至还相得益彰——这恰好证明了一个人可以全权决定自我的存在方式。但是必须设想,即使是一种在明确的理念影响下的单纯的人生,在一些阶段也必然需要某种变化、某种例外,这可能并不代表精神的动摇,反而是一种有意为之的跃出,以便在另一角度来观望和印证自我。

总之,无论出于什么样的动机,隐士蒙田进行了一次漫长的旅行,那时正值他"人生的中途",也恰好是在他寄望于身后的那部巨著撰写到一半的时候,这种双重因素将蒙田推上了一个临界点,那是一个不允许推延,只能立刻行动才可以通过的十字路口。

书籍与现世之辨

蒙田离开城堡外出旅行的时机十分特殊,或者说,耐人寻味。1580 年,蒙田的祖国正弥漫着宗教战争的硝烟，甚至，他在行程中路过的许多地点当时也并不平静。法国历史上极为著名的"三亨利之战"在那时露出端倪。亨利三世代表王室势力，亨利·德·纳瓦尔支持被称为"胡格诺"的新教派，亨利·德·洛林不满王室对新教的妥协态度，率领天主教神圣联盟，向胡格诺派发动战争。就在蒙田一行离开城堡和领地的前一周，亨利三世刚刚下令，调遣军队围困被神圣联盟占领的费尔。在7月间，蒙田曾在费尔的外围地区停留，这既可能是被战火阻隔了去路，也可能是出于贵族对国事的义务。然而，在同年8月，蒙田的朋友菲利贝尔·德·格拉蒙伯爵便在这场战争中丢了性命，他的灵柩便是由蒙田护送回乡的。因此，毫无疑问，战争的阴云笼罩着蒙田的意大利之旅，这种被他视为"人类的一种疾病"的现象，在那时必定纠缠着他的思绪。出于他的身份所要求的谨慎，他不可能将这些梦魇般的念头完全诉诸笔端，但从一些蛛丝马迹之中仍然能够找到这些事件所带给他的转变。

蒙田及其亲随在旅行途中所做的一系列笔记，后来以《蒙田意大利游记》为名被整理出版。这部结构松散，书写随意，然而却具有原始资料意义的著作，主要记录的是蒙田一路上与各地名流，以及教堂或修道院中神职人员的交往，间或夹杂着他在途中所搜罗来的各种奇闻逸事。他曾记下了一个有关性别焦虑的故事，说的是一个名叫玛丽·日耳曼的女人由于习惯迈开大步行走而不慎变成了男人；他也曾饶有兴味地观看江洋大盗卡泰纳受刑的场面；他甚至在犹太会堂里参加过一个孩子的割礼仪式；在罗马和威尼斯，这位受人尊敬的贵族还曾出入当地的妓院，这也让他承担了名望受损的风险，但事实上，他只是想和那些青楼女人聊天，了解一些在他的阶层无法了解到的世情。

即使在旅行开始之前，蒙田也并未将考察书斋外的世界作为一个预设的目的，但至少在旅行的过程之中，他在有意地将自己的学识以及过去那些深刻却抽象的思考从天际拽回到地面，拽回到那些具体而微的社会现实之上。这不仅为他的后期随笔的写作积累了大量生动的素材，更在客观上加深了蒙田对于人性的理解。

尼采曾对这位法国作家做出评价："世人对生活的热情，由于这样一个人的写作而大大提高了。"而要实现这项惠及世人的文字工程，他在心安理得地猫在书斋里之前，非得有一次漫长的旅行不可。他不仅要充分地运用自己的头脑，也得合宜地使用自己的身体，如此才能完成一个伟大的人文主义者的精神拼图，塑造一个与他那兼具讽刺与同情、优雅与朴实的文体相匹配的灵魂。这灵魂以一种带有强烈批判性的乐观主义，为许多迷茫的人指明了人生的方向。

文化朝圣之旅

作为西方文明的代表人物，蒙田的一生始终在真诚地实践着一种可贵的人文主义态度。他同等程度地重视个性追求与公共责任，以清醒的历史意识，将自我实现与社会进步统一起来。那个著名的句子便是对他最好的概括："世上最伟大的事情，就是一个人懂得如何做他自己的主人。"事实上，那个成为自己主人的人，无论如何选择，总是站在一个远远超越自身范围的巨大尺度之上。因此，想要在蒙田的作品当中窥见他完全私人的一面并不容易，他已将自己人生的起落沉浮纳入一种历史的，甚至是超越历史的整体序列之中。换而言之，纳入一种具有普遍性的命运考量之中。

意大利是文艺复兴的中心，在蒙田的时代，前往亚平宁半岛旅行对于欧洲人来说是一种带有朝圣色彩的行为。但是对于蒙田来说，那里绝不仅仅是达·芬奇、米开朗琪罗和拉斐尔的国度，更不属于提香，即是说，那块土地的荣光，并非集中于佛罗伦萨及威尼斯，他的兴致和他的思想都朝向欧洲文化的根源处。

"我觉得自己对这个世纪一无用处，只能投身于别的世纪,以至于会那么迷恋这个古老的罗马,自由、正直、兴隆昌盛……叫我兴奋,叫我热情澎湃。因此我永远看不够罗马人的街道与房屋,以及罗马的遗址废墟,每次游览都意兴盎然。看到这些古迹,知道曾是那些常听人提起的历史名人生活起居的地方,使我们感动不已,要超过听说他们的事迹和阅读他们的记述……"

罗马之于文艺复兴,在蒙田看来绝非只是一种艺术原型,一种审美价值的追认。作为一位思想家,他十分清楚,在他的时代,文艺复兴是西方人的一种集体意识的投射,它在深层的意义上与每一个人的心理构造相关。就像一块历经沧海桑田的岩石,那些沉淀在最底部的,最难被辨认的物质才最为关键,那些表面的言行易于发现、易于控制,却也是变化无常的,那些最为内在的牢不可破的精神元素才具有决定性的力量。文明作为人类的总体记忆,与波诡云谲的历史线索并不完全重合,正是在这重意义上,文艺复兴需要重新发现罗马,而在蒙田看来,这种发现本身也是一种错觉,因为事实上,那些时间洞穴深处的黄金一直放射着从未湮灭的光辉:"天下还没有一个地方受到天庭这么坚定不移的厚爱,即使废墟也辉煌灿烂,它在坟墓里也保持着帝国皇家的气派。"

罗马已经是一片"废墟",比重建更有意义的事在于，从这片废墟之中发现那些无论如何也不能摧毁的东西。如今，蒙田自身也已进入那个永恒的领域，而我们仍需循着他的足迹，继续去探问那个人类文明的核心谜题。

在新旧大陆之间

不管好运厄运,我漂泊的热望总算夙愿得偿。
——华盛顿·欧文①《见闻札记》

华盛顿·欧文曾经被称为"美国文学之父",在英语文学中享有至高无上的地位,但如今,这是一个即将被遗忘的名字。在十九世纪初,他被视作一个新的时代和一个新兴民族的最佳代言人。他在新旧大陆,尤其在英国和美国之间的旅行,不仅仅催生了他那些具有鲜明的空间特征,脱胎于海洋、山谷和田垄之上的作品,更通过他的书写,让他的时代、他的家园和他的民族在更大的范围里,成为一种文化意义上的参照物。通过敏锐的历史意识和过人的智慧,华盛顿·欧文将他在旅途之中的观察与想象精心锻造成为兼具神奇魅力和现实意义

---

① 华盛顿·欧文(1783—1859),十九世纪美国最著名的作家之一,被称作"美国文学之父"。他的代表作包括《纽约外史》《见闻札记》《旅行述异》《哥伦布传》《阿尔罕布拉》《华盛顿传》等,其中《见闻札记》是他的代表作,被公认为英语文学中的重要经典。

的文学瑰宝，受到了包括狄更斯、萨克雷等同时代文豪们的激赏。更重要的是，在文学上，他是现代美国精神的塑造者之一，而这种在当时急需被言说的民族精神，如今已成为西方文明的主流。

从格列佛到鲁滨孙，一个漂流的寓言

在一篇自述文章的开头，华盛顿·欧文写道："我平生最喜游览新境，考察种种异地人物及其风习。早在童稚时期，我的旅行即已开始，观察区域之广，遍及我出生城镇的各个偏僻之所与罕至之地。"

显而易见，当作家试图总结自己人生的开端之时，他希望为自己对旅行的热衷，以及基于这种热衷的文学创作寻找一个根源，或至少是尝试着做出解释。这一方面是对其个人认知的必要提炼，另一方面也是作为一个著名的作家，一个公众人物对他的读者做出的有助于理解的自我说明。既然这种回溯在作家自己看来是合理的，那么不妨再进一步。只需对华盛顿·欧文的童年经历做一些简单的了解，便不难分析出，这种贯穿他一生的爱好至少有两种来源：其一，是他的阅读；其二，则是他父亲的言传身教。

1783年，华盛顿·欧文出生于纽约的一个资产阶级家庭。他的父亲是一名富有的五金商人,在美国,这名商人的经历和性格都具有相当的典型性。通过个人的努力和才智,他不仅在自己的行业领域争得一席之地,也保持着鲜明的政治态度,力求在更多的社会事务上释放自己的影响,以推动这个新兴的民族国家继续向前发展。可以说,作为一个样本,在一定程度上,华盛顿·欧文的父亲可以代表他自己所属的阶级,而这个阶级又在一定程度上可以代表这个国家。

华盛顿·欧文的家庭具有很强的民族自豪感和责任感,这一点在他的名字当中即有体现。对于一个正处于上升阶段的新兴资产阶级共和国,以及这个刚刚产生的新民族来说,普遍的乐观主义氛围会刺激人们积极投身于社会建设当中,而与此同时,一种饥渴的文化需求也会赋予他们一种紧迫感:一种新的、成熟的文化认同在此时亟待出现。作为美国文化的重要成分,美国的文学艺术仍然没有找到其特有的题材,更谈不上形成与这种题材相匹配的风格。当时的美国作家们,正力求从英国的经典文学、美国本土的印第安风俗传说,以及新旧势力交替时期的历史事件中找到创作空间,打造鲜活的、进步的文学作品。

正是在这种条件下,自幼体弱多病的华盛顿·欧文很早便将从事文学树立为自己的志向。在他父亲的藏书中，他最为喜欢的作品是乔纳森·斯威夫特的《格列佛游记》和丹尼尔·笛福的《鲁滨孙漂流记》。这两部名著在行文风格上各有不同，却有一个十分重要的共同点：它们的主人公都因为某种突发原因暂时从西方文明中出离，在新的地理和文化空间中，他们的精神和思想受到了极大的冲击，以至于当他们回到自己的故乡时，再也无法以过去的眼光看待那曾经司空见惯的一切。当然了，这些作品中必然保留着与殖民主义有关的印记，但在华盛顿·欧文的时代，人们的意识已经产生了微妙的变化。

对于那些来自旧大陆的美国人而言，无论格列佛或者鲁滨孙，身上都有他们自己的影子，这是两部有关他们的身份和责任的寓言，他们要在新的土地上真正扎下自己的根。

海上航行，一种象征性的跨越

家境优渥的欧文自青年时代起，就将自己投进了旅途之中，而他的旅行范围主要是在欧洲。自1804年起，他便常常赴意大利、法国、西班牙等国旅行，而其中，英国自然是他最为钟情的地方。这一方面是因为受斯威夫特和笛福等作家的影响，让他在旅行时总自觉或不自觉地将自己代入格列佛或鲁滨孙的角色之中,另外一方面当然也是因为美国与英国之间的文化亲缘关系。

华盛顿·欧文时代的美国,文人雅士们对于英国的文化有一种复杂的感情,作为旧事物的代表,它无疑处于进步的反面,但与此同时,它却拥有非常丰厚的文化财富,例如伟大的浪漫主义诗歌和伟大的现实主义小说。对于美国的文学家和艺术家来说,他们既要做一个继承者,也要做一个叛逆者,在同与异的辩证中挣扎着走出自己的道路。欧文在提及这一点时,所说的话一半是讽刺,一半是实情:"欧洲的伟人之于美国的伟人,大概也犹如阿尔卑斯山的高峰之于哈得孙河边的高地那样,而这种认识,在饱看了不少英国旅客在我们中间所流露的那种优越神情与倨傲态度之后,乃益信其不妄;而其实这些人,据我听说,在其本国也不过是凡庸之辈而已。因此我立志要恭游上国,亲历奇境,以便见见我这已经凋残的后裔所出自的那个巨人种族。"

在欧文看来,要理解美国和欧洲,尤其是美国和英国之间的那种既贴近又疏离的关系,就必须要关注到将它们分隔开来的那片大海。在同一块陆地上的两个地点,无论距离有多么远,地形地貌又有多大的变化,总是可以被绵连的土地连接起来,相邻区域的近似不断地形成过渡,以至于无论多大的差异都会被冲淡,不会真正叫人感到惊讶。唯有海洋所形成的鸿沟,才能让世界上的两个地点拥有如此巨大的落差,才能对人的感知造成巨大的冲击。

华盛顿·欧文曾写过一篇名为《海上行》的文章,表达了他对于航海的既畏惧又着迷的感情,而此前,他已曾两次横渡大西洋,第一次坐船前往法国的波尔多,第二次则是前往英国的利物浦。他写道:"那将整个地球遥隔为二的宽阔水域实在无异于天地这本大书中的一个无字空页……一旦你登舟离岸,眼前海天茫茫,只是一片空旷,直至你再次上得岸来,这才熙攘辐辏,另是一个新世界的奇特景象。"

当时的海上航行耗时极长,充满了各种风险,因此在起点与终点之间的茫茫海域成了旅行当中一项极为重要的内容,甚至是一项身体和精神的双重修炼。正因如此,对于一个航海者而言,海上的历程无异于生活的中断,登船与靠岸标示着两个世界对他的送别与欢迎的仪式。从美国到英国,再从英国到美国,在一片沉思的海域上驶过了一个来回,华盛顿·欧文的思想实现了重要的跨越。在此基础上,他完成了以自己在英国和美国两地的见闻为主要素材的作品集《见闻札记》,而这部作品不仅是华盛顿·欧文的代表作,也被视为美国民族文学的开端。

穷乡僻壤的古老魅力

在《见闻札记》的作者自叙中，欧文写道："每有所作，辄得之于穷乡僻壤之中。因而充溢其画册的东西则茅屋也，山水也，无名之故地废墟也，但是圣彼得大堂他却漏掉，迦利辛斗兽场他却漏掉，特尔尼瀑布或那波里海湾他也都漏掉，甚至连冰川与火山之巨观，他的全部作品中也都没有一笔提到。"

在英国的土地上，真正吸引着作家驻足瞩目的，是那些古老淳朴的，蕴含着自然生机的景象。正如《马太福音》中所言：人是世上的盐。一块土地上最具魅力的，最有滋味的部分一定是那些留存在代代于此繁衍生息的人们身上的乡风俚俗，而这些东西在首都或是其他发达的城市中是很难见到的。因此，华盛顿·欧文对他的读者和同行们发出了倡议，他表示，对于一个像他这样的异邦人来说，要想对英国以及英国人有真正的了解，就必须深入英国的农村，去那些小村小镇，欣赏美丽的自然风光，古色古香的城堡、教堂和农舍，穿过篱笆、踏过田垄，参与那些底层农民举办的守夜赛会和喜宴庆典，与他们打成一片，了解他们的生活习性，倾听他们的见解和他们的故事。

《英国乡村》是《见闻札记》一书中的名篇,在其中,欧文将最热情洋溢的赞美献给了英国乡间的山林与清泉,并且将之与英国农民的文化性格关联起来。他说,这些风景的"最大迷人之处在于浸透其间的一种道德之美",它们"在人们心中所唤起的联想是秩序,是安详,是审慎与持重,是历时悠久的传统与自古尊崇的风习"。

另外,他还歌颂了农民们传统的生产和生活方式:"乡间劳作并无丝毫可鄙之处。它将不断把人带入宏伟壮丽的天然景物之中,于是在那最为纯洁与最为高尚的外界影响的陶冶之下,不能不使他们的心灵深受启迪。"

在另外一篇名为《约翰牛》的杂文中,欧文毫不留情地讽刺了英国人伪善、迂腐和狂妄的民族性格,而显然,生活在英国乡村的这些淳朴的农民,并未被他包括在那些"约翰牛"之中。正好相反,在他看来,英国,以及以英国为代表的"旧大陆"正在丧失这种清新与淳朴,至少他们的主流社会对这种可贵的品质是视而不见的。在欧文看来,作为继承者,美国人应当提倡这种自劳作中产生的健康活泼的宝贵传统;作为叛逆者,美国人应当反对的便是"约翰牛"们的卑劣与自大。

热爱劳动、热爱创造,像朝阳一样将光芒洒向自己面前的土地,这便是华盛顿·欧文为这个新兴民族所设计的文化形象。在之后的一个多世纪里,这位作家将被誉为这个民族的精神塑造者之一，而他的游记作品《见闻札记》已被树立为一面永不褪色的文化旗帜。

一个年轻诗人的漫游时代

> 我到这里来,不是为了按照我的方式去享受。我要努力学习伟大的文物,在我届满四十岁之前学习和发展自己。
>
> ——歌德① 《意大利游记》

1786年,三十七岁的约翰·沃尔夫冈·冯·歌德已安然渡过了维特的"烦恼之河",却还没有步入浮士德的"知识牢笼",那时的他正处于威廉·迈斯特的漫游和学习时期,在"狂飙突进"留下的烟尘中,走在有待他开辟和拓宽的浪漫主义道路上。那是一个被欲望与抱负不断推促,被理性与激情反复争夺的年纪。尽管多年以后,在老人的回忆中,那些在波峰与波谷之间的跌宕起伏必将被时光化解,作为生命力的见证,被理智描绘

---

① 约翰·沃尔夫冈·冯·歌德(1749—1832),德国著名思想家、作家、科学家,代表德国浪漫主义的最高峰,在小说、诗歌、戏剧或散文领域都取得了卓著的成就。歌德不仅是德国历史上最伟大的文学家之一,也是世界文学史上可与但丁和莎士比亚并肩的少数几个巨人之一。

为一种精神财富，一种排除了阴影的光明，但在当时仍处于流动之中的，尚未凝结为化石的孤独与痛苦却是一种真切且顽固的症状，消耗着年轻的在场者。

换句话说，从伤口到勋章，这种决定性的改变，对于人的精神而言，是一道至关重要的分水岭。正是1786年至1788年的意大利之行在青年歌德的身上促成了这种改变，一个天才的诗人就此成长为一个跨世纪的巨人。用歌德的眼睛去观看十八世纪的意大利，对于今天的我们至少具有两种意义：以一种特定时空条件下的特定视角了解一种伟大的文明，了解一个超越任何时空局限的伟大灵魂。

一次逃离

1786年的歌德是一位魏玛公国的青年官员，这个在后世看来绝对次要的身份，在当时却是他的生命重心和苦恼之源。人们很容易将改变世界的梦想投射在政治的舞台上，虽然每个人都深知在权力的背后遍布陷阱，但每个人也都心存侥幸，认为自己会在跌入之前取走洞口的诱饵。这种天真的易受挫败的乐观主义，一般只属于年轻人的灵魂。

歌德在三十七岁的年纪对此做出了反省，这不仅出于对官场的失望，也由于他感觉到自己必须在两种价值之间做出权衡。对于其时已拥有巨大名望的歌德而言，他当然明白，这不仅将决定他自身的生命走向，也将在历史的画幅上留下痕迹。要做出选择并非难事，但要以最有效的行动来实践这一心灵的选择，却需要策略和勇气。歌德的做法看上去像是一次"逃离"。

1786年9月3日凌晨三点，一个年轻人悄悄地溜出他在卡尔斯巴德的住所，搭上了一辆驶往南方的邮车。这个年轻人为自己虚构了一个身份——不知名的青年画家菲利普·缪勒——以应付那些临时的同行者，以及一路之上所遇的各色人等。当然，之所以采取如此神秘的出行方式，除了因为他确可从中得到某些便利，也许还不能排除这一原因：长期以来，名望的负累已经使他产生"身份的焦虑"。或许诗人在当时的心理状态下，还有一种具有象征意义的需要：赴意大利旅行的根本任务在于，他要让自己的精神焕然一新。

歌德晚年在与爱克曼的谈话中提及了这次旅行："在魏玛做官的宫廷生活的头十年里，我几乎没有什么创作，于是在绝望中跑到意大利，在那里带着创作的新热情捕捉塔索的生平，用这个恰当的题材来创作，从而摆脱了我在魏玛生活中的苦痛阴郁的印象和回忆。"

在以意大利之旅期间的记录为主体的《意大利游

记》中，诗人对于这次"自我放逐"的记载更具现场感："我希望，在度过一个如此糟糕的夏天之后，能享受一下美好的秋天。"

邮车经过古城雷根斯堡，离开了巴伐利亚，再经过慕尼黑，驶出南部德国。精神与身体的辩证关系永远有效，在时间与空间之中释放自己的躯体，总能对精神产生微妙而显著的影响，这是驱使人们不断走向远方的根本动力。在旅程的第四天，诗人感觉自己终于像一滴挣脱了乌云的雨点，跃入自然，跃入新生。他以这样一句话向自己确认了这趟旅行的意义："现在，一个新的世界出现在眼前。"

这个新世界开始于米滕瓦尔德，开始于科赫尔湖和瓦尔兴湖，开始于一种"好天气的预兆"——歌德在游记中提及自己曾经遇到一个带着竖琴的女孩，而这个女孩告诉他"她随身带有一个晴雨表，这就是竖琴。每当琴音高亢之时，就一定会有好天气，而今天恰是如此"。古代传说中那些弹奏竖琴的游吟诗人往往具有预言的能力，而对于歌德这位俄耳甫斯的后辈而言，女孩的话更像是一个隐喻，它或许说明诗人的命运将取决于他的诗歌所发出的声音。

真正的好天气在一天之内如期到来，一切发生在和那个预言一样具有神秘感的时刻："天越来越暗了。个体都消失了,群体越来越大,越来越美丽。终于在一切只是像一幅深邃的神秘的画幅在我面前闪现时,我突然又看到月光下的高高的雪峰,我期望曙光照亮这崖石罅隙。此时我站在南北的分界线上。"

而那条分界线,正是意大利与奥地利的边界。对于歌德,这意味着"逃离"这一动作的终结。而旧的终结自然也是新的开始,一旦踩在这条分界线上,身体的逃离便将转化为一次心灵的回归。界线另一边的意大利,在诗人的眼中绝非一个临时的目的地,他自幼学习意大利语,爱好意大利的音乐和艺术,可以说,那个他此前从未到过的地方像是一个在梦中的故乡,那种在陌生中飘浮着的丝丝缕缕的熟悉,像是一种磁力始终在吸引着他。

就这样,年轻的歌德通过一次逃离,让他的心回归了久违的家园。

科学之眼与神话之眼

在《意大利游记》当中,有关气象学、地质学和生物学的相关记述比比皆是。可以想见,歌德的精神旅伴不仅有荷马和但丁,还有亚里士多德和老普林尼。出于对知识的无限渴求,为了认识那唯一的万有——自然,他在具体细致的观察之后，总要进行条分缕析的讨论，尽管双眼就是他仅有的观测仪器，但也正因这种直接性，这些科学的论述才变得生动、优美和富有诗意。

在歌德的日记中常常出现对于经纬度的记录："我再一次在晴天来到纬度50度的地方吃午饭"，"我在纬度49度的地方写东西"，"这种水果产自纬度48度"。对于地形地貌，他的描述相当专业："我周围的悬崖绝壁都是石灰石，最古老的石灰石中还包含着未能化为石质的成分"；"它们是由石英石和黏土构成的原始山脉"；"页岩同黄菱矿混杂，密不可分，受到空气和湿气的影响以后，发生根本的变化……我敲碎了几块大石头，看清两种形态，可以断定是过渡时期，即重新组合时期的石头"。他也会像一个林业学家那样观察和分析植物的生长环境："我在这里不仅找到了新植物，而且发现旧植物的生长有变化。如果说，山底下枝干更加粗壮，芽眼更密，叶片宽，那么，山的高处枝干就纤细一些，芽眼间距远一些，以致节与节之间空隙更大，树叶成矛形。我在一棵杨树和一棵龙胆草那里发现了这一点。"

当然，我们不会忘记，诗人歌德是最重要的浪漫主义大师。这个由他所开创和代表的文学流派崇尚想象，热爱瑰丽奇异的神话题材，注重从直觉和感性经验出发，呈现无法被观测和量化的心灵现象，这本身就构成了对启蒙时代以来对科学和理性主义的新迷信的集体反思。因此，梦幻的笔触哪怕在旨在描摹现实的游记之中仍时常出现，对于宗教与神话的沉思也贯穿了整个旅途。

在一种二元的文化观念之中，科学与神话是根本对立的。但正如结构主义大师列维-斯特劳斯所说："在'科学'与我们姑且强名之为'神话思维'的这两种思想途径之间，真正的鸿沟与分判，产生于17—18世纪。在培根、笛卡尔、牛顿等大家辈出的时代里，科学有必要运用与抱持神话思维及玄秘思想的老一辈相抗衡的态势，来奠定自身的地位"，而"我们目前正见证着这场决裂可能终将被克服或扭转的时刻"[①]。

必须要说明的是，这场"科学与神话的邂逅"在诗人歌德的意识构造当中早已发生，它的发端也许只是艺术家的直觉，但在《浮士德》之中，终究被超卓的理性能力发展为一套成熟的思想体系。浮士德对知识的局限一筹莫展，转而求助于巫术，这无异于饮鸩止渴，而最终的解决之道，只能是美：神圣之美和理性之美在高处的融合。而事实上，在意大利之行的其间与其后，对于这一点，歌德已经有了比较充分和成熟的认识。

歌德说："我的天性是崇拜伟大和美。"正是这一天

---

① 出自列维-斯特劳斯的专栏文章合集《我们都是食人族》。

性使得浮士德博士在走出书斋——那昏暗的布满灰尘与蛛网的空间是柏拉图洞穴的另一个版本——之后，又进一步摆脱了瓦尔普吉斯之夜的纷繁幻觉，最终在对美的追求和与美的结合之中实现了灵魂的飞升。

艺术与历史的朝圣

歌德时代的意大利并非一个完整统一的国度，波旁王朝和哈布斯堡王朝争着将脚伸进皮靴形的亚平宁半岛，最终只将它撑得四分五裂。意大利的北部和中部，除米兰公国和托斯卡纳公国以外，都是哈布斯堡王朝的势力范围，被来自奥地利的双头鹰笼罩在双翅之下；而波旁王朝作为瓜分意大利的第二大势力，占据了南部的那不勒斯—西西里联合王国，以及帕尔马、皮亚琴察和瓜斯塔拉；撒丁岛则被萨伏依王朝统治；此外，在这块土地上还有三个发达的城市共和国：威尼斯、热那亚和卢卡。

歌德的"意大利之旅"，事实上所依凭的并不是一种行政意义上的地理划分，而是一种纯粹文化意义上的漫游。从布伦纳到博岑，从特伦托到维罗纳，从帕多瓦到威尼斯，从博洛尼亚到佛罗伦萨，从罗马到那不勒斯，再从庞贝到西西里，歌德从北向南穿越了整个意大利，而这个意大利不仅是一个地理单位,更是经由维吉尔、奥维德和但丁的声音,以及达·芬奇和拉斐尔的色彩,在所有的意大利人心中留下的一幅心灵版图。因此,当纯正的意大利语敲击他的耳鼓、拨动他的舌尖的时候,他才真切地感到自己吸入了第一口意大利的空气:"店主不讲德语,我不得不试一试我的语言技能了。从现在起,这种受人喜爱的语言变得富有生气,变成可以使用的语言了。我是多么高兴啊!"

歌德自己将这次意大利之行定义为一次学习之旅,在游记中他不止一次地声明自己此行的目的:"我到这里来,不是为了按照我的方式去享受。我要努力学习伟大的文物,在我届满四十岁之前学习和发展自己";"在这里等于进入了一所庞大的学校"。而诗人学习的对象,当然主要是诞生于这块土地之上的人文和艺术。

作为一个划时代的诗人,歌德将世界视为一座永恒的博物馆——作为文艺复兴的源头和古罗马文化的中心,意大利或许是这座博物馆中最迷人的一间展厅。这一理解基于这样一种认识:在漫长的历史当中,最为重要的价值仍然在于心灵的创造。

作为最宏伟的艺术,建筑重新塑造了世界的面貌,理所应当在这座博物馆中占据一个显要的展位。在维罗纳,歌德观赏和临摹"被朝阳染上美丽光辉"的古代塔楼和围墙，建成于公元一世纪的露天剧场，以及十六世纪的建筑师米歇尔·圣米歇利主持建造的赛马门；在威尼斯的时候，恰逢米迦勒节，透过里阿尔托大桥的独拱，他似乎窥见了整个水城的秘密；在罗马，他陶醉于万神庙内外一致的崇高形体。多立克式的矮柱、爱奥尼亚式的巨柱和科林斯式的圆柱，以及刻画着神话和训诫故事情节的大理石浅浮雕在他的眼与心中激荡出一道道涟漪，帕拉迪奥主持修建的圣玛利亚教堂和救世主教堂成为他理解"伟大和美"的理想范式。

在游记中，歌德写道："建筑艺术像一个古老的精灵从坟墓中走出来，她嘱咐我学习它们的教导和死去的语言的规则，其目的不是去执行，也不是使我对它们的复活感到高兴，而只是心平气和地尊敬这个值得尊敬的、永远逝去的往昔时代的生活。"

在这值得尊敬的往昔之中，当然不只包含那些由岩石制造的巨大的人造泰坦，那些凝结了几何学与力学智慧的"居住机器"，所有艺术杰作都会极大地滋养一颗追求美的心灵，而被震撼即是被更新。乔瓦尼·弗朗西斯科·巴比里、弗朗西斯科·弗朗齐亚、提香，以及拉斐尔的画作，经由他的感官渗入他的内心。捕捉美的过程既无比缥缈，又无比真实，对于美的学习，正如同汲取光芒，依赖于一种伟大的谦逊，依赖于对直觉的信任和一种将自我完全敞开的通透与真诚。

歌德曾经说过:"巴黎是我的中学,罗马是我的大学。"他也曾引用奥维德的诗句来歌颂罗马:"愿城市永存,愿统治世界的威力千古永存,愿有升有落的太阳永远将它照临。"因此,对于歌德,罗马是一个理想的终点,那里是他旅行的终极目的,如同在山顶等待着他的一次火红的日出。在完成了他的"学习"之后,歌德如此总结道:"当我们在罗马奔走,这座大城就在不知不觉间影响了我们。在他处必须费力寻找的古代文物,在这里比比皆是,挤得我们几乎透不过气……纵有千支妙笔也写不尽这里的景色……我练习仔细观察一切现存事物,我的忠实让眼睛明亮,我完全摆脱了一切傲慢……每天都见到新的、大的、罕见的个例和多年以来令我梦寐以求的整体,这是只靠想象从来也无法办到的。"

歌德的意大利之旅共历时一年零九个月,这一年零九个月让一个伟大的精神得以圆满,与这种将被历史永远纪念的圆满相比,一年零九个月的跋涉不过是一个短暂的瞬间。1788年6月,这个崭新的诗人从米兰返回魏玛,回到了他出发的地方,在那个原点,他将以他的母语完成一部杰作,那甚至将比阿里奥斯托和塔索在意大利的土地上写下的作品更为伟大、崇高。

外省生活的研究者

头脑清醒，才能洞见本质，而不致被表面现象所迷惑。

——司汤达[①]《旅人札记》

司汤达的维立叶尔、福楼拜的永镇、普鲁斯特创造的贡布雷，以及数量众多的巴尔扎克作品，共同塑造了巴黎之外的另一种法国印象，我们可将之统称为"外省生活"。很难以简单的几句话概括这个词语的全部内涵。"外省"的那些大大小小的市镇，几乎都可以被简化为一些相似的场景：农庄、手工作坊、乡间小路、小教堂、集市、小酒馆……农民、神甫和乡绅们过着鸡犬相闻的单调生活。但这些简单的情境恰恰适于展现灵魂的挣扎与冲突。在这样的所在，每一个人，似乎总有那么一个瞬间必须停住脚步，倾听自己的内心，感受骄傲、自卑、

[①] 司汤达（1783—1842），原名马里-亨利·贝尔，十九世纪法国伟大的现实主义作家。他的文学成就主要体现在长篇小说的创作之上，代表作包括长篇小说《红与黑》《帕尔马修道院》《阿尔芒斯》等。

真诚、虚伪、崇高、低微,面对人生中所有的矛盾。因此,那些名不见经传的小地方却在文学国度之中拥有举足轻重的作用,在那些窄小的舞台上,凝缩了整个时代的精神状况。而外省之"外",是一个笼统的相对位置,是那些不满足于现况的心灵的朝向,他们渴盼着一对翅膀将他们带往远方。

虚构,源出于真实

事实上,经典文学中的"外省"形象,与其说是一个地理层面的表述,不如说是一个精神维度的概念。它意味着在排除了都市的纷繁表象之后,人的欲望表达不再基于一种持续的外在刺激,而是转入内在,转入沉思和感受的领域。正因如此,文学评论家让-皮埃尔·理查创作了一本名叫《文学与感觉》的著作,将两位描写外省生活的大师,即司汤达和福楼拜作为研究对象,探讨文体与感受力的关系。

作为十九世纪的文学代言人,司汤达通过描写一种外省生活来概括他在足迹所至之处的所见所闻,而最能体现这种生活之核心意义的,莫过于一个名叫于连的法国年轻人的形象。通过名著《红与黑》,"于连"这个名字即使在世界范围内,亦可谓家喻户晓。虽说是一个具有训诫意味的故事，但作者倾注在这个年轻人身上的却是深切的同情，而非轻蔑与嘲讽。

事实上，于连与青年时代的司汤达本人十分相似，也许不同之处仅在于，他没有后者的文学才华，以至于无法创造一个虚构形象，通过使其沉沦来警醒自己。

1783 年，法国格勒诺布尔城的一个富裕的律师家庭喜添新丁，这个男孩的名字叫亨利·贝尔。十八世纪末到十九世纪上半叶，是一段风起云涌的历史时期，法国更是处于风暴的中心，无论社会状况或是人的思想，都经受了剧烈的激荡。亨利的父亲像很多当时的成功人士一样，持有顽固保守的政治观点，在子女的教育方面，更是严苛而且死板。毫无疑问，他从未想过儿子有朝一日会成为一位作家，更不曾想到来日他会以"司汤达"为名永载史册。早年丧母的司汤达与快乐的童年根本无缘，在这样的家庭当中成长，父亲的权威时时令他感到窒息。比于连幸运的是，他自小便得到了高质量的学校教育，并得以在十六岁时前往巴黎。自然，这都是遵照父亲的安排，并在他的资助之下得以实现的。可是，一旦从束缚之中挣脱出来，压抑已久的追求自由的天性不仅让他违背了父亲的意志，甚至使他背叛了他所出身的阶级。

在巴黎，司汤达并未按原计划入学就读，而是加入了拿破仑的军队，并于之后的十余年间在欧洲大陆各地征战。在1814年波旁王朝复辟之后，心灰意冷的司汤达认定自己的政治理想已彻底终结，从此便将生命投入到文学创作之中，但这段军旅生涯对于他的思想无疑是具有决定性的。所以，司汤达笔下的维立叶尔绝非只出自他对自己的成长环境的回忆，波澜壮阔的历史戏剧早已深入他的灵魂，以至于一个再小的角落都装得下世界。在司汤达看来，那些小城镇从来都不是历史大事发生的处所，却以那些有关欲望、伦理和信仰的故事与其间接地关联起来，因而便同时具备了历史的契合性和超越性，是理想的文学现场。他几乎走遍了法国境内的每一个这样的城镇，记录了许多见闻，一本日记体的游记作品《旅人札记》，可视为他多年积累的写作素材的一次集中展示。

外省：一种空间的性格

在《旅人札记》一书中，化名"L先生"的叙事者描述了他在1837年4月至年底，即半年多时间里遍游法国的经历。在开篇时，他便写道："我每每外出经历外省好几个月，随手札记，遂成此书。"所以其实，这本书从一开始便抛出了一个"巴黎"与"外省"的二元结构，它们分别代表了西方文明的中心与边缘。

从维里埃尔到枫丹白露，从蒙塔日到科讷，从拉沙里泰到讷韦尔，从默伦到勃艮第，从奥顿到朗格勒，从第戎到博讷，从里昂到维埃纳，从圣瓦利埃到瓦朗斯，从阿维尼翁到图尔，从都兰到南特，从洛里昂到雷恩，从圣马洛到格朗维尔，从勒阿弗尔到尼姆，从艾克斯到马赛……司汤达所谓的"外省"由大大小小的城镇一并构成，它们分布在卢瓦尔河、涅夫勒河和索恩河的沿岸，与圣米歇尔山、多姆山和巴士底山遥对，有些是内陆城市，有些是港口城市，有些是岛屿，有些是历史悠久的文化名城，有些则始终默默无闻。

可见，这些被统称为"外省"的空间环境实际千差万别，从地理或文化意义上都没有概括的可能。唯一能将它们并入同一个名词之下的，是一种处处可见的心理状态，或许，我们还可以说，所谓"外省"，指的是一种空间的性格。

"在巴黎，人们在一切问题上常常囿于成见；不管你愿意与否，就让你免却费神思索，只留给你一点言谈之乐。而在外省，人们却为相反的烦恼所苦。当人们走过一处明媚的风景或是鲜艳的中世纪彩绘遗址时，好了！竟没有人对你讲述这儿有某些值得观赏的珍奇事物。"

由此可见，如果说巴黎的性格是夸夸其谈，那么外省的性格便是木讷和漠然，一个遍布着被过度使用的舌头，另一个则满是思想和词汇都已枯竭的头脑。对于外省人的典型的谈天方式，司汤达还进行过一番描写："言谈之中总带着几分调侃和开玩笑似的嘲讽口吻，这证明他们确实没有遭受什么巨大的祸害，只是缺少深刻的感受而已。"

从《旅人札记》中可以看出，作家在概念宽泛、地域广大的外省土地上的旅行，是一种前现代意义上的旅行，即一种全然介入式的旅行，而非一种掠影式的观光。他以马车，甚至步行作为主要的交通手段，一路的风景不仅掠过了他的双眼，更与他的身体发生了直接的触碰，并通过这种全方位的感受渗入他的内心。每到一处市镇，他总要了解这座市镇的历史，与此地的人交谈，了解他们的生活、他们的信仰和他们的现实处境。

这样的旅行方式只能在法国境内实行，语言和文化上的切近，使得所到之处都是他的陌生的故乡。他相信，在充分了解了他的祖国和他身处的时代之后，他便真正了解了他自己。

人，永远是世上最有价值的景观

事实上，《旅人札记》对于那些人们耳熟能详的景点鲜有正面的评价。司汤达写道："当初建造枫丹白露城堡的地点实在选得不好，它处在一块洼地中间。这座城堡就像一部建筑学辞典一样，什么都有，可就是无法令人感动"；"这布列塔尼海岸一片灰色……我只看到一个烂泥塘，中间有几只侧身偃卧着的大船在等待涨潮，真难看"；"圣米歇尔山如此渺小，寒碜，使我摒弃了前去浏览的念头"。

人对事物的感受永远不可能独立于人的思想观念而存在。归根结底，十九世纪初期的法国，刚经过从大革命到王朝复辟的急剧转折，作为一名进步的知识分子，司汤达的情绪不可能不是灰暗的。这种心情从他在埃松的一段札记中可见一斑："我们突然看到在大路两百尺之下的塞纳河浩浩荡荡，奔流而去，涧谷是在河的左岸，斜坡陡峻，林木蓊郁，而旅行者都在山巅。只是，很可惜！这里却没有生长了两百年以上的老榆树，这种古木在英国备受尊敬。此类不愉快的事在法国比比皆是，它夺去了自然风景给予人们的深刻感受。我们的农民只要看到一棵大树，心里想的就只有把它卖掉，赚上六个路易。"

国民的短视和急功近利已经给这个国家造成了极大的损失,他时常为此感到无力。人文主义者总是难免悲观,但也不会彻底悲观,因为人文主义本身便是对于人的信念。对于艺术与历史的热情给作家的旅途添上了几抹亮色,在讷韦尔,他对当地独具特色的教堂建筑津津乐道;在勃艮第,他想起巴尔扎克的小说《皮罗多神甫》;在奥顿,凯撒的《高卢战记》成了他的旅行指南;在博凯尔,他回顾了骑士制度;在尼姆,他则畅想了古罗马的宗教庆典。

给司汤达以慰藉的是,在各地旅行时,他不断地发现孟德斯鸠、伏尔泰和卢梭等启蒙思想家的影响,革命的果实虽已被篡夺,但精神的丰碑是不可能被摧毁的。在靠近卢梭出生地的日内瓦湖畔,他写道:"终于,我又看见了这美丽的湖,如此宽广,四周景色如此壮阔!它给人们的印象可以说不太严肃,也不是崇高,但要比真正的大海更加温馨。卢梭使他的湖闻名遐迩,但至今这位伟人依然在这些我远远眺望的大部分秀丽城市里受到轻视或不被赏识。"而随后他又说:"一般人对他的感情愈是不公正,他的光荣将愈加久远。"

之所以敢于做出预言,是因为通过不懈的行走,作家确信自己已经掌握了历史的脉络。可以说,他的旅行的主体是与形形色色的人的相遇，他和酒店的主人、农家女子、养牛的农民、教士、士兵或当地的名流交谈，把他们告诉他的有关谋杀案、家庭纠纷、私人情史的故事记录下来，而这些故事无一不是那些永恒的主题在当下的反映。在他看来，人，永远是最重要的、最有价值的景观。每一个人，都既是过去结出的果实，又充当着未来的种子。因此，在这位敏锐的观察家眼中，就在外省人那看似单调的波澜不惊的生活之中，一切不可逆转的改变已经以不为人知的方式悄然发生了。

讽刺作家的田园诗

> 据黑格尔的说法,绝对观念指导世界的进程,而我却在偶然性的驱使下,任意漫游。
> ——卡雷尔·恰佩克① 《英国书简》

写下《鲵鱼之乱》与《罗素姆万能机器人》的卡雷尔·恰佩克与写下《园丁的十二个月》和《小狗达西卡》的卡雷尔·恰佩克之间存在着一条鸿沟,这条深壑划开了悲观与乐观,痛苦与惬意。尽管他们共用同一个名字,也共用同一张面孔和同一副身体。在横眉冷笑的讽刺作家和豁达潇洒的田园诗人之间,是一个贯通了两种人生智慧的闪电般的灵魂。这是一个卓越的知识分子在履行社会责任和追求个人境界的过程中为自己描画的两幅肖像。站在十九世纪与二十世纪的交界处,它们一个面对前方滚滚而去的车轮,一个面对着后方渐行渐远

---

① 卡雷尔·恰佩克(1890—1938),二十世纪初期捷克著名作家,在小说、戏剧和童话领域都取得了重大的文学成就。其代表作包括小说《鲵鱼之乱》《第一救生队》,戏剧《罗素姆万能机器人》《白色病》等。

的背影。

在青年时代,卡雷尔·恰佩克开启了他的游历,此后便一直没有停止过。两次大战之间的欧洲大陆,如同两股时间风暴之中的一个小小的避风港口,让人在静谧祥和的景象中感到欣慰,也使人终有余暇审视过去、预见未来。恰佩克的人生只有短短的四十八年,被疾病强行打断的生命将他定格为一个青年,既愤怒又美好,有时陷入忧郁和失落,但从未走向绝望与幻灭。经过大半个世纪,这个形象仍完好地保存在他的游记文字中。

建筑与历史

1890年,卡雷尔·恰佩克出生于波希米亚北部的马列·斯瓦托尼奥维采,他的父亲是一名医生,他的母亲则是一位很有文化教养的知识女性。卡雷尔和哥哥约瑟夫自幼深受母亲的影响,最终都成了作家。1923年至1932年,在近十年时间里,恰佩克走过大半个欧洲,足迹遍及奥地利、意大利、英国、比利时、法国、西班牙与荷兰。这些旅行在开始时并未设定任何目的,在过程中也进行得十分随意。或许正如恰佩克自己所说,他之所以投入到这种在"偶然性驱使"之下的漫游之中,只因"这个世界上的每条街道,每个人,每桩事,不论是贫乏无味还是威名显赫，都值得人们关注和浏览一番"。

卡雷尔·恰佩克十分早慧，他的人生轨迹几乎是一条直线，十四岁时他便发表了自己的第一篇作品，二十三岁时将法国诗人阿波利奈尔的诗作翻译为捷克文，二十五岁时获得哲学博士学位，很快又成为著名的新闻记者、编剧、导演、童话作家和小说家，三十五岁时成为国际笔会捷克分会主席。

作为一个年轻的知识精英，他的身上免不了拥有一些带着理想主义色彩的自负。在那些孕育了文艺复兴、巴洛克、古典主义、浪漫主义和超现实主义的土地上，文化、艺术与历史始终是他的主要着眼点，但在他诉诸笔墨的散记中，极少见到朝圣的情结，更多的则是一种略显轻狂的嘲讽与解构。既然建筑是城市的物质实体，是一副砖石砌成的面孔，保留着岁月刻画的皱纹和如化石一般层层堆积的各个时代的表情，很自然的，作家想要赞美或揶揄一座城市时，总是首先提及那里的建筑。

于是，他评论威尼斯"只有宫殿教堂，几乎没有普通人的住宅。不论屋檐、正门，还是圆柱，都显得光秃、密集、暗淡、芜杂，形象虽然生动，但都散发着古物的霉味，没有显示出一点实用的美"；称圣马可广场叫人"摆脱不掉一种受压抑的感觉"，"似乎这并不是实在的威尼斯，而只是一所正在举办的威尼斯之夜大游乐场"；

称梵蒂冈是由"一个个白色的糖块"堆砌成的,而"任何人对它也不会感兴趣";对于罗马,则称"不论是罗马大广场,还是巴拉登丘废墟或别的古物,都无法在我心中唤起神圣的崇拜之情"。但与此相对的,那些似乎并不如何起眼的乡村建筑却赢得了作家的赞美。他称英国埃塞克斯农家的"讲究的老屋"为"英国最美好的事物";称塞维利亚的街道为"百花争艳的长廊",甚至专门描绘和赞美了街边的窗栏杆,称其为"西班牙的民族艺术",还饶有兴味地想象"小伙子是怎样去追求窗栏杆里那珍贵鸟儿般的姑娘的"。

换一个角度看,如果我们并未将二十世纪二十年代的卡雷尔·恰佩克完全等同于后来的那个杰出的讽刺作家,而是将他看作一个正站在世界的巨大窗口前,面对人生的无限可能性,并因而感到兴奋和踌躇的年轻人,那么这些文字正好暗示了他的精神成长过程:通过为自我祛魅,学习独立平等地看待目光所至的每一道风景。

艺术与自然

在恰佩克的游记作品中,读来最使人感到愉快的莫过于对艺术和自然风光的描绘,在其中洋溢的乐观与明媚,让人很难不为之沉醉。而先于读者饮下这些诗意醇酿的自然是作者本人。这位著名的批判现实主义作家在美的面前彻底成为一个浪漫主义者。或许，他在置身于世俗的价值与功利之外时，发现自己失去了所有的讽刺对象：美是无懈可击的。

丁托列托、乔托、乔瓦尼、曼台尼亚、契马布埃、萨尔托、柯罗、戈雅、胡戈……对于卡雷尔·恰佩克而言，欧洲首先是一座以天空为穹顶的美术馆。旅行的意义，在相当程度上在于浏览和发现那些值得驻足观看的馆藏作品。在描述对于某一幅画作、某一个画家或某一种风格的观感时，作家的笔调总像是在描绘一个梦境："在阿尔巴尔蒂的纯正的画作中，它们的上帝在轻轻地向你讲着什么，但你不甚理解"；"如此令人迷恋，如此神秘莫测，那些绝妙的壁画，好似披了一层帷幔，教人猜不透作者的深意"；"我简直恍惚迷离，似乎被阳光融化，被色彩迷惑，被幽静窒息，被美灌醉"；"翁布里亚的画家们流露出凄凉的情调和丝绒一般的温柔，宛如天堂里的沙龙"。

如果说古典艺术旨在描摹自然——具有神圣性的，完全地生产和蕴藏了"美"的自然——那么自然则本身就是一幅无限巨大的，包含和镶嵌了所有艺术品的艺术品。托斯卡纳、埃塞克斯、卡斯蒂利亚，以及比利时、法国、荷兰……恰佩克以简短的文字为许多地方绘制了微型的肖像，所依据的是远比人的历史尺度更大的亘古长存的风光。"青蓝色的山峦"，"柏树、石松、橡树、洋槐和葡萄"，还有"蔚蓝碧绿的河流小溪"，这些定义了托斯卡纳的美；而篱笆、常青藤，以及"长着睡莲和草叶兰的丝绒般柔和的水面"则呈现了一个"真正的英国"；法国则是"赤杨与白杨之国""筱悬木和葡萄之国"，以及"处处散发松脂清香"的"松树之国"。

旅行所能带给人的最大的乐趣，便在于和美的偶遇。而这种偶遇之所以能够发生，关键在于恰在那一刻，那些外在于人的自然美景，与人的心灵中神秘的一角重合在一起，于是近乎无限的美的奥妙被裹在一滴露水当中，透过那晶莹剔透的一瞥，被摄入人的眼与心。

正如恰佩克所言："世界上，无限美好的事物之美好不在事物本身，而在那难以把握的片刻，刹那和瞬息之间。"卡雷尔·恰佩克之所以能够一次次与美相遇，是因为美本来便内在于他，他在自己的精神世界里修筑了一座美的宫殿，在其中寄寓了他超脱于现实之上的生活信仰。

人与事

当卡雷尔·恰佩克写到人的时候，他仍旧是那个典型的讽刺作家,讽刺似乎已经成为他的本能,但无论如何,作家并不向往修士般的隐居岁月或是鲁滨孙式的孤岛人生,在他的理想生活中人是必不可少的。讽刺的根源在于改变而非逃避的诉求。

因此,当他将在西西里岛遇到的一群纨绔子弟戏称为"西方国家的金黄色尘埃"时,既嘲笑了他们的傲慢与轻浮,却也称赞了他们蓬勃的生命力;他为伦敦海德公园中的各种公共集会绘制了一系列引人发噱的漫画像,其中有"一个戴大礼帽的跳来跳去的老年绅士""一个夸夸其谈的妇女""一个持进化论的银行职员"等等,而听演讲的人群则"像最低级的机体和一堆细胞那样翻腾着",但同时他也没忘记这正代表着一种勇于承担社会责任的"绅士精神"。要想从卡雷尔·恰佩克那里得到一种无保留的称赞大概是困难的,这源于我们这颗星球上所有杰出的头脑都在某种程度上持有的怀疑精神。

恰佩克所质疑的方面包括宗教、政治、"那不勒斯居民的懿行美德"、剑桥与牛津古板的权威形象。在他的眼中,因为人本身的弱点,由人所创造的文明必定存在着许多漏洞,但唯一无可指摘的便是劳动。所以无论农民、工人或是车夫,只有在他们处于劳动之中,在他们将自己呈现为农民、工人和车夫的时候,才真正代表了人的尊严。正因如此，在他的代表作《罗素姆万能机器人》中，那位叫阿尔奎斯特的建筑师要自己持砖砌墙，说码一块砖要比画一张再宏大的图纸都更有价值，因为那恢复了"肉体与世界的关联"，而在故事中，这位建筑师也成了最后一个幸存的人。

在恰佩克游记作品中那些专注于描写人的篇章里，篇幅最大的要数《水与人》。这篇作品讲述了荷兰人与水的依存关系，其中有这样一个段落："昔日的海底，如今成为所谓的低地，它真是一马平川，肥沃而且美观。世界上的任何事物，也无法与这种人和水的悲壮斗争相媲美。举世闻名的人造低地，显得格外平整划一。荷兰人在着手投入人造低地的工程时，按照人类画线条的方式，将低地造得如同锯木板一样。人类的历史是曲折的，他的建筑工程却是直线式的。"

在这罕见的颂歌背后，讽刺作家和田园诗人合二为一，美的至高形象终于在人的生活中被找到。而那个关于曲与直的辩证在卡雷尔·恰佩克的身上可以换一种表述：对于美的追求总是曲折的，对于人世的种种透析则是直接的，但"上升的一切必将汇合"。

一个少年艺术家的学习时代

> 我会觉得内心骚动，会以征服的愉悦节奏，跑遍一个梦想的国度，用完美的和谐来征服整个国度！
> ——勒·柯布西耶① 《东方游记》

可以赠予一个少年人的最佳礼物，莫过于将一条陌生的道路摆在他的脚下，再将一匹健马的缰绳放在他的手中。没有比一次远行更好的成人仪式了，因为成年，即意味着一个人要第二次剪断脐带，习惯孤独，习惯独自面对选择。对于歌德的威廉·迈斯特是如此，在1911年，对于一个名叫夏尔-爱德华·让纳雷的年轻画家而言也同样如此。他凭借自己不多的积蓄，也许还有做钟表匠的父母的少许资助，走到了这一点经济基础在二十世纪初所能支持他走到的最远处。返回的时候，他便从过往的自己中一跃而出，成为那个在日后将以勒·柯布

---

① 勒·柯布西耶（1887—1965），法国建筑师、城市规划专家、作家、画家，是二十世纪最重要的建筑师之一，是现代建筑运动的激进分子和主将，被称为"现代建筑的旗手"。

西耶这个名字被世人所识的伟大人物。

十九世纪的少年，二十世纪的青年

作为一位用砖石和直角来作诗的诗人，作为一位在星球表面创作最具时间意义的作品的艺术家，勒·柯布西耶的出身与时间有关。1887年，这位建筑大师出生于钟表之国瑞士，他的父母经营着自己的钟表作坊，那时他们并不知道，这个家族的匠人精神和组合复杂精确的几何形状的才能将会在这个名叫夏尔-爱德华·让纳雷的男孩身上被推向极致。

十九世纪的最后十三个年头，伴随着这个男孩的成长，欧洲在平静中走向衰落。出于热忱和天赋，以及一种基于生命激情的年少轻狂，少年柯布西耶早早地迷上了艺术，但他却从未进入学院接受长期的、系统的、规范的艺术教育。无论出于何种原因，即使是在默默无闻的少年时代，勒·柯布西耶似乎也从未对此感到遗憾。从青年柯布西耶对艺术史上许多伟大艺术家的武断的评语中可以看出一种只有决心掌握自己命运的人才会有的自信。例如，他宣称委拉斯凯兹的作品只有一种"富丽堂皇的浅薄"，而鲁本斯则只是一个"肉感"的画家。

二十世纪初，夏尔-爱德华·让纳雷使自己成了一位年轻的艺术家。他的技艺多半是通过自学以及与一些同行的交流往来获得的。1911年,年轻的让纳雷先生已经是柏林彼得·贝伦斯画室的一位职业画家,他的手中握着自己的未来,就像握着一团和满了灵感的泥。他热爱生命,热爱每一种艺术,热爱每一样美好的东西,完全敞开自我,随时准备好拥抱一切可能。

那是柯布西耶还未成为柯布西耶的史前时代,是他的黄金时代。那年5月,他与好友奥古斯特一起出去旅行,只带了一点点积蓄,以及他们的身体和眼睛。这次旅行大约是谋划已久的,因为在这个年轻人看来,人会因为对于旅行的爱好"而变得稍稍像个贵族"。

两位好友选择了最廉价的交通方式和最漫长的路线,游历了波希米亚、匈牙利、奥地利、塞尔维亚、罗马尼亚、保加利亚、土耳其和希腊等地。此行最为重要的目的地是君士坦丁堡,也就是今天的伊斯坦布尔,因为"佩拉、斯坦布尔、斯库塔里:一个三位一体的组合。我喜欢'三位一体'这个词,因为它有一层神圣的意义"。所以,这是一趟有着更高的精神意义的旅行,旅行者对于旅行的结果有一种神圣的预期。也许正因如此,勒·柯布西耶要以文字和图画记录一路的见闻,将其变作一次自我训练与自我研习。那时的他原本是一个画家,可能也是一个作家,但最终却成了一位建筑师。

这些文章的一部分后来在一份名叫《劝世报》的报纸上发表，但是在五十四年后才终于得以出版成书。1965年，柯布西耶仔细订正了书稿，重新做了编订和注释，将其命名为《东方游记》，然后递交给了出版社。于是，这本书成为他一生中出版的最后一本书，这位建筑大师似乎以这种方式确认了自己二十四岁时的那次旅行所具有的意义。

实物之美，民俗之美，自然之美

一次旅行的筹划必定起始于向往，一道使得心灵感到饥渴的幻影，一座自我编织的海市蜃楼，首先俘虏人的灵魂，接着牵动人的脚步。因此，一次旅行有两种可能的结果：幻想的确证或破灭。也许旅途太过漫长，以至于只用一种情感成分不足以涂满五个月的日历。满足与失落在勒·柯布西耶的此次旅行中此起彼伏，交替出现。这种二元结构在他所经过的路线上，基本上对应于乡村与城市，自然与矫饰，个性与趋同。

翻开《东方游记》，在柯布西耶最早写下的篇目中，他这样描述自己在旅行开始时的憧憬："这次东方之行，远离北方粗糙的建筑，是响应阳光、蔚蓝色大海的汹涌波浪，和神庙那高大白墙的持久召唤——君士坦丁堡、小亚细亚、希腊、南意大利……总之此行将像个美丽的大肚罐子，里面将注满最深刻的内心感受……"

这段话中使用的略微有些孩子气的比喻，间接地指出了年轻的艺术家在旅行初段的主要目的和主要乐趣。那时的柯布西耶以及他的朋友奥古斯特似乎都对罐子有一种特别的喜好，似乎这种常见的容器之中盛放着某种至关重要的即将被遗忘的东西。在另一个段落之中，柯布西耶解释了他对于罐子的欣赏和狂热的由来，他说"最美的线条"就是一种"膨胀得接近爆炸的曲线"，而这种极致的饱满意味着实用价值和审美价值的一致。这样的价值，是任何一个被工业化模式污染了头脑和眼睛的设计师都无法提供的。只有那些同时作为设计者、制作者和使用者的农民才可能创造出那样美妙的线条。

柯布西耶和奥古斯特曾在德国乡下的一些村庄里寻找最后一批手工陶器匠人。尽管眼中所见仍然多数都是粗制滥造的工厂制品，但偶尔在市场上或落满灰尘的仓库中发现的一两件赏心悦目的佳作，还是令他们感到振奋，以至于让勒·柯布西耶下了这样的结论："农民的审美是艺术感觉的一个惊人创造。"而与之正好相反，那些伟大而辉煌的城市却一再地使年轻的柯布西耶感到兴味索然。

充满魅力的艺术之都维也纳在这位艺术家的眼中只

不过是金玉其外罢了："总之,维也纳给我们的印象仍是灰色的,尽管我们怀着真诚的愿望,想努力解读这个城市。金融家毫无情趣的摆阔氛围使这个城市黯然失色,因为它压迫人,使人不堪重负,无法快乐。"而布达佩斯则"就像仙女身体上长的恶疮",贝尔格莱德更是被贬低为"一座淫秽的、肮脏的、混乱的城市"。

在勒·柯布西耶看来,维也纳也好,他曾生活过的柏林也罢,这些欧洲的大城市,就像一套庞大而笨重的铠甲,既压迫着自己的人民,也压迫着自己的传统,压得那些美好的事物根本就透不过气来。因此,他反问道:"我们生活在一个不适宜居住的混乱环境,不是吗?"

从作画到创作人的生活

青年柯布西耶对大城市毫不掩饰的反感使得他总能够对那些收获了人们更多赞叹的街道、广场、堡垒、宫殿、教堂和花园做出刻薄但又精彩的挖苦。只有一个城市不但幸免于他的嘲讽,还得到了诗一般的赞美,那就是君士坦丁堡。"阳光微笑地照耀着在柱廊上遐想的紫藤,而芳香则俯下身体,随着波涛流走。天空就像圣像屏上金光四射的光轮,而此时此刻的疯狂,却都因它而成了神圣。波涛按照一条优雅的曲线,流到这里,成了

'欧洲的甜水'。是啊，这并不是幻象：拦蓄这些波涛的海岸挺出一个大肚子，就像一只巨大的装满果蔬、象征丰收的羊角，准备将腹内之物倾倒给大海。对面山冈上，在一座庙宇的阴影里，有一座浑身塑金、金光四射的菩萨，带着平静的笑容。亚洲朝这边投来盈盈微笑……"

这座迷人的城市，不但自己浑身披挂着光彩，还照亮了托庇于它的每一条生命。从一个土耳其女人、一头小毛驴，或是一只小猫身上，柯布西耶看到了同一种美丽，以至于他的眼睛"都是泪汪汪的"。正是这种只能被称作同情的目光让柯布西耶的眼睛从物转向了人，这一转向使得美的意义再次发生变化。他看到菜农和挑夫被肩上的重负扭曲的面容，目睹了发生在伊斯坦布尔的大火灾。如何使自己的美学追求和对他人之苦的回应能够相洽，这是摆在同时作为人道主义者和艺术家的勒·柯布西耶面前的问题。

一个宿命的启示曾经在一个灰暗的早晨降临在柯布西耶的身上。那时，他所乘坐的轮船在离开布达佩斯港之后，沿着河岸行驶。两位旅伴向船长询问哪里值得一去，尤其希望他推荐一些仍然保持着原生状态的地方。船长拿起地图，将一个叫作包姚的小城指给他们看。但是，他们真的去到那里以后，却发现那里实在是个乏善可陈的地方，他不无讽刺地指出，"像埃及那样的"大灰牛和一座"匈牙利式的巴洛克教堂"就是包姚最特别的事物。

那个时刻终于到来,当他顺着街道,那"生命流向大平原的渠道"走过一片低矮的民居时,他看到:"沿街建着一排排房屋,虽然不宽,但进深很大。每座房子的山墙都不高,并没有高耸的屋顶像三角楣那样搁在墙上。墙内的土院子里种了树木,搭了葡萄棚,长着到处攀缘的玫瑰……此地则集中了优美、快乐和静谧。"

一切都是顺理成章的,年轻的画家变成了年轻的建筑师。柯布西耶终于成了柯布西耶,那个说出"建筑就是居住的机器"的人,他将用自然环境、建筑材料和空间作为素材,拼装出人的生活。

故乡是一首甜美的诗

这年年轮回的四季,每一个都是最好的季节。
——罗伯特·吉宾斯① 《可爱的泰晤士河轻轻地流》

童年与故乡,是现代人的两座"失乐园",是两个雾中的岛屿,坐落在梦境与现实的边界,在时间与空间的原点之处,存放着灵魂之核。两者同样美丽,也同样脆弱。可以说,一切的精神创造,在某种程度上,都和童年与故乡有关,都自生命经验的源头汩汩流出,也都经由一条天真的回溯之路,接近神性与自然。另一方面,优美的自然风光带给人的忘我体验都可视为对伊甸园的朦胧回忆,由童年与故乡这两个意象交融而生。

在这层意义上,很容易理解像《可爱的泰晤士河轻

---

① 罗伯特·吉宾斯(1889—1958),爱尔兰人,英国作家、木版画家和雕塑家,木版画家协会创始人之一,对二十世纪不列颠木版画复兴产生了重要的影响。曾受邀为 BBC 制作自然人文类的电视节目,是 BBC 最早的自然历史节目主持人之一。代表作包括《可爱的泰晤士河轻轻地流》《直到我唱完了歌》等。

轻地流》这样一本复古的游记作品何以能够成为名著。它的作者，英国木版画家罗伯特·吉宾斯以自然主义的艺术手段，为其热爱的泰晤士河留下了一幅美丽的文字肖像，在二十世纪上半叶席卷全球的战争硝烟中，辟出了一个难得的角落，以容纳心灵的宁静。他的乐观主义和对于人性的信任，有时会令人想起托尔金。他一直试图告诉他的读者，善良永远不可能泯灭，正如童年与故乡并未永久遗失；他鼓励人们去追忆、去遐想、去爱，并以此抵御世间层出不穷的残忍与荒谬。

不畏孤独

《可爱的泰晤士河轻轻地流》得名自英国文艺复兴时期的伟大诗人埃德蒙·斯宾塞的诗歌《贺新婚曲》。之所以如此命名，既有思古怀古的意味，也表达了对于民族文化和地方传统的认同。显然，这是一本关于故乡的书，泰晤士河的形象在这里具有双重性，既是一条绵延不息的历史长河，也是一条孕育了民族之魂的母亲河。

1939年，已经五十岁的罗伯特·吉宾斯驾着一艘由他自己建造，并被他叫作"垂柳"的平底小船，从泰晤士河的源头顺流而下，走走停停，一直到数月之后，在伦敦码头登陆才告停歇。那时，吉宾斯已经和两任妻子育有七个子女，但却从未停止过探险和游历，家庭似乎难以对他造成任何束缚。这一方面是由于他本人的个性所致，另一方面则是因为经济生活的动荡。

吉宾斯参加过第一次世界大战，并在战场上负过伤，战后凭借过人的天分和努力，他在青年时代便拥有了自己的出版社。然而，好景不长，1933年他破产了，此后的几年间，国际局势也渐趋紧张，个人的遭际与人类整体的前途交织在一起，给他造成了极大的困扰。事实上，1939年的罗伯特·吉宾斯与家人处于分居状态，基本可算是"独身"。所以，这趟历时数月的漂流，可以视为一场对孤独的战斗。

在《可爱的泰晤士河轻轻地流》一书中，有一段关于孤独的极为精妙的描写："在天黑前后的几个小时里，没有任何他人的声音或身影，只有我独自一人待在隐蔽的河边，完全与世隔绝。傍晚的时候，除了牛的用力咀嚼声、呼吸声，莺在芦苇丛中的叽叽声，或者狗鱼浮到水面游动的溅水声，一般很少再有其他声音。而在清晨，麦鸡和鸽子在河面上低低地飞，兔子悠闲地梳妆打扮，苍鹭则带着迷迷糊糊的睡意飞向天空……我觉得自己像是在一个被施了魔法的湖上，这个湖在高高的天上，在世界边缘。几乎听不到任何声音，除了头顶上会传来凤头麦鸡的鸣叫，或者野鸭嘎嘎的欢语。"

这幕令人神往的场景几乎只有孤独的人才有可能亲身感受。孤独，即是一个人独自承担存在的重量，它不可避免地会使人觉得枯寂，但却也是难得的良机，使人得以审视自己、审视世界。可以说，深谙"孤独之道"的吉宾斯懂得如何升华他的孤独，他将自己融入家乡的风光之中，以自然万物为伴。孤独没有使他的灵魂变得贫乏，而是正好相反，使他得以全身心地观察和倾听，拓展和丰富自己的生命体验。

无穷的细节

罗伯特·吉宾斯对泰晤士河及其沿岸的描写，令人很自然地联想到古典时代的田园诗，例如维吉尔的《牧歌》。真正富有意味的是，他用于建构这个田园乌托邦的并非引人入胜的自然奇观，而是层出不穷的细节。他说："在泰晤士河上航行不像在戈灵峡谷那么刺激，风景也不那么壮观，但旅途可一点都不单调。每过一英里，河水都会显现出不同的特点，每一座桥、每一个村子、每一个农庄也都各个不同。"

若有人想要按图索骥，依据吉宾斯的游记寻访泰晤士河两岸的名胜，那恐怕只会大失所望。在他的路线上尽是些不知名的小村小镇，从莱奇莱德到赛伦赛斯特，从埃文到阿什顿凯恩斯，从温德拉什到阿伯德尔，从希灵福德到沃灵福德，很难说这些地名除了作为路线图上的一个个不起眼的圆点之外，还有什么更为重要的意涵。然而，一些极为常见的，没有特征也没有价值的事物，却被浓墨重彩地描绘出来：一丛铁线莲、一片菖蒲叶、一只蜻蜓、一个獾穴、一片贝壳都成了引人入胜的风景。

事实上，对细节的随性观察构成了旅途的主要内容，目的地反倒是可有可无的次要元素。即使在泛舟途中，他也会为了看几根水草而长时间停留在河面上："我把玻璃底的箱子放到船的一边，观察在睡莲根部活跃的生命。这些植物浸在水中的叶子永远都不会露出水面，乍一看，会觉得它们很昏暗很乏味，因此也就只配生活在那种卑贱的环境中，但是再仔细看，就会发现它们其实很不简单，任何芭蕾舞演员在旋转她们的裙子时都不如这些卷曲的叶子在一开一合间那般优雅得体。"

也许，这便是一个自然主义画家的目光：一切对他来说都是全然新颖的，有待发现，有待认识。他平等地看待每事每物，致力于在细枝末节中发现各个不同，又处处相似的神秘与美妙。

正因如此，被罗伯特·吉宾斯专门提及的随身物品只有两样：写生簿和显微镜。这两样东西代表了田园诗的时代，人类在面对自然时所能采取的一切作为：尽可能细致入微地观察，然后将观察的结果记录下来。对于吉宾斯来说，细节当中深藏着世界的一切秘密，正如无限短的瞬间便等同于永恒。

这种对细节的全情关注到达极处，甚至能短暂地洗去原罪，为他寻回失去的乐园。在特鲁斯伯里草原上，便有那样一个时刻曾被吉宾斯记录下来："我重新回到活生生的事物当中。周围都是苹果树，枫树开满金色的花朵，万物复苏……衣服可有可无。我的脚磨硬了，皮肤晒成了棕色。渐渐地，整个身体都变得活泼而灵敏，思维也同时变得新鲜而充实。在我看来，森林里的这些树和野生动物之间是不可分离的，我与它们之间也是不可分离的……"

自然的人

作为一部以自然风光为主要描写对象的游记，《可爱的泰晤士河轻轻地流》中出现了许多不同的人物。这些形形色色的人物形象有一个共同点，他们都并非充分社会化或现代化的人物，仍旧保留着传统的习俗和观念。他们可能还有点古怪，可能略显粗鲁，但乐观、宽厚、善良，有时，他们甚至有些像民间故事中的精灵，说出一些看似笨拙,实则充满智慧的生活见解。

卢克·杰宁斯在为这本书创作的序言中指出,吉宾斯的游记之所以会在处于战争中的欧洲大受欢迎,是因为他的文字"呈现出一个更为深刻的英格兰,将它与质朴的、和谐的、原生状态下的古希腊社会相类比,无疑会在无数饱经战争困扰的人们内心中引发共鸣"。换句话说,为罗伯特·吉宾斯所崇尚的自然主义并非总在设想与人世隔绝的原始风貌,它的根本目的在于向人们展示和谐、纯真的生命状态,给予人抚慰,并促使人们思考如何与自然,如何与他人和睦共处。因此,人才是吉宾斯最想描写的对象,他想要凭借自己的观察与思考,为人们的生活提出指导性的意见。

他的反对者们会批评他的说教意味,他的拥护者们则觉得自己如同受到了洗礼。对于我们这些距离他大半个世纪的读者而言,那些用生动幽默的文笔予以表现的真诚与豁达,仍旧具有极大的感染力。

他写到一位光着身子在暴雨中奔跑的少女,写到四个一边奔跑一边表演杂耍节目的男孩,写到爱讲故事的老人和在泥地里打滚的孩子,写到用草叉装卸干草的农夫,写到酒馆里那些快活的客人。在他的笔下,乡村生活总是生机勃勃的,但人们却并非只是一味地贪图热闹。因此,吉宾斯也曾不止一次地赞美日落之后的静谧,尤其是，他对一位在河边垂钓的人深感佩服，不禁感叹道："静止不动几乎是一种失传的艺术。"

在他的书中，吉宾斯记录了许多段对话，有些是他听来的，有些是他亲身参与的。这些对话多数是闲聊，没有什么主题，或是关于一匹马，或是关于一条生病的牧羊犬，或是关于农活，或是关于花草，或是一些并不值得深究的玩笑。单独看来，几乎都没有任何意义，但若是放在一起，却恰好能够拼凑出一幅鲜活、生动的集体肖像。

对于罗伯特·吉宾斯来说，英国人的民族性正体现在这些日常而琐碎的生活细节中。正是那些追求快乐、认真生活的普通人，给最为黑暗的历史保留了救赎的可能，令世界不至于永远沉沦。对此，他写道："世界上的确有太多残暴、疾病与贫穷，但善良、健康与精神富足也比比皆是。街上有一个孩子哭，田野里却有五十个孩子在欢笑；有一只小鸟不幸被鹰抓住了，上百只鸟仍在林中歌唱……我们应当铭记，人类每遭受一次凌辱，世间就会流传许许多多英雄主义的佳话。"

他想以此提醒我们：无论身处什么样的历史旋涡之中，千万不要忘记如何生活。

伯尔的爱尔兰：信仰的破灭与重建

> 这样一个爱尔兰是存在的，若是谁到过那里却没有发现它，作者本人也没有办法。
> ——海因里希·伯尔①《爱尔兰日记》

在两次世界大战之后，"民族性"或许是最牢不可破的现代神话。毋庸置疑，战争的威胁使得国家和各种区域共生的群体感觉到，他们必须以此赋予自身合法性，这在客观上是一种防御机制使然。然而，所有敏锐且具有批判意识的头脑都明白，"民族主义"是一把双刃剑，其中同时蕴含着创造力和破坏力。以古典英雄的征服主题为核心的民族主义，在二十世纪中叶给世界带来了灾难，而在此之前，那个世纪最伟大的作家便以他

---

① 海因里希·伯尔（1917—1985），第二次世界大战之后最重要的德国作家之一，代表作包括长篇小说《小丑之见》《亚当，你到过哪里？》《莱尼和他们》，短篇小说集《过路人，你到斯巴》和游记作品《爱尔兰日记》等。1972年，伯尔因"作品兼具对时代广阔的透视和塑造人物的细腻技巧"而获得诺贝尔文学奖。

的代表作提前对此做出回应，爱尔兰人詹姆斯·乔伊斯在现代史诗《尤利西斯》中，让贩夫走卒们代表他的民族进入史诗，与半神的英雄们平起平坐。显然，在他的眼中，这些卑微的小人物才是"民族"的定义者。

第二次世界大战结束后，德国人海因里希·伯尔来到乔伊斯的故乡爱尔兰，以他的方式继承了那位大师的工作。作为一个反战斗士，国际人道主义精神是他的思想的底色；作为一个德国人，他的身上却携带着民族主义的原罪。这种双重性让旅途中的一切观察都笼罩着具有伦理色彩的反思。如今，伯尔以其杰出的散文作品，为爱尔兰和爱尔兰人绘制的肖像，已被公认为文学史上的经典，他将"民族性"理解为穷人的高贵，即那种人们在贫穷和失落中仍然坚守的原则，正是它让泥泞中的生命焕发出尊严。

战后之旅

海因里希·伯尔出生于德国科隆，他的父母都是虔诚的天主教徒，信仰让人更为关注尘世之上的至高存在，或许正因如此，他们才能在那个狂热时代的种种精神骚动面前保持警惕。事实上，伯尔的整个家庭都有鲜明的反战倾向。在作家的少年时代，纳粹在德国崛起，这一事件随后改变了他和所有德国人的命运。1939年，他在科隆大学学习文学和古典哲学，并且开始创作自己的第一部长篇小说，也正是在这一年，他被征召入伍，避无可避地被推进了战争。1945年4月，海因里希·伯尔被美军俘虏，一个月后德国宣布战败，同年9月，并未参与暴行的他被美军释放。

可以说，直到此刻，这位作家因战争而中断的文学生涯才又重新开始。从1946年起，伯尔陆续创作了许多小说和非虚构作品，反战和人道主义题材在其中占据多数。因为作品中总是饱含强烈的道德意识，他被称为"德国的良心"。

在1950年之后，海因里希·伯尔曾数度前往爱尔兰，并据此创作了散文名著《爱尔兰日记》。这部作品的独特之处在于，作者并非仅仅为这个国家和它的人民立传，他的追求也不仅停留在文学层面，他似乎在寻找一种深藏于文明内部的疗愈机制。即是说，他不是一个旁观者，也不是一个介入者，对于他而言，爱尔兰人也好，德国人、法国人也好，此刻都是遭受创伤的文明的一分子，都需在自己的土地上重建对于善的信心。而总是天色灰暗的小国爱尔兰对于伯尔来说便具有这种疗愈作用，因为这里有一群拥有信仰的人，有一群贫穷和苦难无法击倒的人。

在《爱尔兰日记》的一开头，伯尔回顾了他对于这个国家的第一印象，这印象由一系列"世界纪录"组成："在爱尔兰，每人每年几乎要消耗十磅茶叶，每年必有满满一小游泳池的茶水流过每个爱尔兰人的喉咙"；此外，这里的"牧师数目的增长速度"是世界第一；这里的人们"爱看电影的程度"也是世界第一；在这里，"自杀的人数是我们地球上最少的了"。

在略带调侃腔调的描写中，隐藏了几个重要的史实：其一，爱尔兰作为中立国，并未参与第二次世界大战，这使得它固有的社会架构并未遭到颠覆；其二，这里的中产阶级显然热衷于培育某些可以标识其阶级属性的"品位"；其三，牧师的数目显然和教民的数量成正比，然而总是苦难将人导向信仰，由此可见，这个国家有许多人在贫苦之中挣扎，他们将心灵托庇于上帝，但仍没能在这块土地上找到肉身的庇护所。

可见，甚至在来到爱尔兰之前，海因里希·伯尔便预设了一个目标，他要将爱尔兰作为一个样本，希望从中窥见阶级社会的本质，并且思考其中的救赎之道。

信仰与贫穷

在《爱尔兰日记》中，海因里希·伯尔描述了他头一回在这座"圣徒之岛"登陆时的情景:"轮船喘息着缓缓驶进了邓莱里港。海鸥迎接着轮船,都柏林灰暗的轮廓现出来了,又消失了。教堂,纪念碑,船坞,一座大煤气库。犹豫不决的烟云从一些烟囱飘起。是早餐时间了,不过仅仅是对少数人而言,因为爱尔兰还在睡觉。只有行李搬运工在码头上揉着眼中的睡意,出租车司机在晨风中打哆嗦。爱尔兰的眼泪问候着故乡以及归乡的人。被呼唤的名字像球一样滚来滚去。"

这段全景式的描写中饱含悲悯之情,几乎具有一种上帝视角,似乎作者并非坐在一艘缓缓靠岸的船上,而是站在天使的翅膀之上,在降落的同时低头俯视清晨的码头。之后,在整个旅途中,类似"还在睡觉"的爱尔兰和"在晨风中打哆嗦"的爱尔兰这样的二元结构便一直在作者的意识中起着作用。在韦斯特兰大街闲逛,他的眼中看到两个爱尔兰,一个是文学的爱尔兰,属于乔伊斯和叶芝;另一个是政治的爱尔兰,属于海军将领纳尔逊。在圣安德烈斯教堂附近,他又看到了两个爱尔兰,一个是"隐藏在杜鹃花丛、棕榈树和夹竹桃丛后面的阴凉别墅"所代表的爱尔兰,另一个是那些空旷而肮脏的小镇和贫民窟所代表的爱尔兰,而海因里希·伯尔显然更为关注后者,他说:"雨水降落在贫穷上。"这是给予世间苦难的抚慰。

在都柏林游历期间，作家的记录常常是灰暗的。例如"昏暗笼罩在都柏林的上空，一切介乎于黑白之间的昏暗色调都在天空中找到了适合自身的云朵，天空仿佛被一片昏暗的羽毛遮掩了，没有一丝爱尔兰的绿色"；或是"在这里，喝酒的人把自己像一匹马一样关起来，为了单独与威士忌和痛苦在一起"；又或是"贫穷蹲踞在圣帕特里克大教堂周围的贫民窟里，在某些角落、某些房子里更是如此"。但与此同时，其整体基调却是深情的赞美，可以说，整部《爱尔兰日记》是一首关于贫穷的颂歌。

作为天主教徒的伯尔，始终将穷人的苦难与信仰联系在一起。或许在信仰的观照当中，受难是神圣的，将予人以救赎，另外，信仰本身又给受难者一个温暖的允诺，允诺他们一个尘世之外的，消弭一切苦难的天国。但这绝不是一种前现代的意识状态。作为二十世纪的知识分子，作为人类历史上最残酷的战争的亲历者，海因里希·伯尔知道自己不可能回到几个世纪之前。神圣已被瓦解，天真已不复存在。信仰在此刻，有神学之外的意义。在作家看来，肉身的苦难无碍于心灵的富足，肉身可以被摧毁，但强大的灵魂是不可毁灭的，而在被灾难席卷的欧洲大地上，心灵的重建必须是文明重建的第一步。

"无阶级的社会"

离开了工业之城和信仰之城都柏林之后,海因里希·伯尔乘坐火车游历全岛,从阿斯隆到罗斯科门,然后来到梅奥郡的韦斯特波特。在这里,呈现在伯尔面前的,是与都柏林截然不同的另外一种景观。在"梅奥郡的边缘地带",阿克尔山的山脚下,作家经过了一个被废弃的村庄,除了"灰暗的石墙,黑洞洞的窗口",那里"没有一块木料,没有一片布头,没有其他颜色,犹如没有头发、没有眼睛、没有血和肉的身躯",不再是一个活着的村落,而只是"一个村庄的骨架"。像这样的"骨架"在爱尔兰有很多,它们正如死去的躯壳,被风化、腐蚀,而就在它们的近旁,新的村落会兴起,一些崭新的人,一些对过去一无所知的人,会在那里重新开始生活。在伯尔看来,这些无名的地点具有象征意义和启迪作用。

正是在这些穷乡僻壤,他一再地感受到这座岛屿的生命力,它存在于"牛、驴和孩子们的坦然、欢快"之中。在爱尔兰西南部的利默里克,伯尔满怀欣喜地描绘了一个平凡的早晨:"笑声朗朗的姑娘,种种的风笛乐音,回旋在大街小巷之上的欢声笑语",一切如同"趣味盎然的诗句",人们"欢快地漫步在十月的雨天里","有一些人赤着脚","他们远远地从篱笆之间泥泞的小路上走来,汇聚到一起,涓滴汇进小溪,小溪流入小河"。这是一股能够冲破一切分界的生生不息之流,一切社会分野在这种流动的态势之下似乎都已不再存在。

对于海因里希·伯尔来说,他在爱尔兰发现的真正激动人心之处正在于此:"欧洲的社会秩序在这里已经容纳了另外的形态:贫穷在这里已不仅'不再是耻辱',而是既非光彩也非耻辱,它作为社会自我意识的依据而存在——同富有一样无足轻重。"

即是说,作家所憧憬的是阶级属性的淡化和消失,这一理想将信仰中的图景和现代社会的追求融合在一起:在天堂当中,人与人当然是平等的,友爱与互助是唯一的主题,人类向往的大同社会就是要在人间建立一个天堂。在爱尔兰,至少有某几个瞬间,伯尔看到了乌云之中的几丝光芒。

正因如此,他将农夫、搬运工、牙医、学生、酒店侍应等形形色色的人作为主要描写对象,在他的游记中,人是首要的风景。也正因如此,他才对爱尔兰人看电影的爱好如此感兴趣。在他看来,电影院几乎就是一个短暂的乌托邦,即一个"实现了无阶级的社会"。在那里,人们在黑暗之中彼此紧紧依靠,不再分辨彼此的衣饰样貌，而是沉浸于同一种共同的关注之中。在这个简单的比喻背后其实不无深意：电影虽说只是一种消磨时间的方式，但要知道，时间是唯一公正的事物，它终将取消一切差异。

如今，大半个世纪过去了，这个伟大的人道主义者早已随时间之流远逝。这个世界仍与他的理想相距甚远，但我们仍将沿着他的脚步和他的思路继续向前。

一次反诗意的埃及之旅

> 事实上,我是一个古埃及人,我拥有他们非理性的、精神性的实用主义,也能拥有模糊的信仰。
> ——威廉·戈尔丁[①]《埃及纪行》

作为小说家的威廉·戈尔丁远不及他的小说知名,即使在获得诺贝尔文学奖之后,他也算不得一个会让人津津乐道的作家。《蝇王》中所提出的问题引人深思,但却似乎没能促使人们对小说家的灵魂发生兴趣。他作品中的古典主义风格、宗教意味和神秘主义思想,并不太讨读者和评论家们喜欢,即便是在诺贝尔文学奖的授奖词里,除《蝇王》以外,诸如《品彻·马丁》《教堂尖塔》《黑暗昭昭》等杰作的名字也并未被专门提及。然而在某种程度上,可以说,这些作品才更能体现这个

[①] 威廉·戈尔丁(1911—1993),英国小说家、诗人,1983年诺贝尔文学奖获得者。其作品富含寓意,广泛地融入了古典文学、神话、基督教文化以及象征主义。其代表作包括小说《蝇王》《金字塔》《黑暗昭昭》等。

名字读起来如同金属撞击般铿锵的作家的精神特质。这些有关善与恶、美与丑、野蛮与文明的故事，发生在一个个有名或无名的地方，标示着水手威廉·戈尔丁的精神漂流，而在这片无边无际的精神海域当中，有一个岛屿无疑是十分重要的，那就是埃及。

半是公务的要求，半是诗意的向往

威廉·戈尔丁1911年出生在英格兰康沃尔郡的一个知识分子家庭，在英国中产阶级家庭严谨、理性的氛围中长大。对于幼时的他来说，一切都应在计划中进行，也许可以解释自童年起便喜欢"像集邮或者采鸟蛋那样收集词汇"的戈尔丁为何在大学选读理科，这或许是一种经过长期规划的教育水到渠成的结果，毕竟他的父亲是一名自然科学的信徒。但命运的路径藏在每个人的内心深处，一开始虽然被掩埋在一层层外部强加的尘雾底下，可是一旦它清晰起来，就再也不会隐没。从童年即开始尝试写作的威廉·戈尔丁在牛津大学布雷齐诺斯学院攻读了两年自然科学之后，决定将学业转向英语文学方向。

戈尔丁最初的文学志愿是历史题材，对于盎格鲁-撒克逊时代的历史，他尤其下了很大的功夫。可以说，威廉·戈尔丁对于追溯那些久远的过去有着不可磨灭的兴趣,对于人类文明的源头有着本能的亲近感,因此,他的埃及之行似乎也是命中注定。

在游记作品《埃及纪行》的开头部分,威廉·戈尔丁这样描述了这一命运的呼唤:"如果说什么我觉得自己就是个古埃及人,那肯定言过其实,矫情了。但我确实感觉到有一种关联,一种异常的交感共鸣。很荒唐的是,这竟然演变成了某种责任感,仿佛我欠了这个国家什么东西似的,尽管我从未去过那里。所以,甚至有了这样的可能:此书是用来偿付我对埃及的那份亏欠的……"

但这一偿付却并非完全是作家本人自发的行动。1984年,刚刚在上一年度获得诺贝尔文学奖的威廉·戈尔丁接到出版社的委托,他们请求他游访埃及,并以此行的见闻为题材创作一本游记。戈尔丁一直以写作追求深刻主题但缺乏生动性的现代寓言而著称,似乎不像是一部游记作品的理想作者。但既然获得诺贝尔文学奖的垂青,他在当时想必是到达了名望的顶点,对于出版商而言,借此势头推出一部新科诺贝尔奖得主的非虚构作品自然是保赚不赔的生意,何况对于西方读者来说,异域风情始终是充满魅惑力的。对于这一点,戈尔丁本人自然也心知肚明,但埃及对于他的精神向度而言有着决定性的意义，甚至在从未到过埃及的时候，他就已经不止一次写到过这个古老神秘的国度了。因此，他之所以接受这一委托，确实也是被身体里那个诗人的灵魂所催促着、命令着才做出了这个决定。

诗意破灭后，一种新的诗意诞生

既然已经有了一个诗意的动机，接下来自然也该有一个诗意的开端。威廉·戈尔丁计划着以这样的方式开始他的埃及之行："我是，或者说曾经是一名水手。年轻时，我就乘船出海，二战期间加入海军，其中有些年头还负责指挥战舰，战后教海军学员航海，又度过了好几年。在那以后，我开着自己的航船行过欧洲北部海岸，然后又在我儿子搞运河旅游的平底船上当过免费帮工，以此终结了我的全部水手履历。那么，为什么不租用一艘船呢，我们可以住在上面，沿着尼罗河上下行进。"

威廉·戈尔丁在二战期间曾经是英国皇家海军的一名中尉。在这场文明的浩劫中，他目睹了人类残忍、荒诞的暴力和罪行，而在埃及这个古老的国度，他选择以水手的身份在水上航行，其中似乎有某种象征意义，这似乎是与战争的毁灭功能相反的一种旨在复原的航行。他想要恢复埋藏在灵魂最深处的那些原初的精神遗迹。

但怀揣着神话和诗意的想象并不足以令坚硬的现实从面前退让,这次朝圣之旅从一开始就很不顺利。在开罗,戈尔丁跟着他的向导在各个码头转了一圈又一圈,白白用掉了四十八小时。他的热情渐渐熄灭,开始意识到这个看似美好的计划执行起来其实难度很大。"我抱有一种错觉,以为开罗会有不错的内河游船。在我意识深处的某个地方,隐隐浮动着一幅曼妙古典的模糊幻象,伴随着皇家气度的奢华威仪……但我们看到的船,要么是塑钢材质的小快艇,要么就是老旧破败的船屋型游轮……"

最终他们还是租下了一条船,但对于威廉·戈尔丁来说,在他的想象中,弥漫于这趟水上航行中的诗意已经消散了。他成了一个被两种情绪争夺的人,一边在焦虑中为即将开始的航行做准备,一边却又因为预期到更多的失望而私下打起了退堂鼓。"随着日子一天天滑过,还有我们真的就要动身远行这一事实的日益临近,一种觉得那一切纯然是荒唐愚行的念头控制了我。我七十二岁了。我也不差这趟埃及之行能挣到的钱。而眼下,我却揽下了一份合约,要去写一本暂时还全无头绪、未着一字的书。"

他在开罗逗留了很久,一再拖延行程,中间甚至还曾因为生病暂时返回英国,但最后到底还是动身了。我们应该感谢那份合同的约束力，正因为有它略显冷酷地催逼年迈的作家，叫他不得不违背自己的意愿，强行开始这段在开始之先就已令他如此厌倦的航程，才使得一部伟大的、全然新颖的游记作品有机会被创作出来：一部以描写旅途中的困难和挫折为主的游记，一本自陈失败的游记。

对自我真诚，即是对世界真诚

在航行开始的时候，威廉·戈尔丁做出了一个糟糕透顶的预期："我越来越相信，在那里，我不会找到什么可写的内容；我都能看到自己在沙漠中的样子了，尤其是在沙漠区那些更寂寥、更少人问津的地方，我正搜肠刮肚、装模作样地挤出一些所谓最动人的私语独白。"

带着这样的自我嘲讽，戈尔丁看到的是神灵们离开后留下的古老国度，他所熟知的伊西斯或俄赛里斯的神话故事，似乎与这片失去了神奇的大地毫无联系。船只在尼罗河的鼠灰色河水上，在一种平淡无奇的庸常中行驶，离开了开罗。那时已是冬季，寒冷的河风对老人的健康也实在是一个考验。正是在这种略显忧郁的气氛中，戈尔丁一行的船只经过了图拉的采石场，很多著名的古埃及雕像在获得优美的形体之前，都曾在这里的石灰岩山中蛰伏。他们沿着接近 S 形的尼罗河河道，一路驶过法尤姆、贝尼苏韦夫、明亚等地，岸边几乎全是一模一样的黄泥地，偶尔出现一座红砖厂或是几个捕鱼的渔民。这种贫乏反而使得戈尔丁平静下来。他写道："对于这个国度，我之前那纯粹的想象性概念已经改变了，因为相关的知识信息都在疾速扩张；这些知识不只是关于古埃及，甚至也不仅限于现代的埃及。"

原本计划中的"发现之旅"已不再实际，但一个真正的写作者必须无愧于自己的作品。威廉·戈尔丁自然知道，不诚实的"非虚构写作"实在也并不少见，可身为一个作家的自尊不可能允许他编织华丽、浪漫的谎言。诚实，这是他对自己的最基本的，却同时也是最高的要求。

戈尔丁没有被那种肤浅的人文主义和世界主义遮蔽双眼，他如实地记录了在埃及所遭遇的一切，记录了人们的无知和荒唐，记录了当地人对欧陆殖民者普遍的仇视，记录了"错误集合体"般别扭的水泥村舍。当他丢开知识、想象和情调，使自己成为一个纯粹的见证者，一种罕见的深度就降临在一本原本计划被用来消遣的旅游读物中。他接受了这一趟在诗意背面的旅程，而它却又会在意想不到的时候给予他回报。比如，某一个夜晚，"从客舱尾部窗子帘布的缝隙间，闪烁的星光倾泻而入；

这璀璨的星空，也同样闪耀在关于这个国家的所有旅行图书中，只要那作者是个合格的游客。看着那瑰丽的星光，你会感受到纯净简单的快乐"。

一个多月之后，威廉·戈尔丁一行结束了这趟航程，一年之后，他便完成并出版了《埃及纪行》。戈尔丁的这场旅行和这本书仿佛一同构成了一个象征，我们也许可以赋予其这样的寓意：人生并不需要幻觉，即使满是痛苦，也一定会有那些真实的快乐和幸福在其中闪现，而我们只需要捉住并珍藏其中任何一个，就足以照亮整个生命。

马拉喀什的异乡人

> 我就像人类的始祖亚当,由于被逐出天堂才真正得以成长。
>
> ——埃利亚斯·卡内蒂[①]《谛听马拉喀什》

旅行,脱离了被命名为"故乡"的安全感和归属感,但也由此换得了只有在一种无处落脚的漂浮状态中才能体验到的特殊感受,这种舒适感或不适感,向来被认为是创造力的来源之一。因此诗人和艺术家们便自愿放逐,成为一群无根的漂泊者。而对于1981年的诺贝尔文学奖得主埃利亚斯·卡内蒂来说,他的生命历程始终在从此至彼的漫游当中,"故土"本身就是一个悬浮在空中的不确定的概念。

在20世纪的欧洲,卡内蒂毫无疑问是一个典型的浮士德式人物,他为人类群体的无理性的暴行而感到迷

[①] 埃利亚斯·卡内蒂(1905—1994),著名德语作家,于1981年获得诺贝尔文学奖。其代表作品包括长篇小说《迷惘》,社会学著作《群众与权力》,自传三部曲《获救之舌》《耳中火炬》《眼睛游戏》等。

惘，他因为自己的深刻而受累，因为自己的高贵而受苦，因为清醒而不得不在不断的追问中老去。他在自己的出生地像一个格格不入的外来者。从幼时起，他便在欧洲大陆之上四处漂泊，更不得不放弃作为母语的保加利亚语，转而进入德语的世界之中。他经历了两次大战，作为一个犹太人，他的生命几乎是整个二十世纪历史的缩影，甚至是这个不断追寻着，同时又丢失着他们的应许之地的民族的一个象征。他那些带有自传性质的作品中充满了不安和恐惧，以及对人的命运的困惑。而其中年时期一次短暂的旅行所留下的一部迷人的游记作品，却以文字的形式为他的生命撒上了一抹鲜亮的色彩。

是熟悉的，却也是陌生的

犹太作家卡内蒂 1905 年出生在保加利亚，父亲是奥地利籍，母亲则是西班牙籍，这个家庭的精神地理正好形成了一个三角形的架构。这种并不常见的出身让卡内蒂从第一次世界大战前后宰制着整个欧洲的民族主义氛围中抽身出来，但也令他终身扮演着一个外来人的角色，既失去了身体与土地的亲密关系，也成了一个文化意义上的流浪者。

六岁时，卡内蒂随父母迁往英国的曼彻斯特，仅仅一年之后，他的父亲意外丧生，母亲无奈只得变卖了在英国的产业，再次离乡背井，带着年仅七岁的卡内蒂前往瑞士洛桑，但并未逗留多久，最终又决定迁往维也纳。这个哈布斯堡王朝曾经的政治中心一直是卡内蒂父母的精神归属之地。1916年，大战的阴霾使得整个奥地利陷于一种非理性的爱国主义狂热之中，卡内蒂的母亲又再次被迫迁徙，带着全家迁回到中立的瑞士。1917年至1921年，卡内蒂在瑞士读中学。1921年至1923年，他单独前往德国的法兰克福完成了中学学业。1924年至1938年，他又返回奥地利维也纳求学和生活。1938年，纳粹德国入侵奥地利，他不得不偕同妻子一起再次流亡，辗转多地，最后来到伦敦，后来获得英国国籍，并在此定居，直至1971年。1972年，年过花甲的卡内蒂又移居至瑞士的苏黎世，并在那里度过了余生。

因此，作为一位诺贝尔文学奖获得者，卡内蒂有时被人们当作英国作家，有时则被算作奥地利作家或者瑞士作家。这些说法每一种都似乎可以成立，但又都不够准确，他的经历太过复杂，以至于当人们面对一张欧洲地图的时候，无法在其中找到一个最佳的处所来安放他。

童年的经历无疑是具有决定性的，作家对于他六岁时即已离开的故乡——保加利亚的鲁斯丘克有着深厚的，同时又有些复杂的感情。他在自传作品《获救之舌》里写道："要我对早年鲁斯丘克的勃勃生机，对它的苦难和灾祸做一个介绍，那简直是不可能的。我后来所经历的一切都在鲁斯丘克发生过，在鲁斯丘克，其余的世界都被称作欧洲。"

显然，卡内蒂认同他的出生地为他自身的源头，他出自这里，并愿意忠于这里，这里是欧洲之内的非欧洲，令他始终无法成为一个真正的欧洲人。

然而，尽管作家心中的罗盘始终朝向他的故乡，可有关它的记忆却在不停地丧失着。尤其是，作为一个保加利亚人，他已无法和自己的故乡对话，已无法面对自身的源头。"我很快就把保加利亚语忘得干干净净了。幼年时代的所有事件都是在西班牙语和保加利亚语环境中发生的，后来对我来说，它们中的绝大多数却都变成了德语事件。"

于是有关鲁斯丘克，有关保加利亚，有关故乡和童年，一切都被改写着，那既是他最熟悉的，也是他最陌生的。

在语言失效之地，用心倾听

既然故乡已是他乡，那么异地便反而可能是一片精神故土了。这种奇妙的倒置也使得这一部游记，成为一段关于家园的反向记忆，这也许并非特例。

1954年，卡内蒂应一位拍摄电影的朋友的邀请，与之一同前往远在北非的摩洛哥，在历史名城马拉喀什进行为期近一个月的旅行考察。这座古老的红色城市随即以它幽静的园林、动人的风光、透出历史沧桑感的建筑、虔诚多元的宗教氛围，尤其是当地居民们独具特色的生活方式和异国风情，令在欧洲滞闷的空气中受困多年的作家心醉神迷。

太久的漂泊不仅使卡内蒂失去了故乡，也使他失去了他乡。他掌握的每一种欧洲大陆上的语言都极力地想要争夺他的舌头，占领他的身躯，成为他的刻在空气中的无法挣脱的故乡，然而却最终在他的身上僵持不下，令他悬停在故乡的上空，始终无法降落。法国著名思想家米歇尔·福柯在谈及自己的瑞典之行时曾写道："唯一真正的家园，我们可以在上面行走的唯一土壤，我们可以停下来安身的唯一房子，是我们从幼年时即已学会的语言。"

可对于卡内蒂来说，他的这所房子，他的避难所却是不断地被破坏，而后又反复地被重建的。他说："我梦见了一名男子，他忘记了地球上的语言，再也无法理解任何国家的人说的话。"正是在这样略带哀愁，甚至有些恐慌的梦境之中，他来到了马拉喀什，这个使他的语言完全失效的地方，在这里他从四个故乡对他的抢夺中抽身出来，成为一个真正的异乡客。

他在马拉喀什老城区的街巷间漫无目的地游逛，在繁忙的伯伯尔人市场中穿梭。那里的骆驼集市上讨价还价的商人，戴着黑色面纱的女人，操着完全陌异的语言的眉飞色舞的说书人，那些俄狄浦斯式的、仿佛代表着所有人类命运的盲人乞讨者都令他感到既遥远又亲近、既陌生又熟悉。他称他们为自己的"老兄弟"，从他们的身上，他看到了自己的史前史，一切所见所闻像记忆又像梦境，使他在一种奇妙的出离自身的恍惚中又再返回自身，重新进入了自己生命的源头。

于是，他写下一本新的作品，用于整理那些声音：盲人的呼喊声、动物和人的抱怨声、广场上的噪声、犹太人小学的孩子们发出的嘈杂声和阅读声。他将所有这些排除了语言的既定意义的声音汇集成一本书，这本书名叫《谛听马拉喀什》。

是短暂的，却也是永恒的

"我的心情就好像我现在身居别处，已抵达了我旅行的目的地；我不想离开这儿，几百年前我就来过此地，但是我忘记了，而如今一切又返回到我这儿。我发现那种生活的密度和热量在这里得以展示,我内心深处感觉到了它们。当我伫立在此,我就是这座广场。我相信,我始终就是这座广场。"

在马拉喀什的短暂驻留中,作家自觉地采用了另一种时空尺度来延伸自己,他使用的是一种秘密的方式,就像一个悄然越狱的囚徒,他的逃离之路必然在不知不觉中向着那朝思暮想的故土。在马拉喀什,他感到自己被极大的幸福感和安全感环绕着。他将自己的摩洛哥之旅称为一次"返回"。

这便是他所感知到的另一个故乡,一种天赐的、不可剥夺的心灵印记。终其一生,必有一天他会向着它回返,那磁铁一般的引力,那给人带来巨大抚慰的呼唤一定在某处等待着他,这是作家埃利亚斯·卡内蒂的另类归乡之旅,也是所有精神流放者的命运,没有任何一个人被这种命运所抛弃,那一刻的温暖即成永恒。

1994年,埃利亚斯·卡内蒂在瑞士苏黎世逝世,他在自己尘世的最后一站下车。我宁愿相信,他的精神或许早已停在了四十年前的马拉喀什,停在了那块令他感到"自豪"的土地。

重新发现美国

> 我的旅程早在出发前就开始,在回家前就结束了。
>
> ——约翰·斯坦贝克①《横越美国》

对于自己的祖国,每个人都具有一种先天的认知,凭借这种认知,他将一个广阔到几乎不可能走遍、看尽的空间与自身同一。就像一个孩子对自己母亲的情感和观感一样,这种认知能够给人舒适感、安全感,却也限制了人的眼界和胸襟,而若想摆脱这种局限,第二次斩断羁绊着自己的脐带,除了行走四方、丰富阅历之外,更要抛除成见,反身面对这片自己最为熟悉的土地,真正认识自己的祖国,自己的故乡。

美国作家斯坦贝克在年过半百的时候开始反思这个

---

① 约翰·斯坦贝克(1902—1968),美国二十世纪最为著名的作家之一,1962年诺贝尔文学奖得主。其代表作品包括长篇小说《愤怒的葡萄》《伊甸之东》《月亮下去了》《烦恼的冬天》,中篇小说《人鼠之间》,以及短篇小说集《长谷》等。

问题,他说"我决意再细看一次,试着重新发现这块巨大的土地"。他开着一部被他命名为"驽骍难得"① 的房车,带着一条名叫查理的法国鬈毛狗,从美国东北部的缅因州开始,一直到加利福尼亚州的蒙特雷半岛,横向穿越了他的国家。此次经历不仅仅为作家的人生增添了一抹传奇色彩,更反过来使他以往的所有作品都变得顺理成章,让这块既美丽又肮脏、既温柔又残酷的土地在他的脚下和笔下融为一体。这段旅程让斯坦贝克像一名医生一样在整体上把握和理解了美国,也让他发现,祖国和人的关系是如此微妙,他们相互包含又相互疏远,以至于可以说,美国既是所有美国人的美国,也是他一个人的美国。

从记忆到感觉

约翰·斯坦贝克出生于加利福尼亚州的萨利纳斯市,父亲是一家面粉厂的管理者,母亲则是小学教员。自幼时起,斯坦贝克就生活在工人中间,求学期间还做过短期的牧场雇工和筑路工人。因此,他的一些小说作

---

① "驽骍难得"出自塞万提斯的小说《堂吉诃德》,是堂吉诃德为他的坐骑取的名字。

品多以劳工为主角，带有浓厚的悲剧色彩。可以说，斯坦贝克所理解的美国，主要是由无产阶级构成的国家，他们中有移民，有农夫，有流浪汉，有伐木工，他们奋斗、挣扎、失落，共同造就了美国的历史。斯坦贝克的写作题材立足本土，具有强大的历史视野和感染力，这让他很快成为一位声名卓著的作家，更让他被认定为美国文化的缔造者之一。正因如此，他越发感到对于自己的国家和国民负有不可推卸的责任：他必须更为精确、更为深刻地呈现美国的形象，呈现一个在变化中永恒的美国。

1960年，已经五十八岁的斯坦贝克发愿要孤身一人游历这个让他又爱又恨的国家，要将它从自己的心灵中完整地掏出，再重新塞回原处。对此，他写道："身为一个写美国故事的美国作家，事实上我写的全都是记忆中的美国，而记忆充其量只不过是个残缺不全、偏斜不正的储藏室。我已经许久未曾听过美国说的话，没有闻过美国的青草、树木以及下水道的气味，没有见过美国的山丘与流水，也没有看到过美国的颜色和光线了。我对所有变化的知识都来自书本与报纸。但更重要的是，我已经有二十五年没有感觉过这个国家了。简言之，我一直都在写些其实我并不了解的东西，我觉得这对一个作家来说，简直就是罪恶。"

他边走边写，完成了一部名为《横越美国》的非虚构作品。事有凑巧的是，在这部作品出版的同一年，他便因为"通过现实主义的、寓于想象的创作，表现出富于同情的幽默和对社会的敏感观察"而赢得了诺贝尔文学奖。

在这本书的开始，斯坦贝克颇有些戏谑地提出了一个有趣的观点，他认为每一场旅行都有其自身的个性，而为了体现出它的个性，它会操控旅行者的境遇。而对于一位"有着天生的流浪因子"的人来说，应该顺应旅行的个性，令其自如地彰显。即是说，对于一场旅行而言，计划不但是多余的，还可能是有害的，要实现从记忆到感觉的跨越，即凝视、倾听、嗅闻真正的美国，需要的是随心而行，应势而变。而在这场历时两个多月的驱车旅行中，斯坦贝克和鬈毛狗查理一起，很好地贯彻了这一原则。

荒地和美地

对于一个作家来说，对如此具有文学性的活动放弃文学思考是不可能的。实际上，斯坦贝克横越美国的旅行从谋划之初就有鲜明的文学色彩，几乎可以说，在成为事实之前，它已经在作家的脑海中被虚构出来了。

《横越美国》有一个《白鲸》式的开头,斯坦贝克就像那个化名以实玛利的水手一样,如此描述了自己的流浪本能:"当浮躁的病毒开始攻陷一个刚毅的男人,而这儿以外的路又似乎更宽、更直、更美妙的时候,遭病毒侵害的受害者首先会为自己找出一个不得不走出去的正当理由。这对一个经验丰富的流浪汉来说一点都不困难。这种人天生就有一卡车的理由可以任意挑选。"

这种文学色彩,使得这次旅行的准备工作进行得有些异想天开。首先是被喷上了"驽骍难得"字样的房车——没错,这正是堂吉诃德坐骑的名字;接着是那条名叫查理的鬈毛狗,它似乎担负着守卫的职责,但事实上,"它是一只连陷在纸卷里都无法咬出一条出路的狗";另外,还加上足以让"驽骍难得"不堪重负的"一百五十磅从没时间看的书"。显然,在出发之前,约翰·斯坦贝克便已经将这次旅行构想为一个二十世纪的骑士故事。

一次长途旅行由变幻不定的一个个时刻组成,其过程必定是复杂的、难以预料的。在旅程的开端,斯坦贝克和他的"驽骍难得"即遭遇到一场名为"唐娜"的飓风,其间,他们"就像在稠粥中"硬生生向前挤一般。这个艰难的开始对于这个即将被印证的故事,倒也算是相得益彰,就像他精于表现的那些家族史诗一样,对于一段刚刚开启的奋斗历程而言,自然的挑战是首先需要应对的。

驾着"驽骅难得"搭乘轮渡穿过长岛海峡到达康涅狄格州海岸之后,斯坦贝克总是尽量拣选偏僻的小路行驶。这对于在大城市纽约生活多年的他来说,是一个本能的选择。而他很快发现"突然间,美国大得令人难以置信",这另一个美国,这另一个大得令人难以置信的美国主要由形形色色的自然风光构成,斯坦贝克将之称为"荒地与美地"。

他从佛蒙特州的北边进入新罕布什尔州的怀特山脉,从纽约州的水牛城经伊利,进入俄亥俄州的麦迪逊、克利夫兰和托莱多,后来又前往人口较多的密歇根州和伊利诺伊州;途经高耸的针叶林、白雪盖顶的山丘和鳟鱼跃动的溪流,呼吸着"有一种属于冰霜的甜美刺痛感"的空气,一寸一寸地累积对于荒芜与美丽的感受,终于抵达极致。从梭罗到约翰·缪尔,从杰克·伦敦到加里·斯奈德,歌颂这既荒且美的土地是美国文学传统的重要组成部分。经由这场旅行的前半段,斯坦贝克也将自己的身心融入了这个伟大的自然文学传统之中。

路上的观察家

无论如何,国家的概念由人创造,国家的主体,即城市和村镇,也都由人建造而成。要理解美国这个国家,最关键的是理解美国人。虽说一路经受了风景的洗礼,但作为作家,斯坦贝克的主要兴趣仍旧是人。他爱观察也善于观察,不仅仅用眼睛观察,也调用自己所有的感官参与其中:"我旅行的其中一个目的就是倾听,听别人说的话、腔调、说话的节奏、话中的话以及话的重点";"夜色把窗子变成了一面镜子,从这面镜子里,我可以在主人和他的客人们完全没有察觉的情况下观察他们";"到处都有钱的气味"。

从印第安纳州的南本德和加里到密歇根湖西南岸的芝加哥,从威斯康星州到明尼苏达州,作家和人的接触明显增多了。视觉、听觉和嗅觉在一路捕捉着浮光掠影,将之汇集成一个对于美国和美国人的整体印象。

《横越美国》中写到这段路程时,会间歇性地蹦出几句辛辣的讽刺,比如在论及美丽的威斯康星山谷时,斯坦贝克将谷中星罗棋布的商店和货摊称为"我们时代的破烂",并且庆幸"这些丑陋的疤痕都因为冬天而关上了门、钉上了板子"。

其中最为严肃的一例与语言相关,也与人的多样性有关:"我觉得地区性的语言似乎正在消失,还没有完全消失,但正在消失……我这个热爱字词及其无限变化的可能性的人,对这种必然的趋势感到悲哀。"

然而,似乎辽阔的祖国土地总不允许一种情绪长久地占领一颗心灵,在"逃离"了北达科他州之后,这种哀伤很快又在蒙大拿州被治愈了。在蒙大拿,斯坦贝克听到了"没有被电视化的纯正地区乡音",听到了"一种速度缓慢的亲切语言",看到"没有一丝一毫美国疯狂的熙攘"的平静与从容,并且因此而爱上了这里。这一定律在整个旅程中始终成立,甚至在爱达荷州因为路人的种族歧视言论而起的愤怒,也很快在农人们淳朴的友爱中得以化解。

一路上,斯坦贝克与餐厅服务生、农场雇工、伐木工、隐居者攀谈,听到各种不同的观点,体验到各种不同的情感,从中深刻地认识到美国是无法概括的,每一个州、每一个市、每一块土地都有自身的个性,尽管现代社会一直想将之完全模式化为同一种面貌,但这一企图始终都无法真正得逞。

正因如此,在回顾的时候,他写道:"我希望从这段旅程中了解到美国是什么样子。然而我并不确定自己了解到了任何东西。"然而,也绝不能说这场长途跋涉是无效的，在旅程的终点"这个土地怪物，这个世界最强大的国家，这个未来的种子，全都变成了小我的宏观世界"。于是，在旅行的开始，那个已经变得陌生的美国，已经与作家本人中断联系的美国，又再次与他融为一体。其实，这个一分为二，又重新合二为一的微妙过程，也将在或正在每一个人的身上发生。

河流,作为生命的隐喻

> 多瑙河并不在意河岸上的孤儿,只是不断朝海的方向流去,朝至高的信念流去。
>
> ——克劳迪欧·马格里斯① 《多瑙河之旅》

提起多瑙河,人们总是会有无尽的联想,即使站在河边,甚或在河中游弋,想象仍旧不会止歇。似乎不只有一条多瑙河,除了可见可感的那条之外,还有许多条多瑙河在不同的时空之中流淌。很难以一个简单的段落概括它对于欧洲文明的意义,多瑙河不仅仅在地理意义上滋养着其所流经的国家,它就像一个永远鲜活的梦境,在名著的字里行间低语、在名曲的音符之中跃动、在名画的油彩之上闪烁。在荷尔德林的《伊斯特河》之

---

① 克劳迪欧·马格里斯(又译作克劳迪奥·马格里斯,1939—),意大利学者、作家,代表作有长篇小说《微型世界》等。作家在欧洲文坛享有盛名,曾获得过意大利斯特莱加文学奖、伊拉斯谟奖、阿斯图里亚斯王子奖、奥地利国家欧洲文学奖、德国书业和平奖等。《多瑙河之旅》是马格里斯的成名作,从问世之日起便被视为旅行文学中的经典之作。

中，它拥有神秘莫测的生命；在约翰·施特劳斯的《蓝色多瑙河》中，它拥有永不消逝的青春；在多瑙河画派的画幅之中，它就像用天幕拧成的绳索，串起了一代代欧洲人的居所。对于在多瑙河边长大的人来说，不热爱多瑙河是不可能的，它天然地便是一个象征，几乎可被视为神灵眷顾人世的明证。

意大利著名作家克劳迪欧·马格里斯自二十世纪六十年代起，便数次沿多瑙河游历，依照河的流向走遍了河畔的每一个城镇。他以过人的博学与睿智，写下了一部有关多瑙河的历史、文化和社会的百科全书：《多瑙河之旅》。可以预见的是，在很长一段时期当中，对于那些打算前往多瑙河的、想要了解多瑙河的人，这部在1987年出版的著作都将是一本必读书。

在时间的源头

虽然听上去有些不可思议，但自古以来，人们一直都在追问多瑙河究竟发源于何处，伟大的希罗多德、老普林尼，以及地理学家托勒密都曾经寻找过多瑙河的源头，但几个世纪，乃至十几个世纪过去，这个问题依旧没有定论。久而久之，这个似乎不该成为疑难的疑难，已经成为多瑙河魅力的一个部分。

在《多瑙河之旅》的起始,克劳迪欧·马格里斯将两个"候选"的源头——位于德国境内的多瑙埃兴根和富特旺根一同列出,可谓不偏不倚。他特别提到了富特旺根的钟表博物馆,在这座"钟摆森林"之中,他聆听"生命的秘密节奏"。由此,他产生了这样的联想:"存在,似乎是一自足完备而不断回归到开端的动作,有如摆锤晃动于两个循环而分立的极点之间,什么都没有,唯独抽象的摆动本身以及将之下拉的地心引力。因此,最后,经过岁月的折损,身体终于达到无法挽回的静止状态。"

从这个段落可以看出,马格里斯的多瑙河之旅,实际是一趟名副其实的生命之旅,他通过旅行中的沉思,超脱于现实的空间。可以说,马格里斯心中的多瑙河在地上的多瑙河开始流淌之前便存在了,它是赫拉克利特的河流,是生命的河流,是时间的河流。从这层意义上来说,要找到多瑙河的源头的确是不可能的,谁又能知道时间从哪里开始呢?当然,也有可能,作家之所以生出这一整套有关存在和时间的联想,是因为无论多瑙埃兴根或富特旺根,都位于哲学家海德格尔晚年隐居的"黑森林"地区。于是,他以自己的方式重述了这位思想大师站在多瑙河源头时必然会产生的心绪。

稍后到达的两座河畔小城梅斯基尔希和锡格马林

根，在马格里斯看来仍旧是源头的延伸，仍旧位于时间的原点，具有同样的象征性。在河的源头之处，"环绕小屋的黑森林已变成超越的、普遍的哲学地景"。因此，马格里斯着重提到曾在这两座小城生活的两位伟人——海德格尔与塞利纳[①]，他将他们分别称为"梅斯基尔希的教堂看守人"和"锡格马林根的导览者"。这样严肃而又略带嘲讽的"命名"旨在对作为一条文化之河的多瑙河在最近一个世纪的"流向"做出一个大致的总结。

在多瑙河的两岸，人们在两次世界大战的劫难之后站了起来，又被一日千里的技术狂飙拽走，一脸茫然，跌跌撞撞地奔向前方。我们生活在现代性的废墟之中，要保持乐观是十分困难的。海德格尔和塞利纳，这两位饱含忧患的沉思者，曾站在多瑙河的源头以各自的方式观望河的流动：一位将目光探入河底，想要揭示那些稳定不变的东西；另外一位则凝视甚至投身于流动本身，并且以嘲讽又不乏悲悯的态度面对崩溃的、身不由己的一切。也许，随波逐流的我们都需要在两者之间做出一个选择。

[①] 塞利纳，指法国作家路易-费迪南·塞利纳（1894—1961），其代表作包括长篇小说《长夜行》《死缓》等。

在心灵的上游

在以文字的形式踏足多瑙河上游地区之前，马格里斯首先提及了一位名叫纽维克洛夫斯基的工程师，此人在其篇幅巨大的著作《乘游多瑙河上游》中为界定多瑙河的"上游"而殚精竭虑，他从地理学和地质学的观点，从水文的观点，乃至从国际法的观点，甚至从军事出发的观点，全面考察了人们提及的多瑙河上游究竟应包含哪些区域，而他自己则倾向于从航海科学的观点将"上游"框限在伊勒河与维也纳之间。

当然了，时间绵延向前，一切划分它的企图都将在永不中断的激流之中失效。愚公移山式的努力赢得了马格里斯的尊敬，他将纽维克洛夫斯基的著作称为"多瑙河上游的两千一百六十四页以及五点九千克"，显然是接受了这位工程师的见解。

跟随"导览者"塞利纳的脚步，马格里斯来到位于多瑙河上游的小城乌尔姆。这座独具风情的德国南部小城曾被古人称为"多瑙河畔第一城"。马格里斯来到乌尔姆，他很清楚地知道，他的双脚踏上的这座城市，不仅仅有一个空间上的坐标，也在时间之流当中占据一个独特的位置。乌尔姆是阿尔伯特·爱因斯坦的家乡，马格里斯说它是"德国人的神圣罗马帝国民族主义的核心"。这里既有"召唤着游人的可爱小街道",又有两块不同的匾额,一块挂在市政厅里,上面记载了天文学家开普勒在乌尔姆制作天体运行表的事迹;另一块则悬在卖猪的市场里,上面写着"即使在猪市场,也跳动着忠诚的德国之心"。

乌尔姆是上游的开始,然而背负了太多的历史,这让人反而无力感受它的美。真正让马格里斯在这条文化长河前打开双眼的是巴伐利亚州的施瓦本,是迪林根,是"在哈布斯堡时代人称小维也纳"的金茨堡,是雷根斯堡,是班贝格,是"水的城市"帕绍,是留下过歌德的浪漫和希特勒的妄想的小城林茨。而在从劳因根到迪林根的路途之上,作家发出了一通感慨,从中可见多瑙河作为西方人心灵中的典型象征,在人生和文学层面的双重指涉。他将这段路途比作"从特洛伊到伊萨卡"①,并且写道:"啊,让这个傍晚时分永久吧,也让我们永远不要到达迪林根,一如我们不曾跨越地平线。"

"永不到达"既意味着永无止境,意味着永远流动,在这一意象当中,人本身便成了河流。多瑙河既在时间

---

① "特洛伊及伊萨卡"均出自荷马史诗,前者是《伊利亚特》中希腊联军远征的城池,后者是英雄奥德修斯的家乡。

之中流淌，也在人的心灵深处流淌，它从历史的源头涌出，流经一代又一代人的精神深处，赋予河流两岸的民族以极强的洞察力和创造力。对此，作家马格里斯发出赞美："这条河流显然已是曲折迂回的反讽大师，它的反讽创造了中欧文学的伟大，创造了战胜自身荒芜、压制自身弱点的艺术。"

在生命的中下游

从中欧到东欧，从奥地利到匈牙利，再到南斯拉夫和罗马尼亚，从瓦豪低地到潘诺尼亚古地，从塔特拉山区到河口三角洲，马格里斯与多瑙河并肩行走，从中游来到下游。维也纳，这个被作家称为"中央咖啡馆"的地方，理所当然地受到最大的关注，得到最多的笔墨。作为欧洲文明的核心之一，维也纳会让人想起维特根斯坦，想起卢卡奇，想起瓦格纳，想起海顿，想起弗洛伊德，但也会令人想起斐迪南大公之死，令人想起哈布斯堡王朝的崩溃。在这里，斯特鲁德宫的阶梯"往下旋绕的流畅样式和波浪起伏般的节奏"，成了多瑙河的拟态，"步下这些阶梯时，感觉有如诞生于一条生命的大河，自在如归"，而多瑙河竟也仿佛受到这个孪生意象的浸染，"在生命阶梯的底部越沉越黄"，这混浊的黄水也将维也纳变成了"历史的阴沟"和"一个墓园城市"。

捷克和斯洛伐克,两个河畔小国自有其魅力。在那里,作家向伟大的弗兰兹·卡夫卡致敬,并赞颂了沿途童话般的美丽风光,但予以他最为强烈印象的地方,却非匈牙利莫属。究其根本,全在于这个处于西方文明边缘的国度所显现的文化异质性。

由于奇特的历史渊源,匈牙利的国土上留下了一个又一个民族相互角逐、退避、分裂、交叠、融合的痕迹,让这里的文化"像马赛克镶嵌画"一般复杂。有时它会让人产生一种不伦不类的错位感:"强烈而又有点散漫的马扎尔风光,可能就是东方了,亚洲大草原,匈奴人和培辛尼格人,以及星月旗的鲜明记忆。"而它的魅力可能正来自它的畸怪与沉重,尤其以布达佩斯为代表。在这座城市,在"黄色房屋围绕的"贝克广场,作家马格里斯就现代生命的悲剧性做出沉思,并仍以多瑙河作为喻体:"多瑙河继续往前流,无意间落入水中的一片纸屑已经消失,遗落到我们还未到达的未来。"

马格里斯与多瑙河一起,朝着这种"还未到达的未来"走去,从罗马尼亚和前南斯拉夫的土地之间穿过,在布科维纳的首府切尔诺夫策,文字中所表达的伤逝的情调达到了顶峰。这里是保罗·策兰[①]的出生地,而这位诗人短暂的一生几乎浓缩了所有典型的人类悲剧。可以说,马格里斯如同一位现代的但丁,他通过在地理空间中的运动,在更为宽广的心灵和象征层面旅行,既在个体的经验之上反省生命,又以不偏不倚的态度对欧洲,乃至人类文明的历史做出深刻反思。也和但丁一样,最终他仍然决定示人以光明和信心。

"水流的边缘像一把剑切割河水,波纹骚动,喷溅的水花在夕阳中闪烁,一阵光芒在河心被点亮;河水以它平和、冷静的节奏有目标地继续流淌。"

"继续"意味着卸下重负,轻装前行,我们要学习记忆,也要学习遗忘。结局早已明了,黑海在前方等待,河流将义无反顾地汇入它的胸怀,在最后一刻,在纵身一跃之时,仍然洋溢着生命的欢欣。

[①] 保罗·策兰(1920—1970),第二次世界大战前后最重要的德语诗人和犹太诗人,是纳粹集中营的幸存者,五十岁时在巴黎塞纳河投河自尽。

塞普尔维达：
南美是一张遗失物品的清单

> 在某种程度上，我们是在世界之南见证一个时代终结的幸运儿。
>
> ——路易斯·塞普尔维达①《失落的南方》

怀旧是这样一种情绪：它取消了现时，将一切直接投入回忆。旅行则是这样一种活动：它追求一次性的不可复现的经历。因此，它们便在精神中，在身体上彼此成为对方的拟态。在旅途中怀旧，不仅顺理成章，而且具有一种揭示作用，它提醒我们在愉悦的背后总是隐藏着缺憾——在旅行中，我们的经历犹如接连不断地拆开一份又一份伤感的礼物。

智利作家路易斯·塞普尔维达在自己的家乡旅行，仿佛在自己的内部远足，像一只寻找巢穴的鹰，在巴塔

---

① 路易斯·塞普尔维达（1949—2020），智利当代著名作家，其主要作品包括小说《教海鸥飞翔的猫》《读爱情故事的老人》，旅行札记《巴塔哥尼亚快车》（又译为《南方快车》）等。

哥尼亚高原上反复逡巡。南美洲在他的脚下悄然轮回，成为一片新的大陆，但它更新自我的方式并非创造，而是舍弃。他将他的旅行见闻称为"一张遗失物品的清单"，或迟或早，使南美之为南美的一切也许都将进入这份清单当中，而同时，使城市之为城市，使现代之为现代的一切将填充所有的空间。个性将成为绝对的稀有物——这个世界开放到了如此程度：一切均可分享，于是便没有什么需要分享了。

然而，塞普尔维达并非一个见证者，他从未在旅行中置身事外。与其说他是在为巴塔哥尼亚作传，不如说他是在记录一次又一次与自我的相遇。他的旅行仪式般地赋予了"遗失物品"另外一重含义：通过预言一种必然的失落使当前的价值获得一种提前的追认。

长期做客的人

失去家园的过程既缓慢又轻微，不易被察觉，人们只有经历一段足够漫长的时间，再通过回忆的剪辑，才能在心中唤起一种被长期推延的惊愕。智利是塞普尔维达的出生地，但将之称为他的故乡却不一定恰当，他是一个大范围的人，需要一个更宽阔的空间容纳自己的起源，他将那里称为"南方"。"在某种程度上，我们是在世界之南见证一个时代终结的幸运儿。那是成为我的力量与记忆的南方，那是我用尽爱意与愤怒紧紧抓住的南方。"

自青年时代起，塞普尔维达便有目的、有计划地在每一块大陆之上留下了自己的足迹。在欧洲和撒哈拉沙漠的深处，他像一棵漫游的树，在行走中生长，亲身经历了许多危险而又奇妙的时刻。正是在这样的生活之中，他发现自由是人唯一确定的和平等的天赋。他决心捍卫他的发现。

1973年，奥古斯托·皮诺切特发动军事政变，推翻了阿连德政府，并开始了对智利的长达十七年的独裁统治。一向习惯于以笔锋直陈政见的塞普尔维达很快便因言获罪，他被逮捕入狱，并被判处三十年监禁。两年以后，他以一种悲剧性的妥协换取了对剩余二十八年刑罚的赦免：他将恢复自由，但必须离开他的国家，作为一个流亡者在异乡生存下去。

挖掉了家园之后，失去了内核的世界也不过像是一座更大的监狱而已。但那是一个年轻人，有着年轻的肌肉和年轻的心，血管里涌动的血液像在安第斯山脉地下沸腾的岩浆。路易斯·塞普尔维达于1977年离开智利，在阿根廷首都布宜诺斯艾利斯短暂停留后，原本为前往欧洲而准备的旅费已被花去了大半。于是，一半是出于无奈，另一半却也是自己有意促成了一次对于计划的临时变更——他决定改道转机前往厄瓜多尔，想看看亚马孙河流域的印第安人是以一种什么样的方式在现代文明的缝隙中存活下来的。塞普尔维达与当地的土著居民一同生活了半年，他学习他们的语言和习俗，并且意识到在这块古老的土地上，他自己的先辈们只是一群蛮横的客人。

之后的八年，路易斯·塞普尔维达流亡于西班牙，并在这个殖民者的国家成了名人。在流亡结束以后，他仍然时常旅居于法国和西班牙，在家园记忆被打断以后，他似乎进入了一种奇怪的状态中，无论走到哪里似乎都是在旅行，似乎住在哪里他都是客人。他只能反复地靠近再远离，任由熟悉的一切渐渐陌生，而陌生的一切却又变得熟悉。

将大地归还于人的脚下

1996 年，路易斯·塞普尔维达正和他的朋友兼工作伙伴摄影师达尼埃尔·默琴斯基一起筹备一场跨越南美洲的旅行。他们"想做点什么来超越长久以来把我们带向这个广阔世界、为各个杂志及报纸提供报道的图文互衬的合作关系"，而要超越这种关系所需要的与其说是信任与投契，不如说是一种彼此放任的略显孩子气的友情。他们似乎从一开始就没有制订计划，或者至少是没有执行计划。也许是因为旅行对于他们实在是最平常不过的事了，那对于他们既是工作也是生活。但无论如何，这一次总还是有所不同，在这次旅行之前，并不存在任何预设，也就是说，没有一种成果在未来等待着作家和摄影家的工作。自然，他仍然会在纸上落笔，他也仍然会按动快门，但他们将放弃艺术家的绝大部分谋划，任由随机性来施展它的魔法。记录，仅仅记录就够了。

这是一次以体验失落为结果的旅行，这是一次纪念性的旅行，但是有关这一点，必须在旅程结束以后才能被揭示出来。起初，一切都是"照常理"进行的。"从圣卡洛斯-德巴里洛切出发，自南纬四十二度，在阿根廷界内向下直到合恩角，再从智利境内的巴塔哥尼亚返回，直至奇洛埃岛"，空间在笔下掠过，对于塞普尔维达而言，这似乎与在附近的公园里散步一样容易。

一路之上，两人仿佛在做这样的工作：以仆仆风尘报复手中的那张布满色块的地图，报复它的平面，它的轻浮和它过于简化的和失真的功能化处理——这几乎是一种帝国主义的方式。"在一八八〇年，当大批移民开始来到南半球的土地时，英国媒体强调的不是那个世界脆弱的美丽，而是它的经济潜力，依附在'悲哀的消灭野蛮人的需要'上的经济潜力……"而那些世界之南的长期居民，那些悲伤的主人"执拗地守着自己的尊严，决心不再做给游客提供消遣的民族版图上的可爱小细节"，他们是"艰辛的生存者"。

他们将生满朱丝贵竹的山谷安放在地图的一角，并在周围摆上特维尔切人、马普切人以及高乔人，想要以他们的方式来还原这块土地上被削弱的生命力。这只能是一个长期的秘密的过程，旅程从一个月扩充至数个月，而时间竟使得曾经真实的一切有如虚构。还原与修复最终竟演变为缅怀："在我和同伴上路的那一年，朱丝贵竹最后一次开花。它的有预言能力的红花将安第斯山地区的巴塔哥尼亚染成了红色，其实不用等太久，就会知道不幸会从何方袭来。"

遗忘的两种形象

遗忘是一个长着两种面目的精灵：有时它给人们安慰，有时它却使人们哀伤。在南美洲，远古的土地神早已退位，并被驱逐出境。遗忘精灵跟随现代性的脚步蹚入安第斯山脉、亚马孙河畔和巴塔哥尼亚高原，化身为各个不同的人物和角色，在得到时间的默许之后，趁着人们转过身去的时候，以轻盈的动作将下一件事物带走。

在布宜诺斯艾利斯,路易斯·塞普尔维达专程前往雷蒂罗车站,去与遗忘相会——车站正是一个极典型的象征性场所,堆积着人们在这里卸掉的过去。作为以象征来理解世界的人,这位作家选择以这里来表征阿根廷,甚至表征整个美洲。"十三个售票窗口排成一排,贴着椭圆形的绿色瓷砖,栅栏上的木制扶手已经被千万只手、被千万股情绪磨得发亮。在大厅一端的光线昏暗处有一个在嵌板上展示的展览。举办它是为了庆祝车站建成八十周年,在一切都是新事物的大陆上,这一天是这个新生古迹的大日子,因为拉丁美洲人的古代就是从我们这里开始的。"

作为自己的古代,"世界之南"飘浮在"现在"之中,以一种异常缓慢的节奏沉入忘川。这是时间自身的魔法,虽然无可阻挡,却温柔得如同抚摸。"此情可待成追忆,只是当时已惘然",这是自然的法则,是生命的一部分,像瀑布下的岩石总会长满青苔,像河流在冬季化为冰川。对于塞普尔维达,这种遗忘是可以亲近的,通过纪念与缅怀,甚至是可以以某种普鲁斯特式的方式返回的。

还有另外一种遗忘,藏身于人们共同的阴影部分,像一个无法切除干净的瘤。其中有文明对印第安人所犯的罪行,有仇恨和血腥的谋杀。人们小心翼翼地将它锁在心的深处，不敢去触碰它，但时不时地在小酒馆中，或是某个人的坟墓旁，通过一个醉汉或祭奠先人的山民的讲述，它又会突然现身。

整个南美之行当中，这两种遗忘始终交织在一起彼此角力，美好与丑陋铺满了整个旅程。他们遇到孤独的乐器制作师、遇到能给所接触到的植物带去生机的"奇迹女士"，但也遇到了曾经的黑帮。但最终它们都在同一份清单上，一份"遗失物品的清单"上。这是塞普尔维达在结束了这次南美之行后又过了四年才意识到的，那时他开始写作一本有关这次旅行的书，在完成之后，他将它命名为《失落的南方》。在这本书的末尾，路易斯·塞普尔维达以一幕辉煌的景象来缅怀失落的一切："太阳向太平洋落去，它点燃了平原，在冰川上映射着它的火焰。一切看起来都像巨大的炭火，于是，像那些坐在海豹皮做的轻薄船只上划过海峡的古老航行者一样，我们中的一个人怀着敬意喃喃道：'是的，是真的……'"

这一切，曾是真的。

第二辑

自然与文明

热带承载了我们的忧郁

我会不会是唯一的一个除了一把灰烬以外什么也没带回来的人呢?

——列维-斯特劳斯① 《忧郁的热带》

南美洲是汗水、可可、橡胶和水蟒的大陆,在约瑟夫·康拉德②的小说中,这里是地球的"黑暗之心"。而法国人克洛德·列维-斯特劳斯发现了这里的另外一面:一个失去了魔法的棕色女人。她带着疑惧与忧伤凝视着被文明粉饰的西方来客,但使人真正感到忧郁的,却在于随着年年岁岁风雨侵蚀,这目光中的恨意竟渐渐褪去,并转而向着自己。她发觉自身也已经是外来者的一个部分,这忧郁于是便内化为常年覆盖着大陆的潮湿的

---

① 克洛德·列维-斯特劳斯(1908—2009)法国著名的人类学家、哲学家,法兰西科学院院士,结构主义人类学创始人,法国结构主义人文学术思潮的主要创始人。

② 约瑟夫·康拉德(1857—1924),波兰裔英国作家,以创作海洋题材的小说而闻名,代表作包括《黑暗之心》《诺斯托罗莫》《吉姆爷》等。

阴影。

作为人类学家的斯特劳斯和作为一个人类的斯特劳斯之间有着一种深刻的断裂，力图被认可为科学的人类学所研究的对象从来都不是作为人类的自我，寻找他者的任务始终是一项必要的前提。世界公民列维-斯特劳斯，从道义上要求自己对一切文明一视同仁，他从地质学，以及弗洛伊德和马克思的学说出发，声明自己只能信服那些建立在严谨的分析和"化约事实"的方法之上的学问，但研究自己的同类，其中却有着无法化约的部分，即那些根源性的部分。正是这一点使列维-斯特劳斯不得不正视笼罩在南美大陆之上的那种他不能回避的忧郁，也令他不得不写下《忧郁的热带》这本也许太过感性的书。它本来可能是一本小说，并有着一个更为感伤的名字：日落。

那些早已失真的远方

二十世纪三十年代，年轻的哲学教师克洛德·列维-斯特劳斯尚未选定人类学作为自己的终身事业。那时，他是马克思的崇拜者，热爱《路易·波拿巴的雾月十八日》和《政治经济学批判》，尚不知在遥远的亚马孙河流域，已经有某种命运提前为他而酝酿着。

世界即将被卷入大战的烽烟之中，他所生活的巴黎却像个昏昏欲睡的贵妇，仿佛对此一无所察。异域情调、探险故事和实际出于厌世的"田园诗情怀"是巴黎人的心头所好，人们对于非洲、美洲不再那么陌生，他们只需待在自家的壁炉前，或是博物馆的报告厅内，就可以通过图片或文字领略这个世界的浮光掠影。人们内心渴望摆脱一成不变、死气沉沉的生活，他们肤浅的好奇心只想从那些荒凉奇异的自然景观中收获一点不疼不痒的刺激，绝少有人会关注这个世界的真相。他们不需要揭示，只需要迎合。

在列维-斯特劳斯看来，一个人类学学者被等同于那一类探险家或旅行家是可悲的。"目前探险已经成为一种生意，做探险者并不如一般所想的那样辛勤工作努力多年，发现一些前所未知的事实；目前的探险不过是跑一堆路，拍一大堆幻灯片或纪录影片，最好都是彩色的，以便吸引一批观众，在一个大厅中展示几天。对观众而言，探险者实际跑了两万多英里路这件事，似乎就把他的一大堆其实待在家里也可抄袭到的老生常谈和平淡闲话，都神奇地变成有重大意义的启示录了。"

1935年，二十七岁的克洛德·列维-斯特劳斯被邀请前往巴西圣保罗大学教授社会学课程。年轻学者的初次巴西之行，与他的老师乔治·杜马有关，但他并未像这位受人尊敬的老人一般对亚马孙河流域一见钟情。事实上,他只是"非自愿"地扮演了一些自己并不完全认同的角色:征服者的后裔,或强势文明的一根触须。

在《忧郁的热带》中,在回忆青年时代那次意义重大的旅行之前,斯特劳斯以诗人的笔触略显伤感地写道:"旅行,那些塞满各种梦幻似的许诺,如魔术一般的箱子,再也无法提供什么未经变造、破坏的宝藏了。一个四处扩张、兴奋过度的文明,把海洋的沉默击破,再也无法还原了……因此,我可以了解为什么那些旅游书籍中的种种假象会这么受人热爱了。这些著作创造了一些应该仍然存在,但事实上早已不存在的幻象。"

寻找尚未消散的梦之晶体

列维-斯特劳斯将被西方文明击碎之前的异域风貌比喻为梦,他说:"以前的传教士经常说,梦是野蛮人的神,但对我而言,梦却永远无法捕捉,像水银一样滑出我的手掌。不过,还是可能有一些闪亮的晶体散置于一些地方。像库亚巴,那个出产过很多金块的地方;或者在乌巴图巴,目前是个无人的港口,但两百年前西班牙大船在该处不断地满载而去;或许是在阿拉伯沙漠的上空,其颜色像鲍鱼贝上的珍珠光泽那样又紫又绿;或许是在美洲，或是在亚洲；在新西兰的沙岸上面，或是在玻利维亚高原，或是在缅甸边境……"

这些残片和结晶诱使他不断追寻，刺激他无数次地出发。虽说也许终究收获的只能是只鳞片爪，然而，在1934年2月，那时世界仿佛与他一般年轻，大海曾经慷慨地向他展示了无与伦比的美，对于他令人惊叹的一生而言，那是一个真正的激动人心的序章。

他乘着航船在海上那些星辰般的岛屿之间穿梭，一路饱览海上日出与日落的盛景，通灵般地体验了世界深处的那些亘古不变的、妙不可言的秘辛。船只途经西班牙、阿尔及利亚、摩洛哥的一众港口，像一个在时空中永恒不变的家园，而世界却在它的脚下流动，不断切换背景。在塞内加尔的达喀尔，列维-斯特劳斯进入了他的"新世界"，将一个西方人经验中的"旧世界"留给了背后的一排排海浪。

那是追寻的开端，他仍然抱有一个"发现者"的骄傲，仿佛自己正与哥伦布肩并着肩。在渡过了"郁闷的赤道无风带"之后，美洲大陆向他揭开了蒙在面上的轻纱。

"里约热内卢的建造过程和一般城镇不同。它首先建于沿着海湾的那一段平坦的沼泽地，然后往内陆发展，穿越那些环绕着海湾的陡峻山岳，好像弯曲于一只很紧而又大小不甚合适的手套里面的手指那样……"

"桑托斯的腹地是一片淹水的平原,上面有不少珊瑚礁小湖和沼泽,数不清的河流穿插其中,还有海峡和运河,其形态不断地被一层珍珠般的雾气笼罩而显得模糊,看起来好像地球本身,刚刚在创世的第一天出现……"

即使在多年以后,克洛德·列维-斯特劳斯仍愿意以这种方式回忆他的忧郁的热带那并未沾染忧郁的美,虽然在这些描写之中必须排除人的存在。

热带承载了人类的忧郁

一个人类学家终究要将目光投向具体的人的活动之中,青年斯特劳斯工作和生活的地点在圣保罗市,而在那里想成为一个"星期天人类学家"① 是可能的。那里被各种各样的外来文化冲刷着,叙利亚人、意大利人、日本人、德国人,都在某处留下痕迹,而那些仿佛始终未能相互渗透的城镇,仍保留着各自不同的面貌。那些奇特的乡野民俗、生活方式、社会仪式,与各种早期殖

---

① "星期天人类学家",指利用业余时间做学术研究和田野调查的人类学家。

民遗留下来的文化习惯交织在一起，使这片土地表现出一种空前的复杂性。这些一再刺激着克洛德·列维-斯特劳斯走得更远。

利用业余时间，他深入巴西腹地，走访了隐藏在森林和沼泽之内的原始部落。"从沿岸地带往北或往西走，丛林一直延伸到巴拉圭沼泽地，以至于亚马孙河各个支流沿岸的森林区。巴西内陆所见的上述景象，在这些地方也一再重复。"

他的脚步蹚过了帕拉纳河，走过隆德里那、诺瓦丹齐格、阿拉蓬加斯，这同时也是一条殖民者的拓荒之路，这片处女地上已经布满了条条车马道，但"象征文明的路仍然被森林包围着"。

对于那些被认为是贫穷和野蛮的原住民，他持有一种特殊的看法："像审美家一样，鱼把气味区分为浅与浊，蜜蜂把亮度按重量区分，重的是黑暗，轻的是光亮；那么野蛮人的神话与象征，就像诗人、画家和音乐家的作品，也应该被看作人类都共同具有的最基本的，也是唯一的知识。"

在这片侥幸留存，却像流沙一样渐渐散去的伊甸园之中，列维-斯特劳斯悲伤地预见到了失乐园的景象："十年、二十年或三十年之后，这片天赐沃土可能变成一片干燥的不毛之地，一片颓破的景观。"但也许他仍然低估了文明摧枯拉朽的速度。

1936年冬天，克洛德·列维-斯特劳斯返回法国，此后他又数次前往巴西，其中包括第二次世界大战巴黎沦陷期间。身为犹太人的列维-斯特劳斯，经由那条熟悉的航线，驶过一片片饱受摧残的土地，一次次地印证着世界的改变，此时他个人的忧郁已经与热带融于一体。

但无论如何，正是青年时代那些激动人心的旅行，使得他开始理解这个饱经沧桑的世界，为他确立了终身的学术志向，而《忧郁的热带》这部伟大的著作，不仅仅在学术史和思想史上占有崇高的地位，更成为一曲深沉的人类挽歌。

故事家的山与水

有一次,他曾恋上一颗星辰的亮光。
——罗伯特·路易斯·斯蒂文森① 《携驴旅行记》

罗伯特·路易斯·斯蒂文森这个名字会引起两种截然相反的联想。其一是来自《金银岛》中的略显粗野,但自信、乐观的冒险者,其二则是来自《化身博士》中的病态的、深居简出的神秘人。事实上,他的人生也由对应的两个部分穿插构成。严重的肺病总是将他囚禁在病榻之上,但天真热情的灵魂则时常将虚弱的身体拽起,投入到浪漫的历险之中。斯蒂文森的生活,就如同另一部由悬在更高处的、无形的手所书写的故事,一个即使他自己回头去读,也依旧会为之兴奋的故事。

---

① 罗伯特·路易斯·斯蒂文森(1850—1894),十九世纪后半叶最受欢迎的英国作家之一,代表作品有长篇小说《金银岛》《化身博士》《诱拐》等。早年,他曾在欧洲各地游历,并据此创作了《内河航行记》和《携驴旅行记》两部著名的游记作品。

第二辑 自然与文明

旅行与疗养：一种流动的生活

罗伯特·路易斯·斯蒂文森于1850年出生于苏格兰的爱丁堡。他的出身隐含有一种传奇故事的要素：他的曾祖、祖父和父亲都以设计和建造灯塔而闻名。这种兼具功能性与象征性的建筑形式，如同擎着灯的一只高举的手臂，将陆地、海洋与岛屿，将冒险的激情和每个人与生俱来的孤独感融汇在眨动的微光之中。作为这个"灯塔世家"的男性继承人，他本该子承父业，但命运的种子却开出了另外一枝花朵，他的道路不是由建造灯塔的砖石筑成，而是伸向了塔顶灯光投射的远方。

作为历史上最受欢迎的英文作家之一，斯蒂文森热衷于为读者营造这样的时刻：平淡无奇的、令人沮丧的生活被突然打断，一个激动人心的世界紧随其后，像魔术屏风一样打开。这种叙事策略和精神与身体的辩证有关，自幼体弱多病但聪慧过人的斯蒂文森对于这一辩证实在是最熟悉不过了。两岁时染上的肺部和喉部病患终身未愈，让他不得不对他的身体俯首称臣，遵照它的命令来安排自己的生活。他的生命被季节统治着，冬天的寒冷将他锁闭在生着炉火的房间里，然后夏天又用煦暖的阳光将他释放。不得不长期生活在墙壁的庇护和囚禁之中，使他爱上了阅读，尤其喜爱那些浪漫的冒险故事；而短暂的健康和温暖美妙的季节一同作用，使他比一般人更喜爱自然，更热衷于远足。前者的静酝酿了后者的动。在这种戏剧性的转换之中，这个身体瘦弱但天性活泼的男孩感受到一种蓬勃的生命张力，这是斯蒂文森写作的原动力之一：他想邀请读者从他的书中体验他在自己生命当中读到的惊喜瞬间。也许每一位故事大师都是如此，像一个满怀兴奋之情，急于和伙伴分享心爱之物的孩子。

斯蒂文森算得上是一个半职业的旅行家，既喜爱旅行，也擅长旅行。在旅行中，他追赶时间，追赶着生命的流逝。自幼年起，他便随着母亲频繁地在欧洲各地旅行，目的地总是那些温暖明媚的地方：英格兰南部、意大利或法国的小镇。他们像候鸟一样，四处追寻着对童年斯蒂文森的健康更为有利的气候。这段经历使他在成年以后掌握了一种保持活力的办法：就像更换血液一样变换自己周遭的环境。

在里维埃拉地区的门托尼，他的肺经清新的微风阵阵清洗，暂时恢复了健康。斯蒂文森便像任何一个处在青春期的年轻人一样，跃跃欲试，想要亲眼见证幻想中的景象，作为对自我的奖赏。在枫丹白露和巴比松，他享受到了花香、暖阳和友善的微笑，还和很多艺术家成为朋友。在有益身心的交际活动中他的思想变得更加活跃，对病躯的忧虑也随即消散，他甚至开始突发奇想，要去独自完成古代骑士一般的冒险活动。

携驴旅行：一个自我隐喻

在法国四处巡游的那些年，年轻的斯蒂文森着实做了一些在他人看来十分疯狂的事情。在山地河谷做徒步旅行是常事，而其中最为特殊的一次是在1878年，他决心赶着一头驮行李的小毛驴从小镇莫纳斯提埃出发，穿越塞文山区。

在辽阔空旷的环境当中，人是孤独的，但也因此收获了和天地的亲密。白天，斯蒂文森赶着他的驴在山间独自行走，和迎面遇上的因为太过难得而不能视而不见的同类交谈几句；到了夜晚，他便露宿野外，在星光的织毯下熟睡。那段经历后来为一本名叫《携驴旅行记》的游记提供了素材。

那时，他就像落单的堂吉诃德，或者无主的桑丘，是人们眼中的一个可笑的角色。"人们以轻蔑的眼神看待我，犹如看待一个打算旅行月球的人。不过也有一种殷勤的关心，仿佛我是准备前往寒极的。"一个人独行，惊喜与危险的可能都是无限多的，他需要做好准备。从斯蒂文森的行装除了可以看出丰富的户外行动经验以外，还可以看出他对于前路的想象是比较乐观的，这是一个典型的青年浪漫主义者的想象。"一支左轮手枪，一套小型酒精灯和平底锅，一盏灯笼和几支小蜡烛，一把大折刀和一只革制大水瓶……一条冷羊腿，一瓶波若莱酒，一只装牛奶用的空瓶，一具打蛋器……"结果，一路上固然没有遇到需要手枪才能解决的危机，但能够享用波若莱酒，尤其是使得上打蛋器的机会也很少。

当然，最重要的道具还要数那头名叫"小温驯"的毛驴，作为此次旅行中斯蒂文森唯一的同伴，它将成为一个它自己无法理解的文学形象，被人反复阅读。旅行者和同行的生灵之间半是主仆，半是同伴的关系，在整个行程当中显得尤为动人。那头小驴时而狡猾懒惰，时而坚韧不拔，它的主人因为它的缘故，时而苦不堪言，时而又欣喜万分。以至于他抱怨道，"我就像一头走向屠宰场的公牛那样走出了牲口棚的大门"，却又由衷地赞扬"它的缺点是它那属类的缺点，它的优点则是它自身所有的"。

这对特别的搭档走过沃莱山地和热沃当地区，跨越古莱山和洛泽尔山，蹚过了塔恩河谷地和米芒特河谷；在松林和河边露宿，在雪地中的修道院整顿。斯蒂文森就像是英国的阿凡提，在农民和牧民之中游历。贫穷和无知使得他们吝啬、多疑，但就像老勃鲁盖尔画作中的人物，他们俗气但可爱，愚昧但快活，充满鲜活之气："我所遇见的村民们……赋有乡土方式的智慧。"

正因如此，旅途中所有艰辛、灰暗的时刻，终会烟消云散。一路之上，美妙的景色使得"功力不足的画手绝望地放下了画笔"，使得旅行者"心里充满了一种不平常的期望，觉得一经翻过目前正在攀登的这座山冈，就可以下山进入人世间的乐园了"。

回顾旅程，主要色调是快乐和美好的，而它本身也构成了一个有趣的隐喻。那头小毛驴正像在世间承担着重负的身体，而牵引着它的旅人则像是浪漫不羁的灵魂，他们有时会有小小的冲突，但在更多的情况下相互依靠，终究要携手走完一段苦乐参半的路途。

内河与岛屿：世界的碎片

在短短四十四年的生命历程中，环绕着罗伯特·路易斯·斯蒂文森的美景，一半在山间，一半在水上。1876年9月，正在休养期间的斯蒂文森和好友沃尔特·辛普森爵士结伴，乘船巡游比利时和法国境内的内河流域，并在之后创作出版了他的另一本游记名著《内河航行记》。

他们的起点是比利时的安特卫普，然后是布鲁塞尔，之后是法国的莫伯日、瓦当库尔和圣伯努瓦，最后在瓦兹河与塞纳河的交汇之处下船，乘坐火车返回巴黎。旅行的经历由两个部分缠绕交织而成：其一，是船在河上行驶时不断流动的风景；其二，是在沿途停靠的城镇之中的见闻。这两者在年轻的作家心中引发的感慨是截然不同的。前者使他联想到时间的洪流和人的短暂易逝的生命："有一股迅猛、利索的潮水，把人们连同他们的一切幻想，像一根稻草那样带走，飞速地奔跑于时空之间"；"游艇走在激流里恍如一片树叶。流水把它带上了，巧妙地带走了它，仿佛一名马人带走一个山林水泽的仙女"。而后者却脱不开那些纷纷扰扰的眼前事。

与孤独但单纯的法国山地之旅相比，这次旅行无疑烦琐得多，每一座停留的城镇都是一个复杂的社会，有着形形色色的人。他们遇到了法官、贵妇、商贩、修士、士兵、军官、洗衣妇、技艺精湛却受人歧视的江湖艺人，他们见证了人性的狡诈和虚伪，更了解了不同阶级之间无法弥合的鸿沟。

也许正因为这种了解，斯蒂文森才乐于做一个他方世界的冒险者和主流文明的逃逸者。从十九世纪八十年代起，出于健康的考虑，更出于对冒险活动的喜爱，斯蒂文森开始了一系列在海上的航行。海的广阔给予人的感动是无与伦比的。在海上,他看到"天空日复一日毫无变化地以笑容对待我们","在这种露天运动中,我们落入金色的梦幻"。在此后的数年间,他成了一个不折不扣的岛屿爱好者。他拜访了夏威夷群岛、吉尔伯特群岛、大溪地和萨摩亚群岛。1890年,他在萨摩亚群岛的乌波卢岛买下400英亩的土地,并打算将这里建设成为自己的人间乐园,但他那始终也无法摆脱的,如同一个可怕的情人的肺病却在四年之后结束了他的生命。

旅行者正如同拾贝人,他们情愿放弃观看世界的整体,转而去收集那些美妙的碎片。斯蒂文森带往另一个世界的行囊当中,必定装满了色彩斑斓的珍宝。他短暂又完满的一生是一个传奇,只因他始终深知"活泼的生活,更重要的是健康的生活,一点一滴,都是从那个大批盗窃生命的死神手里夺过来的"。

傻瓜威尔逊的人间游历

最庸俗的莫过于那些文雅过度的人。

——马克·吐温① 《赤道环游记》

大约由于人民是如此需要讽刺的力量，大约由于弱者反攻强者时必须借助笑的打击，马克·吐温，这个大胡子的美国作家，两个世纪以来的声名似乎有增无减，尽管作为文学天空中的一颗恒星，他的光芒已经渐渐黯淡。和那些大致上与他同时代的大作家相比，马克·吐温不再属于必读之列，长久以来，他已从托尔斯泰、雨果和狄更斯的身边退走，滑向边缘。但有一种特别的文学类型给了他极大的支持，为他保留了一个位置，让他的作品始终占据着不可取代的地位，那便是成长小说。成长与游历之于文学或人生，似乎总是相互重合，似乎

---

① 马克·吐温（1835—1910），以幽默和讽刺闻名于世的美国作家、演说家，美国批判现实主义文学的奠基人，一生写了大量作品，体裁涉及小说、剧本、散文、诗歌等，其代表作包括小说《哈克贝利·芬历险记》《汤姆·索亚历险记》《百万英镑》《王子与贫儿》等。

灵魂的壮大总需要以旅程为食。所以，汤姆·索亚或者哈克贝利·芬便在马克·吐温的故事里一路行走，饱览沿途的风光，更历遍人间的甘苦。在他们的身上，我们读到了一个冷笑的马克·吐温，一个愤怒的马克·吐温，一个擅于嘲讽的马克·吐温，一个似乎从未长大的马克·吐温。马克·吐温的愤青形象和他一贯的个人主义立场，无疑在现代美国精神的形成过程中起过作用，但与其说他是一个典型的美国人，不如说他恰恰是一针典型的文明药剂，人们需要借用他的热忱和不留情面的天真，来对抗那可悲的、平庸的、丧失了活力的成熟。

一个陌生人，一个旁观者

1835年，一个贫寒的律师家庭迎来了他们的第六个孩子，一个男孩。男孩十一岁失去父亲，不得不自谋生计，从学徒帮工做起。而三十岁以后，他将成为一个极为著名的人。在旅途的起点，这个孩子名叫萨缪尔，后来在旅途的中段，他成了马克·吐温。他对于下层民众的同情和对权贵阶层的敌意当然不会全无来由，事实上，他的人生完整地实践了这种社会阶级的攀登：一个典型的美国故事，一个新兴的资本主义国家所需要的故事——一个人通过个人的勤奋与才华，摆脱了贫穷的泥泞，走向崭新的、光鲜的人生。阶级的转变代表着社会的活力。

在成为作家之前，马克·吐温首先成了一名水手。不知在他自己看来，这是幸运或不幸，也许我们该称他为"水手中的作家"，而非"作家中的水手"。马克·吐温的笔尖蘸的是密西西比河的河水，世界对于他，是一个无边无际的甲板，而那一艘青年时代的航船始终在他的血液中航行，从未中断。豪爽、热情、一往无前、敢作敢为，大约是他的人生准则，或至少是他所向往的理想人格。但长久以来，除了曾在中东做公务性质的短期旅行外，这个永恒的旅者，他的足迹更多地局限于欧洲和美国本土，而他一生当中最远的那一次旅行竟发生在他的花甲之年。

1895年，作为作家的马克·吐温是极其成功的，但作为一个出版公司的老板，他却陷入了随时可能破产的窘境。他的财务状况此时很不令人乐观，但他的影响力却在此时达到了顶峰。为了清偿债务，也许也为了从已经被证明为失败的社会事务中解脱出来，马克·吐温以一种戏剧化的巡回演讲的方式展开了一场环球旅行。这自然与他的声望相符，也与他过人的口才和表现欲望相得益彰。这趟旅行旷日持久，一直到1896年的秋季，马克·吐温一家才返回美国。在超过一年的旅程当中，这位美国作家如同游览了一座巨大的旧世界的博物馆。那里没有他习以为常的现实,即使他置身其中,周遭的一切也仍然像是被一条玻璃长廊隔着一般,保有一种展示性的距离。作为旅行的直接成果,一本叫作《赤道环游记》的书在两年以后出版,赚够了足以为他清偿所有债务的版税。

一切不难想象:一个强大的国家的重要公民,来到大洋洲、亚洲和非洲的殖民地,那里的土地处处覆盖着帝国主义巨舰的阴影;一个来自先进文明的使者,来到尚未完全开化的落后地区,在那里,难以理解的荒唐事物遍地都是。所以,这本书中的许多论点显得草率,甚至有危言耸听之嫌,所幸这个天生反骨的大胡子作者从未放下他的坦率和正直,哪怕他的傲慢与偏见都显得真诚可爱,对于弱者的无保留的同情,更使得这本著作成为一部反殖民主义的经典。

一个观察者,一个记录者

马克·吐温的巡回演讲首先从巴黎开始,在欧洲做短暂停留后,他便启程前往澳洲和新西兰。在大洋洲的数个星期之中,他似乎是一个有着双重身份的人,用两双不同的眼睛观看,用两支不同的笔书写。

作为一个游客，他写下这样的句子："我们看到了很美妙的落日的景色。广阔的海面被色彩分明的晚霞映成了一条一条的彩带；有许多长条的深蓝色，还有长条的紫色和晃亮的青铜色；波涛般起伏的群山映射出各种艳丽的褐色和绿色，还有蓝色、紫色和黑色，其中有几座山，隆起的天鹅绒似的山脊使人只想伸手去摸一摸，就像人们想摸一只猫的光溜溜的背一般。西边突出海中的那条很长的坡形的海角变成了隐隐约约的铅色，像鬼影似的，然后又布满了一层浅红色——好像是在若隐若现之中溶化为一个粉红色的梦一般，因为它显得太缥缈、太虚幻了。随后天边的流云被夕阳染成了一片火红的、光辉灿烂的色调，这种光彩又在海面上反射出来，使人看着不禁陶醉在狂喜之中。"

另一方面，曾经长年从事新闻记者工作的马克·吐温对所到之处的社会现象和政治状况表现出极大的兴趣。可以看出，资料的收集工作是提前完成的，在实地考察时，作者则通过访谈和调查来佐证或推翻那些得自他人的间接认识，这种求真的方式使得他能够更多、更好地了解当地的历史和现况。因此，《赤道环游记》不同于一般停留在感受层面的游记，从文体上，它常常体现出新闻写作的特点：它的作者十分关注当地的社会热点——有时甚至像一个奇闻逸事的追逐者，并且总在不失时机地发表自己对于时事的分析与看法。于是，在昆士兰的旅行记录中，个人的体验大半被取消了，最终留下的是两个扎眼的问题。其一是"招募工人——还是奴役"，其二是"昆士兰怎样消灭卡纳卡族"。前者有关当时发生在昆士兰的土著袭击英法劳工招募队的事件，后者则由此追问这样一段历史：一群外来的文明人是如何将野蛮无知的本地土著从他们的故土之上抹掉的？

在马克·吐温的整个创作生涯当中，他的反种族主义和反殖民主义的态度始终是明确的。无疑，正是这一次环球旅行的所见所闻才使得他真正成为一个坚定的反殖民主义者。

除非他给自己的眼睛和耳朵装上翅膀，否则他便必须用双脚将自己带去现场，如此才能明白那些他所需要为之发声的人们究竟在遭遇些什么。真正的同情是理解与接纳，是一种价值认同，在谈及斐济群岛上的土著居民时，马克·吐温写道："传教士把许多有价值的事情教给了这些苛求的野人，却也从他们那里学到一件事情——一种很优美的、富有诗意的信念，造物主的那些野蛮无知的、可怜的孩子相信花儿死了之后，会乘风飘荡，高飞到天上美好的田野，在那里长期盛开，永不凋谢！"总有一个瞬间，马克·吐温看到了那座天上的花园，嗅到了它的芬芳，也因此发现了人性中所共有的高贵的部分。

一个自然人，一个社会人

马克·吐温的赤道环游被他自己划分为两个部分：印度、其他地区。被他称为"太阳照耀到的一个最不平凡的国家"的印度，显然对于他有着不可替代的魅力。对西方的文化精英而言，这也许是一个普遍现象，作为参照物的东方，不仅是一个空间的概念，也是一个时间的概念，意味着遥远而古老的辉煌。而马克·吐温不是一个伤感的、怀旧的人文主义者，他对于印度的喜爱和崇拜十分天真单纯，不过是一个孩子关于异域冒险的梦境的投射。"你不久就会发觉你早年对印度的那些梦想又涌上心头，仿佛是在一片朦胧而甜美的月色中，升腾到你那模糊的意识的地平线上，隐隐约约地唤起无数遗忘了的情节，那都是属于你当年的幻想的；在你的童年，那种幻想在你心中曾经有声有色，使你的精神沉浸在东方的故事里。"

一个自然主义者不一定是一个世界主义者，能够对自然界的万物生灵抱有善意，并不一定也能给予自己的同类无差别的对待。但对于马克·吐温而言，这两者却毫无疑问是同一回事，因为他对于彼时西方社会热衷于谈论的"文明与教化"本就不屑一顾。他说"最庸俗的莫过于那些文雅过度的人"。所以,他的自然主义和世界主义纯粹出于赤子之心,是一种生命本能。《赤道环游记》每个章节的开端,都有一段署以《傻瓜威尔逊新格言日记》的伪造的开篇引言。这里所谓的日记指的当然是一本并不存在的书,这个人物出自马克·吐温的上一部长篇小说。作家借此化身为一个"神圣愚者"的形象,以自承痴傻的方式授予自己畅所欲言的权力。

于是,这个智慧过人的"傻瓜"会兴奋地谈起一种叫"汪巴"的猎鸟和一种叫"拉里禽"的鸣禽,谈起一种会笑的鸟,而它的名字却偏偏要叫"大鱼狗",谈起木毛虫和铜匠鸟,这时他就像一个生物学家或是博物学家。他也常常会这样谈论所到之处的战争、苦难与贫穷:"杀人的快乐是把白人猎兽的嗜好扩大了、改进了、提高了";"窜来窜去的老鼠、到处在地上伸直的模糊的人体,两旁是那些敞开的摊店,仿佛墓穴一般,睡着的人像尸体一样躺在里面,一动不动"。

有两个面貌完全不同的马克·吐温,一个愤怒,另一个温柔;一个尖刻,另一个温和;一个激情澎湃,另一个却显得悲观失落。导致这种双重性的直接原因在于,他是一个来自帝国主义地区的反帝国主义者,这给了他一种可贵的双向视角。马克·吐温不仅以这种方式编织了《赤道环游记》这部作品，在此之后，他的创作均以反帝国主义作为主题。

在《赤道环游记》的最后，马克·吐温以这样一段谦卑的自嘲总结了他的环球旅行："在那么短的时期内，居然把这么大的地球环绕了一周，似乎是一个了不起的大成功……随后天文台的人们传出了一个令人扫兴的天文报告，据说有一个发光的物体新近在遥远的天空燃烧起来，它运行的速度可以使它在一分半钟走完我这次走过的路程。人的虚荣心毫无价值，随时都有别的事情潜伏着，一到时候就叫它烟消云散。"

追访文明的脚步

蕴藏在美洲内部最宝贵的财富，就是自由。
————夏多布里昂①《美洲游记》

在《墓畔回忆录》中，夏多布里昂写道："我生活在两个世纪之间，就像在两条河流的汇合处一样。我跳进它们动荡的河水之中，依依不舍地离开我诞生的那个古老的河岸，怀着希望朝未知的彼岸游去。"

这是作家晚年对自己的生命做出的结论，虽说夏多布里昂也许算不上一位划时代的人物，但他却毋庸置疑地处在多重意义的交汇点上。他在欧洲与美洲的新旧大陆之间，在王权与共和政体之间，在保守与进步之间徘徊，淋漓尽致地表现了一个知识分子在时代交替、社会

---

① 弗朗索瓦·德·夏多布里昂（1768—1848），法国十八至十九世纪的作家，法国浪漫主义文学先驱之一。拿破仑时期曾任驻罗马使馆秘书，波旁王朝复辟后成为贵族院议员，先后担任驻瑞典和德国的外交官，及驻英国大使，并于1823年出任外交大臣。著有小说《阿达拉》《勒内》，长篇自传《墓畔回忆录》等。

激烈转型状况之下的困惑与犹疑。这一切与他意气风发地启航，却又中途折返的美洲之旅两相比对，更加显得意味深长。但必须首先指明的是，造就这位不彻底的旅行家的这次不完整的旅行的因素，绝非只有他身上的那些弱点，也有高贵的情感和心理动机——令他神往的绝不仅仅是肤浅的异国情调，在其中起作用的，还有一种俯瞰全球文明的整体视角。正因如此，这位出生于布列塔尼的作家，得以成为法国早期浪漫主义文学群星中最为熠熠闪光的一颗。他的经历和他的文章在今天看来依旧散发着超越时代的魅力。

站在世界的门槛上

夏多布里昂出生于1768年，同年，法国从热那亚共和国手中购得科西嘉岛的所有权，而1769年，拿破仑·波拿巴便在这座岛上诞生。可以说，这一潜在的事件决定了十九世纪的法兰西，乃至整个欧洲的历史，也决定了夏多布里昂个人的命运。

夏多布里昂的父亲是布列塔尼省圣马洛的贵族后裔，不过其时，他的家族早已败落不堪，从他的身上看不到理应从他的血统之中承袭的荣誉感和自豪感，有的只是虚弱无力的自我夸耀。夏多布里昂的母亲则是个典型的乡村妇女，循规蹈矩，眼界狭窄。这对平庸的父母，对待儿子都采取了同一种严酷的态度。可以说，这位作家的童年鲜有快乐可言。

由于家庭生活缺乏温情，夏多布里昂自幼便养成了孤僻敏感的个性。也许正因如此，他的性格似乎具有双重性，常常显得矛盾重重，这种既热情又阴郁，既理性又冲动，既积极又消极的个性，这种不成熟、不和谐的个性必定给它的主人带来困扰，但也是"浪漫"的鲜明特征和主要来源之一。在这种复杂性格的作用下，夏多布里昂需要故乡给他带来心灵的安宁，却又容易对这种安宁感到厌倦；需要外面的世界给他带来新鲜感，却又容易在不断的刺激下感到疲惫。它开启了他的旅程，然后又将其草草结束。

1791年，二十三岁的夏多布里昂决定前往美洲旅行。前往另一个世界，另一个文化极点去领略别样的风光，这本应是一个严肃的决定，但起因却是一种幼稚的英雄主义：夏多布里昂想要发现一条从未有任何船只行驶过的西北航道。这是纯粹的异想天开，因为产生了这个想法的头脑根本就没有足以支撑它的知识能力，何况那时的夏多布里昂也没有足够的财力用于组建他的探险队伍。

无论如何，在根本没有充分计划和充分准备的情况下，这个冒失的年轻人便在他的家乡圣马洛登上了航船。他先后经过亚速尔群岛、纽芬兰岛、圣皮埃尔岛，之后到达美国境内的马里兰州和弗吉尼亚州的沿岸地带，接着是巴尔的摩和费城，尤为值得一提的是，他在费城见到了乔治·华盛顿。然后，他又到达过美国东北部的另一些州，随后穿越了整个加拿大。

这次旅行前后共历时一年，尽管未能实现夏多布里昂为自己设定的目标，却也在一定程度上塑造了他年轻的心灵。后来回顾的时候，作家写道："我要成为旅行者，出发去美洲，要成为士兵，便回到欧洲，我到头来两者都没有做完。一个捣蛋鬼夺走了我的手杖和佩剑，把一支笔放到我手上。"

命运使然，从夏多布里昂启程的那一刻开始，一个他并不自知的潜在目标便埋在他的每一个脚步之中。他注定会中断地面上的旅途，而凭手中的笔在另一重时空——他的那些传世的作品之中——继续扬帆远航。

失去目标的旅行

在根据此次经历撰写的作品《美洲游记》中，夏多布里昂将他的美洲之旅称作"在荒原上的侦察"，这说明了一次丢失其目标的旅行所具有的别样魅力，同时也说明了不确定性为旅行开启的新可能。作家将自己比作尤利西斯，将自己自发的远行视作命运安排的流浪，事实上，这种心态倒给他带来了不少的意外收获。甚至可以说，至少在一段时期内，年轻的夏多布里昂似乎又回到了人类早已遗失的伊甸园，重新成为"自然之子"。

在《美洲游记》中，这位作家就像一个专业的自然科学家，以相当大的篇幅描写了他在美洲亲眼所见的各种动植物的形貌，其中包括河狸、熊、鹿、北美驼鹿、野牛、狐狸、狼、麝香鼠、美洲獾，以及多种鸟类、鱼类、蛇类和花草树木等。在这些被他以"博物志"为题列于一章之内的随笔中，他以第二个布封自况，显然认为自己所做的记录将具有重要的科考价值。然而，如果说自然代表着某种亘古不变的意志，那么人类社会则是不断演变的另外一极，在美洲的这块处女地，夏多布里昂的视线总是被那些发生在人与人之间的事件所吸引。因此，他又时常将自己当作一个人类学家，走访了很多印第安部落，记录了他们的婚丧习俗、节日庆典、歌舞艺术、历法、生存策略和生活方式，甚至研究了他们的语言。可以说，几乎无所不包的兴趣让夏多布里昂成为欧洲知识分子探索美洲的先驱。这些满怀激情的探寻以目标的遗失为前提，同样的经历在他此后的人生中再也未能重现。

多年以后，夏多布里昂对此次旅行做了如下回顾："如果达到我旅行的目的，这个历程会给我带来多么大的变化，我将迷失在这些荒芜的海里，在北极尚无人涉足的沙滩上；纷争不断的岁月压垮了那么多代人，闹得沸沸扬扬，却只能悄然无声地降临到我的头上：世界可能会变化，尽管我缺席。很可能我将永远没有写作的烦恼；我的名字将永远不为人知，或者跟某一个名人相联系，不会引起羡慕，幸福多于荣誉。谁知道我是否又会重游大西洋，或者被禁锢在由我的发现所形成的孤独中，就像一个征服者被他的征服对象所包围？"

可见，作家夏多布里昂在十八世纪末的美洲之旅是一次动机与结果相背离的行动，在当时一切都出乎本人的意料，但事后看来似乎都是恰到好处的。可以这么说，这个年轻人并未为他的旅行做好准备，但等待着他的那片土地却早已准备好迎接他了。

野蛮与文明

夏多布里昂之所以能对早期浪漫主义文学起到重大的推动作用，主要便在于他对于世界文化两极的观察与思考，对于野蛮与文明的辩证关系的清晰认知。在他看来，西方人眼中原始、野蛮的社会和文化样态在很多情况下正合乎自然的清新质朴，而"文明人"在固有的社会框架之外，在脱离了束缚之后，其所作所为却惊人地野蛮，这样的认识显然跟他的美洲之行有关。《美洲游记》中便有很多相关的记载。

在翁翁加达湖边的草地上，夏多布里昂遇见几个白人强占了印第安人的牧场："我瞥见三个白人男子赶着五六头肥母牛，他们让牛在草地吃草，然后朝那头瘦母牛走过去，用棍子赶开它。欧洲人出现在如此荒僻的地方，引起我极大的不愉快；他们的暴行更令我讨厌。他们在岩石间追赶那可怜的牲口，放声狂笑，使它遭受断腿的危险。一个蛮女子，看起来跟她的牛一样悲惨，从孤零零的窝棚里出来，向那受惊的牛走去，轻声呼唤它，给它东西吃。那牛朝她跑来，伸长脖子，发出愉快的哞哞声。白人移民从远处威吓这印第安女人……"在今天看来，这无疑是所有美洲原住民命运的缩影。而在这种暴力行径之外，还有一种看似更为温和的侵犯频繁发生，它对于美洲文化的破坏或许是更为致命的。

在由奥尔巴尼到尼亚加拉的路上，向导带着夏多布里昂第一次进入原始森林，那种古老而清新的自然风貌深深打动了他，一时间，他仿佛卸掉了一切文明的包袱，陶醉在一种纯粹动物性的愉悦之中。他写道："这里没有道路，没有城镇，没有王朝，没有共和国，也没有人。"但事实是,他在那里遇到了一群头上插着羽毛,鼻孔上穿有圆环,身上涂着颜料的印第安人,他们正和着小提琴的伴奏跳着瓜德利尔舞。拉琴的是一个法国绅士,穿着考究,满头卷发,涂脂抹粉,他正陶醉在自己拙劣的演奏技巧中,为自己"驯化蛮人"的做法沾沾自喜。这幅场景让年轻的作家感受到了比尼亚加拉大瀑布更大的落差。

事实上,这便是西方人对于弱势文明的主流态度。他们不了解也不屑于了解掩藏在另一肤色、另一种装扮之下的灵魂,而建立在误解之上的行为,无论是恶意或善意的,最终都将导向灾难性的结果。而早在1791年,便有一位年轻的作家感知和预见到了这一切。回到法国之后,夏多布里昂很快便写出了他的小说代表作《阿达拉》,小说中美丽的女主人公是白人和印第安人的混血,接受了"文明的改造",信仰基督教,但最终却因为要以教条与誓言束缚她身体当中美好自然的激情,不能与一位她深爱的印第安男青年结合,而不堪忍受痛苦,最终自尽而死。这部小说出版后,在整个西方世界引发了巨大的反响,开启了在全球化视角之下,欧洲文明的自我反思。

在两个多世纪之后的今天,夏多布里昂所面对的问题并未得到根本的解决。究竟应该以何种立场、何种态度与他者相对,究竟如何赋予不同的存在状态以同等的尊严,这仍然值得我们深思。

山中的永恒

> 这些大山的迷人之处完全超出了常理,和生命本身一样,无法解释而且神秘。
>
> ——约翰·缪尔①《夏日走过山间》

在东方文化之中,有关出世与入世的辩证是一条十分重要的线索。人既是社会性动物,如何看待自己与社会的关系便是安身立命之本。表面上看,出世与入世是两种相反的逻辑,前者将社会视作一种抑制力量,后者则将社会视作必要的推动力量,但两者都是个人主义的,都是为了成就个人。说到底,其中只体现了两种不同的自我期许。

在归隐山林的出世理想中,自然只是作为社会的对立面,作为纠正和补偿,为厌倦社会的人提供容身之所。

---

① 约翰·缪尔(1838—1914),美国著名探险家、游记作家、早期环保运动领袖,主要著作包括《夏日走过山间》《在上帝的荒野中》《阿拉斯加的冰川》等。缪尔提出的敬畏自然的价值观念影响深远,是现代环保主义的重要理论来源。

然而，这常常只是在知识分子的精英视角下衍生的幻象，社会与自然的二元结构在人口、交通和科技的急骤变化下，早已被彻底瓦解，田园诗般的生活只能是一种奢想，甚至是一种被过度美化的虚无主义。我们将目光投向更为广大的世界，便不难发现，西方的现代环保主义运动给我们提供了一种新的思路，一种更为接近"和谐之道"的新理念。其中，作家、探险家、环保运动领袖约翰·缪尔的旅行、写作和社会实践尤其具有启迪作用。

夏日走过山间

约翰·缪尔出生在自然环境优越的苏格兰，据其本人回忆，幼年时他为了取乐而捕杀了不少小鸟，他为此悔恨终生，因而更加敬畏生命。1849年，约翰十一岁，他的家庭远渡重洋，举家搬迁至美国的威斯康星州，并在那里经营一座农场。基本可以说，约翰·缪尔是在极为切近自然的环境中长大成人的，这奠定了他理解世界的方式。

约翰·缪尔曾短暂地在威斯康星大学就读，但并未毕业。一切学科教育对他而言都不及在荒野中行走更有学习的价值。于是，他中途退学，从印第安纳步行至佛罗里达，之后又前往加利福尼亚，走了超过一年时间，其间靠打零工赚取基本的生活费用。

1869年，正在内华达山脉一带游荡的约翰·缪尔得到了一份"梦寐以求"的工作：一位牧场主聘请他与另一位牧羊人一道带着羊群去默塞德河、图奥勒米河的源头放牧。在之前的探险之旅中，缪尔曾经短暂到访并为之深深迷恋的约塞米蒂山谷就在那里。他说："只要能让我回到去年夏天让我流连忘返的约塞米蒂群山之中，任何工作我都会欣然接受。"

这次遥远的游牧之旅历时三个多月，由夏天走到了秋天，从默塞德河的马蹄湾到北穹顶山和南穹顶山，从特纳亚山谷到图奥勒米山谷，从莫诺湖到里特峰，从达纳峰到主教峰……几乎遍及了整个加州的中央山谷地区。在此过程中，年轻的约翰·缪尔同时充当了牧羊人、探险家、生物学家、地质学家和人类学家的角色，展现出惊人的求知能力和知识水准，不仅完全不像一个辍学生，反而通过自己的考察取得了许多重要的科学成果。他对约塞米蒂群山中的巨杉树林分布情况的调查发表在颇具影响力的科学杂志上，他大胆地假设是冰川塑造了山谷周边的地形地貌，这一理论后来被广泛接受。当时的地质学权威路易斯·阿加西称赞他为"第一位具备冰川运动概念的人"。这些成就终究会渐渐沉积在历史的底层，注定不朽，却也将随着科学的不断进步而被渐渐淡忘。

真正使约翰·缪尔具有超越时代的影响力的主要因素是他的写作。他在这三个多月的旅行期间创作的游记作品《夏日走过山间》在发表后成为经典，令他所坚守的价值观念深入人心，直至他过世已超过一个世纪的今日，仍旧对于北美乃至全球的环境保护起着重要的促进作用。这一方面是因为作为优秀的游记作家，他的作品始终在感染着读者，鼓动他们热爱自然，鼓舞他们保卫自然；另一方面则是由于他的言行为现代人揭示了一种可能的理想生活方式，这种生活方式旨在让人重新寻回自然的灵性，从而能够更为超然地入世，也能更有责任感地出世。

"无用"的造物

作为一本游记，《夏日走过山间》的动人之处首先在于，它以日记的形式记录了约翰·缪尔在1869年夏天的所见所闻、所思所想，真诚地、令人信服地呈现了一个自然主义者的肖像。这是一个以山野为家，以鸟兽为邻的人；这是一个将峰峦称为"云上的王国"，将洞穴称为"大理石宫殿"的人。读他的文章，我们仿佛读到的是一个孤独的帝王在自己荒无人烟的领地巡游的故事。一草一木，一山一石，对他来说无一不是奇迹，每一次俯仰之际，眼中所见无一不令他惊喜。这种荡人心魄的幸福感和亲密感，让人很难不为之动容。

在6月5日的日记中，他如此描述在皮诺布兰科峰眺望马蹄湾的感受："这片美景就像是经过精心设计的圣洁雕塑一般，让人不禁对大自然的鬼斧神工叹为观止。我心怀敬畏地凝望眼前的壮丽景色，恨不得用我的一切与之交换。我心甘情愿穷尽毕生努力，来探索造就这地形、这岩石、这植物、这动物、这气候的大自然神力。天上地下，这美景已经超越了人类的想象，浑然天成，又不断新生。"

这段文字既是言志，也是抒怀，更是告白。可以说，《夏日走过山间》是约翰·缪尔写给自然的一封情书。事实上，这些优美的日记中满是对于"这岩石""这植物""这动物"和"这气候"的精彩描写，从蝴蝶百合、蓝橡树、加州黑栎、兰伯氏松、智利铁线蕨、山茱萸，写到啃食松果的道格拉斯松鼠、发出"奇——伊"嗥叫声的野狼、吃莓果的熊、平原上胆小的角蜥，从山上的大理石、花岗岩、变质页岩和溪流中的鹅卵石，写到"热情的雨滴""如同天空中坚实的大山"的珍珠色云彩、夜里因为静电而在毛毯上闪烁的火星。约翰·缪尔采用了一种抒情诗式的语言，并常常加入拟人化的称谓，似乎想为每一个他见过的物种都留下一个微型的传记。

这一行为蕴含了对于人类社会普遍价值观念的质疑。在介绍布朗平原上的西部毒栎时，作家写道："和大部分对人类无用的物种一样，它们也交不到什么朋友，经常有人盲目地问：'为什么造物主要创造它呢？'他们从来也不想想，或许西部毒栎只是为它自己而生呢？"

在这里，他否定了以"有用"和"无用"作为价值评判标准的人类主观视角，提醒我们一切存在均有其价值，都应当得到同等的尊重。甚至可以说，正是这些"无用之物"使世界丰富而美丽。自私的实用主义策略不可能给人带来幸福，只会使生命变得贫乏和枯燥。

大自然的课程

在《夏日走过山间》中，约翰·缪尔称自己的探险之旅是在修习"一门大自然的课程"。那么，在这门课程中，他究竟学到了什么呢？首先，不难发现，约翰·缪尔在写作中一直着力表现"众生平等"的朴素思想，对一切生物都不吝于表达自己的敬畏之情。比如，写到山中的蜥蜴，他说，"温驯的蜥蜴，古老而强大的物种的后代，愿上天保佑你，让你的美德彰显于世间"；写到蚂蚁，他说，"真的忍不住会认为那身体小小而野性十足的黑蚁才是这苍茫山野的主人"；写到西黄松，他则说，"它们的高贵气质有目共睹。它们的每根纤维、每个细胞都是如此充满生机地悸动着、摇摆着、扩展着，它们巨大而闪闪发光的树干——这些植物王国中绝对的王者，在上帝的注目下雄伟地屹立了数个世纪，被一代又一代人敬仰、爱慕和崇拜着"。

值得注意的是，约翰·缪尔并不畏惧或厌倦人类的社会生活。在他的眼中，人也是自然万物的一种，并不特别高贵，但也不必贬损，也应当得到适度的歌颂。因此，他在自己的著作中同样为猎熊人、牧羊人和印第安人留下了位置，以同样的情怀赞美他们的智慧与坚韧，同情他们的贫困和艰辛。

这些因敬畏而生的颂词，几乎在每一天的记录中都可以找到，正是这种谦逊的赞美为他赢得了自然的馈赠。在《夏日走过山间》中，缪尔不止一次将这片令他心醉神迷的山中乐园称为"天堂"，那种无与伦比的幸福感，如同亚当又一次回到久违的伊甸园之中。

在约翰·缪尔看来，"失乐园"的发生，让人类被逐离了永恒的领域，但即使再短暂的生命也从未割断过与永恒的联系。只要我们尝试亲近并且融入那些比我们更为恒久的存在，就可能恢复这种联系。他就此写道："我们的血肉躯壳在四周的美景中就像透明的一样，完全融入周遭环境，与山间的空气、树木、溪流、岩石一起，在阳光的照射下颤抖。我们已然成为大自然的一部分，非老非少，非疾病非健康，确是不变的永恒。在这一瞬间，我仿佛跟脚下的大地，头顶的天空一样，已经完全脱离了依靠食物、空气才能存活的肉身。这伟大的转变是如此完美和圆满，让以前那个凡夫俗子的记忆淡至仅仅成为只供对比的凭据。在这崭新的生命里，我们仿佛已永恒不朽。"

直到1914年逝世之前，约翰·缪尔仍在不断地探险、写作。他创建了北美最为重要的环保组织"塞拉俱乐部"，并且推动了美国第一个国家公园"约塞米蒂国家公园"的设立，因而被后世誉为"美国国家公园之父"。或许他并没有想到，有朝一日，当他的身体回归尘土，当他的灵魂上升至群星之间，约翰·缪尔这个名字确将与天地一同不朽。

邂逅世界的广阔

有如此壮丽的景色为伴,就算遭人围攻,也足堪告慰。

——罗伯特·拜伦① 《前往阿姆河之乡》

在西方文明史中有两个拜伦,除了家喻户晓的诗人乔治·戈登·拜伦勋爵之外,另一位名叫罗伯特·拜伦的作家也有广泛且深远的影响。在二十世纪初,他和其他重要的游记作家一起,描绘出了西方人眼中的东方世界,以令人心醉神秘的状物之才,以及敏锐的感受力和洞察力,赢得了数量庞大的读者。作为当时少数有机会且有能力凝视文明之镜的人,他有意以自己的脚步和笔尖,塑造出一座座文字的纪念碑,将一个个转瞬即逝的时空图景铭刻下来。

---

① 罗伯特·拜伦(1905—1941),英国旅行家、作家、艺术史家,早年就读于伊顿公学及牛津大学默顿学院,后来游历了欧亚大陆之上的众多国家,最远曾到达过中国的西藏。其文学成就主要是游记作品,代表作包括《前往阿姆河之乡》《穿行内陆亚洲》等。

在那个时代，游记写作往往是被一种对于文明的责任意识所推动的，很多优秀的游记作家、旅行家，同时也是优秀的历史学家、人类学家或考古学家。他们的行走和书写不仅仅包含着知识追求，更具有不能忽视的道德前提，将他们称为一群"知行合一"的人也许并不为过。罗伯特·拜伦的旅行和写作对于他的时代具有多种意义，他的作品既是一位作家的优秀散文，也是一位建筑史学者的考察笔记，更是一个人文主义者留给世人的精神档案。

另一个拜伦

1905年，罗伯特·拜伦出生于英国的威尔特郡。据说，他与大名鼎鼎的拜伦勋爵确有一些血缘关系，除了姓氏，会引起这种猜测的，还有他早熟的才华和短暂而耀眼的生命轨迹。尤其巧合的是，两个拜伦的生命都终于三十六岁的年纪。尽管由此而对冥冥之中的天意生出某种慨叹无疑是一种矫揉造作的行为，但在他们之后，拜伦这个姓氏确会令人难以避免地联想到一种灿烂的，但却具有毁灭气质的青春光华。

罗伯特·拜伦幼年时家境优渥，这使得他有条件接受最好的教育。多数人梦寐以求的东西，对他而言却唾手可得，以至于他自少年时代起，性格便相当叛逆。在著名的伊顿公学就读时，他因为假扮成老妇逃出校园而成为闻名全校的坏小子。在维多利亚时代，这种不羁的性格与其上流阶层的家庭出身必定是格格不入的，但也正是在这种性格的基础上，他对艺术的热情和具有浪漫主义色彩的个人理想都早早地发展成熟。在求学时期，拜伦便已在文学、建筑和绘画等方面颇有研究，但很难就此推断他在那时就树立了某种成为作家或艺术家的志愿，更应该将之归结为一个少年的求知欲和一种天生的对于美的敏感共同作用的结果。

罗伯特·拜伦人生中的第一个标志性事件，应当要数他在十八岁的年纪出访意大利的旅行。那是他第一次出国，对于他作为旅行家和探险家的后半生而言，这是具有决定性意义的一次经历，而且恰好发生在他三十六年生命的中点，这是另一个让人不禁要感叹命运的巧合。

日后回忆起这次出游，罗伯特写道："要不是那次旅行让我邂逅了这个广大的世界，我可能早已成为牙医或公务员。"这当然只是一句调侃罢了，但一个人若有那么一刻，曾真真切切地感到自己正在逼近某种使命，则可想而知，其精神受到了何等强烈的震撼。

在罗伯特·拜伦的余生中，这种"与广大世界的邂逅"几乎一直在不断地重演。在二十世纪二十年代，他多次游历希腊、土耳其等地，追溯欧洲文明的源头，创作了多部有关艺术史和社会史的著作，其中表现出的学识和思想能力令许多名重一时的作家都自愧不如。那时他的年纪不过才二十出头，以至于长期以来，人们提起他的名字，都会很自然地论及他的早慧与早逝。

尽管早在少年时期，罗伯特·拜伦便以他的天才令整个英语文坛为之瞩目，但真正让他永留文学史的却是一次在中东及中亚地区的长途跋涉，那次旅行让他写下了名为《前往阿姆河之乡》的游记。自诞生之日起，它便在游记题材的文学作品中居于最为显耀的位置，是一座色彩斑斓又晶莹剔透的文字奇峰。

建筑是历史的面孔

对于有钱又有闲的上流阶层而言，旅行并不是什么新鲜事，他们总是需要给自己的闲情逸致找一些寄托。这原本倒也无伤大雅，但如若没有一种真正深入内心的理解和认同作为前提，这种肤浅的对于异国风情的欣赏与向往，只会给那些异质的文明造成创伤。当然了，冷漠的游客们常常也将创伤本身视为迷人的景观。

与之不同的是，罗伯特·拜伦对待旅行是极其严肃的。换句话说，他的旅行绝非一种惬意的消遣，而是一种必须筋疲力尽才能达成目标的任务，是对灵魂和身体的双重考验。艺术与历史，尤其是与建筑有关的内容，是他在旅行中要着重考察的中心主题。

从1933年8月一直到1934年7月，罗伯特·拜伦从威尼斯出发，经过塞浦路斯岛、耶路撒冷等地，进入到中东地区，又经过巴勒斯坦、叙利亚、伊拉克、黎巴嫩和伊朗，走遍了这条地带之上的所有历史文化名城，然后又来到了阿富汗、乌兹别克斯坦等地，在返回欧洲之前，还在印度做了短暂的停留考察。这次长途旅行将近一年时间，据说其起因仅仅是罗伯特·拜伦在很偶然的情况下看到了一张土库曼高地塞尔柱人墓塔的照片，他对建筑艺术的情感可见一斑。很显然，在他看来，建筑在一定程度上是人类文明的铁证，有着极为重要的艺术和历史价值。

一段有关波斯波利斯的抒情几乎可以视为罗伯特·拜伦在不经意间对此次旅行所做的一个总结："你骑过一阶阶的石梯上到平台。你扎营于此，石柱及长了翅膀的石兽，在星光下享受着孤寂，没有一丝声响或一点动作打扰这月光下空荡荡的平原。你不禁想起大流士、薛西斯一世和亚历山大大帝。你独自徜徉在古典世界，用古希腊人的眼睛看待亚洲，并感觉到他们灵敏的嗅觉正在向中国延伸而去。如此动人的情绪，让人无暇顾及美学或任何课题。"

这段优美的自语贴切地点明了旅行中的心绪,尤其是,准确地描述了与那些伟大的建筑作品邂逅的瞬间,那种心荡神驰的感受。在那个时刻,所有具有人文情怀的心灵都会真切地觉知自己身处于历史之中,处于近乎无限的文明进程之中。如同一个小小的水滴汇入了大海,不论在喧嚣的此生此世他有多么孤独,但在那个瞬间,他明白,他将进入更广大的时空版图,被纳入高贵而伟岸的集体灵魂之中。对于在世界的一次眨眼间便已数度轮回的短暂生命而言,那是一种真正难得的、深邃的幸福感。

在游览居鲁士陵墓时,罗伯特·拜伦还写道:"它的外表充分透露它的年岁,每块石头都被亲吻过,每个接合处都被摸得凹陷,仿佛饱受海水侵蚀。"似乎在他看来,那些伟大的建筑之所以能够拥有如此动人的魅力,除了设计者和建设者们的才华与付出之外,还在于岁月本身也参与了塑造,成为建筑艺术的有机部分,而这种自然的蚀刻工艺才是最高明、最神奇的。

由此可见,罗伯特·拜伦对于建筑的景仰是顺理成章的。可以说,它们是历史与文明的见证,是竖立在大地上的巨型典籍,是任谁也无法歪曲的春秋笔法。

文明是属于所有人的财富

与建筑相比,人实在太过善变了,无论外貌或是内心皆是如此。除了考察和欣赏艺术作品之外,在旅行之中,罗伯特·拜伦的另一大爱好便是观察当地人的言行举止。由于语言障碍,多数情况下,他所依靠的仅仅只是自己的眼睛,这让他的观察主要停留在感官层面。但凭借敏锐的直觉,他仍然在《前往阿姆河之乡》中为各式人物留下了生动有趣的肖像。例如,"目光如隼"、"带着连魔鬼都惧怕三分的自信表情"的阿富汗人,"讨厌法国人更甚于英国人"的叙利亚人。

有一段文字介绍了各地居民渐渐放弃穿着传统服饰的现象,究其原因,一方面是当地的文化习俗受到外来文明冲击,另一方面则是当地殖民政府的政策。其中,当时伊朗实行的马乔里班克斯反奢侈法可谓让罗伯特·拜伦深恶痛绝。

他写道:"看到那群包裹在不伦不类、简陋寒酸的衣着下的人们,你绝不相信那是曾经骄傲地向无数来客展示其礼仪、花园、骑术和文学喜好的那个民族。"可以说,在旅行之中,对建筑与艺术的考察带给罗伯特·拜伦的主要是对美的体悟和对历史的思考,而对人的观察带给他的却多数是失望和遗憾,因为,在他们的身上,他看到了一种文明逐渐消逝的过程。然而,在这种认知的基础之上,他的浪漫主义和乐观主义有时仍然能够帮助他走出失落感,使他发现,那些珍贵的、美丽的事物终究远比那些丑陋可鄙之物更具生命力,它们的蒙尘只是暂时的,终究有一天污浊将会散尽,它们会重新释放动人的辉芒。

在赫拉特,罗伯特·拜伦与一排尖塔偶遇。类似的尖塔在当地有很多,之所以能给拜伦留下深刻的印象,主要在于它们包容于自身内部的巨大反差。在作家最初经过时,它们被笼罩在一副破败凄凉的景象之中,令他误以为看到的是一排灰不溜秋的大烟囱,但在另一个时刻,它们却像是那些壮美的远古生物,越过了漫长的岁月,迎来了生命的复苏。

拜伦就此写道:"清晨终于来临。我走到户外,爬上旅馆隔壁的屋顶,看到光秃秃的原野上立着的七根天蓝色的尖塔,背景是娇嫩的石楠色山脉。黎明为每根尖塔笼上泛白的金光。在这七道金光之间,闪烁着形似哈密瓜的蓝色拱顶,哈密瓜的顶端已被咬了一口。它们的美,不仅美在由光线或周遭景致营造出来的整体印象。贴近细看,每一块瓷砖,每一朵花饰,甚至每一片马赛克,也都美得恰如其分。即便是已成废墟,那个黄金时代的风华依然寄寓其间。"

1941年,《前往阿姆河之乡》出版后的第四年,在前往西非的中途,罗伯特·拜伦乘坐的航船在苏格兰北部海域遭鱼雷击沉。于是,这位才华横溢的作家成为文学史上又一位"永恒的青年",其生命中最光辉的一页定格在几年之前的这次旅行。如今,他也早已成为一种"黄金时代的风华",寄寓这部著作的字里行间。

史怀哲的丛林岁月

> 上帝啊！当跑的路我跑过了，尽力了，我一生扎实地活过了。
>
> ——阿尔贝特·史怀哲① 《行走在非洲丛林》

旅行是一种超越性的行动。把自己投掷到远方与未知之中，是将心灵从庸常生活的泥沼里释放出来的最简便的途径。而与暂时的、仅限于个人境界的解脱相比，那些大山一般巍峨的灵魂需要在更大的时空尺度上行走，他们要在这巨幅的行走中超越个人性，将自己的命运融入人类命运的整体，成为历史的一部分。

二十世纪初，世界处于暴雨将至的气氛中，两次前所未有的战争阴云正悄然聚拢。古老的西方帝国正在现

---

① 阿尔贝特·史怀哲（1875—1965），1952年诺贝尔和平奖获得者，二十世纪杰出的学者、思想家、音乐家，同时也是一位伟大的人道主义者，曾提出"敬畏生命"的伦理学思想。他曾于1913年前往非洲加蓬，建立丛林诊所，并于此后在当地从事医疗援助工作长达五十年之久。他的主要著作包括《论巴赫》《敬畏生命》《康德的宗教哲学》等。

代文明的冲击下摇摇欲坠，在东方的殖民地，征服所带来的肤浅且残忍的快乐已渐渐消逝，有教养的、理智的、高尚的心灵早已开始了深刻的反省。在帝国的坚船利炮之后，西方的人文主义者们也把一种文明的忧患意识和道德追求带到每一块大陆之上，他们的精神遗存至今还以各种方式温暖和治愈着被战争和苦难所摧残的心灵。阿尔贝特·史怀哲无疑是其中重要的一员，他的著作《行走在非洲丛林》生动地记录了一个人道主义者在面对他人之苦时的困惑与坚持。

认识世界

1875年，阿尔贝特·史怀哲生于德、法边界阿尔萨斯省的小城凯泽尔贝格，特殊的地理环境使他精通德、法两种语言，对于他后来的经历而言，这一点具有特殊的意义。在童年时代，他便显示出极高的音乐天赋，五岁跟祖父学习钢琴，七岁就自己创作了一首赞美诗。赞美诗这种音乐形式完美地包含了史怀哲精神发展的各种趋向：信仰、艺术和道德，而这一切都被统合在温柔与和谐之中。用他后来的好友爱因斯坦的话来形容，史怀哲"在所有的领域都避免了粗暴和冷酷的行为方式"。

青年史怀哲是他所生活的年代最耀眼的天才之一，

这一点从他不可思议的求学经历可见一斑。自十七岁起，他分别在巴黎和柏林读大学，二十五岁就已经拥有哲学和神学两个博士学位。这个百科全书式的知识分子不偏不倚地热爱阅读与行走，对他而言，两者都是他认识世界的主要方式。当然，必须提及他那饱含着悲悯与神圣的目光，正是由于这样的目光，使他的眼睛成为一架天平，始终称量着世界的美与丑、真与假、善与恶。

在三十岁之前，阿尔贝特·史怀哲的旅行主题只有两个：音乐与基督。很显然，自始至终，他从未对世俗的欲望抱有太大的兴趣。这一方面是由于自小优越的家境使他甚少考虑物质问题；另一方面，更重要的原因在于坚定的信仰在他的心中建立了一套他立志要一生谨守的行为准则。

这个早慧的年轻人常年在欧洲各地巡游，然而事实上，这个复杂的过程可以被简化为两个典型的场景：第一，在教堂里观赏壁画，倾听管风琴演奏；第二，在音乐厅里欣赏巴赫作品的演奏会或者瓦格纳的歌剧。那时，在史怀哲的家人和师友们眼中，他的未来有两种可能性：一个受人尊敬的神职人员，或者是一位伟大的音乐家。事实上，他在这两个方面的确卓有成就。二十六岁时，史怀哲就被聘为斯特拉斯堡大学的神学院院长，他的《耶稣的弥赛亚和受难的秘迹》后来被公认为一部神学名著，他的《论巴赫》则既是最重要的音乐家传记，也是伟大的音乐理论作品。但是，在认识世界的过程中，一种来自命运深处的召唤穿透了他的灵魂，最终使得史怀哲改变了人生的航向。

1904年，一篇有关法属非洲地区医疗资源严重匮乏的报道引起了史怀哲的注意，这则小小的新闻使他大为震动，他将之视为使命降临的时刻。在这一时刻，他看到在穷困的非洲，有着践行一种崇高事业的可能，这与他的信仰与道德追求所倡导的牺牲精神正相一致。

拯救痛苦

经过九年的学习，三十八岁的史怀哲获得了医学博士学位和行医资格，更从医学学习中了悟到普遍的生命伦理。在他看来，推动医学发展的原动力是对他人的同情，是对痛苦的拯救与呵护，这是医者钻研知识、提高技术的首要前提。正是由于这样的认识，他将目光转向了苦难深重的非洲殖民地，其中起作用的，除了一种崇高的生命意识之外，也包括他作为一个欧洲人，对自己民族历史行为的反省与救赎意识："圣经中的财主和乞丐拉撒路的故事讲的似乎就是我们欧洲人和原始森林的原住民。我们欧洲人就是财主，随着医学的进步，我们掌握了很多对抗疾病的知识和方法。我们将这笔财富带来的巨大优势视作理所当然。而在殖民地却生活着很多穷苦的拉撒路，那些非洲人在没有医疗资源的情况下却承受着和我们同等，甚至更多的疾病和痛苦。"

1913年，阿尔贝特·史怀哲拿出他通过管风琴演奏会以及刚刚出版的著作所获得的全部收入，购置了一批器材和药品，携着同样在这些年间取得了医疗护理资格的妻子，向他的目的地——位于赤道附近的兰巴雷内地区进发。兰巴雷内位于今天的加蓬共和国，在二十世纪初是法国殖民地，在当地有不少耶稣会会士的传教点，既履行布道的义务，也从事人道主义援助。史怀哲医生夫妇正要前去建设其中一个传教点的教会医院。

旅程的起点在史怀哲位于孚日山脉的家乡，在他的记忆里，离别的时刻充满了一种神圣的宿命意味："某个星期五的下午，教堂的钟声敲响了，这钟声宣告着耶稣受难日的礼拜仪式的结束。这时，火车从森林拐角处缓缓驶来。"

经过巴黎、波尔多、波亚克等地，史怀哲和妻子终于登上了前往刚果的汽船，船的名字十分简单，但意味深长："欧洲号"。在这个移动的"欧洲角落"之中，遥远的非洲提前给这个新手医生上了一课：他从船上的黑人苦力身上见识了一种低至泥土之中的存在状态，在这些人的眼中他看到了"粗鲁、卑躬屈膝和委曲求全"。

而随着汽船不断前进，一面遮挡在两块大陆之间的幕布被缓缓拉开，一种令人振奋的景象呈现在年轻的史怀哲面前："四面都是水和丛林！那景象难以形容，一种好像梦境一样的古老的、似曾相识的景色，现在就鲜活地展现在我们眼前。分不清河与岸，巨大的树根和藤本植物扎根于河中。灌木、棕榈和参天大树中，郁郁葱葱的绿叶植物高耸入云……错不了，这就是非洲。"

这就是非洲。这里古老得仿佛还停留在世界诞生以来的第一个日子，但潘多拉的魔盒已经被无可挽回地打开，在一定程度上，西方文明正是那只改变一切的手。史怀哲来了，他想要以自己的全部才华减轻这块土地上纠缠着"世界之盐"的贫瘠与痛苦。

敬畏生命

1913年，史怀哲所在的奥果韦河流域只有草原和原始森林。人们没法在大片潮湿的低地里种植土豆和小麦，因为庄稼会在温暖湿润的空气里一味疯长，结不了块茎也长不出麦穗；由于某些更复杂的原因，栽培水稻也不会有什么收成；那里也养不了奶牛，因为它们"消化不了这里疯长的野草"。普遍的高温和极高的空气湿度是各种疾病的温床，一般来讲，欧洲人来此一年之后身体就会出现极为严重的疲劳和贫血症状。

在担任教会医生的几年当中，史怀哲所诊治的疾病种类和数量比多数城市医生整个职业生涯的诊断量还要多。他要在药品和器材极度短缺的情况下，与麻风病、热带疟疾、痢疾、心脏病、疝气、昏睡病、日晒病、皮肤疥疮，以及各种中毒症状作战，还要将当地人从巫术和幻觉的迷障中解救出来，以赢得他们的信任与配合，这非得具有极高的智慧和极强的个人魅力不可。

在好友爱因斯坦看来，阿尔贝特·史怀哲身上所散发出的强大感染力和他总是勇于行动有关。他说："健壮的体格要求直接行动，这使他抵制了悲观主义听天由命的倦怠。本来，史怀哲的道德敏感性会使他陷于这种倦怠之中。因此，尽管当前的时代将种种失望施加于敏感的心，史怀哲还是成功地保持了他乐天的、肯定生活的本性。"

史怀哲是不折不扣的行动主义者，正因这一点，他心中强烈的忧患意识不但未将他引向自怨自艾的悲观主义，反而刺激他以更大的热情去做力所能及的事情。

在非洲的岁月里，史怀哲几乎每天都会遭遇他自己的"都灵之马"①，正是这种"肯定生活"的本性让他

---

① "都灵之马"指代哲学家弗里德里希·尼采的精神危机。据说，1889年尼采在都灵街头见到一名马车夫鞭打一匹不愿前进的老马，这位惊世骇俗的思想家抱住马头失声痛哭，就此精神崩溃。

能够避免在苦难中沉沦。在兰巴雷内的岁月里,他遇到各种各样的人与各种各样的事,被人爱戴,却也被他拯救过的人偷窃,见证过血腥的仇杀,也真切地感受到了人的淳朴与善良。除了当地土著以外,河马、大象,以及被他称为"原始森林中的军国主义"的迁徙蚁时不时进入人类的生存空间,让他又爱又恨。憎恨是因为它们所带来的破坏和毁灭,喜爱则是因为透过它们所呈现的生命本身的神奇与壮美。正是以不间断的"直接行动",史怀哲越过了矛盾与困惑。

"善是保持生命、促进生命,使可发展的生命实现其最高的价值,恶则是毁灭生命、伤害生命,压制生命的发展。这是必然的、普遍的、绝对的伦理原则。"这便是阿尔贝特·史怀哲后来所总结的"敬畏生命"原则。正是这条原则使他成为无与伦比的人道主义者。

由于战争导致的物资匮乏,史怀哲教会医生的职务在四年半以后便告结束,但不久之后他又带着自己的版税和凭借声望募得的善款前往加蓬,在当地建立了新的医院。这一回,他一去就是半个世纪。1965年,90岁的史怀哲倒在了非洲的一片棕榈树林里,化作一颗遥远的星辰,至今为止,他那"质朴的伟大"仍然闪耀着。

南国的旅人

> 我站起来,明知已经倦乏,但还要继续旅行。
> ——爱德华·托马斯[①]《南国》

菲利普·爱德华·托马斯在文学史上以诗歌闻名,但其拥有最多读者的作品却是一本有关英格兰南部地区的游记。这让他在托马斯·哈代那几部著名的长篇小说之后,成为英国的又一位"文学南方"的缔造者。这位诗人生活于十九世纪末二十世纪初,那个年代是工业文明的顶峰,在生产力的高速发展之中,环境问题也被前所未有地凸显出来,然而,最为严重的环境危机却率先出现在人的灵魂之中。别忘了,写出《空心人》的 T.

[①] 菲利普·爱德华·托马斯(1878—1917),威尔士诗人、记者、随笔作家。他生前与 W. H. 戴维斯和弗罗斯特等诗人交好,在短暂的创作生涯中留下了许多灵气十足的诗歌与散文作品,代表作包括诗歌《五十捆柴》和游记《南国》等。

S. 艾略特①算得上是爱德华·托马斯的同时代人。

相对于英格兰北方的工业城镇,南方的乡村具有天然的象征意义,这南北之间的辩证,很容易使人联想到"失乐园"与"复乐园"的主题。对于忧郁敏感的爱德华·托马斯,田园的魅力绝不仅仅在于迷人的风光与清新的空气,他的旅行宗旨更在于寻找已被遗落的纯真。借一个仍能见山是山的、未曾被扭曲的环境之助,他调动了所有的心灵资源,为自己求得了内在的平静。这种对于心灵的校正,是一个诗人的自救方式,在当今这个浮躁的时代,对于我们也不乏启示意义。爱德华·托马斯以及如他一般的旅行者们促使我们反思生命:生而为人,我们并非只有单一的社会价值,偶一为之的出世也并非只是对于劳役的逃避。也许神之所以创造人,正是想要一群观众来欣赏他美轮美奂的作品。

追求永不占有

1878年3月3日,菲利普·爱德华·托马斯在伦敦

---

① T. S. 艾略特(1888—1965),最著名的现代诗人之一,其代表作包括长诗《荒原》《四个四重奏》等。《空心人》是艾略特1925年的诗歌作品。

朗伯斯区出生，而他的家族则来自威尔士。从少年时代起，他在学业方面可谓一帆风顺，在牛津大学林肯学院受到的精英教育使他很早便以写作为职业目标，但他的诗歌创作开始得却比较晚。他的早期写作以书评为主，而且成就斐然，甫一亮相，便成为知名书评人，但他的志向并不在此。这一点从他对诗人 W. H. 戴维斯①的敬仰中便可以看出：爱德华·托马斯曾经在经济上给予其极大的帮助，并视之为自己的密友和导师。

戴维斯的经历与一般的学院派诗人有极大的不同，他做过牧羊人，甚至曾经是流浪汉，在一首名为《闲暇》的诗中，他曾如此表达自己的生命态度："终日忙碌的人生多么可悲，无暇驻足凝神欣赏。"对于戴维斯的价值取向，爱德华·托马斯无疑是认同的。可以说，在他看来，戴维斯的生活正是他自己应该选择，却由于社会责任的束缚而无法选择的生活。然而，说是一种反抗也好，或是一种治疗也罢，他从未忘记在生活中为"闲暇"预留一块空间，与这块精神空间相对应的现实地点便是英格兰的南部大地。

游记作品《南国》的写作素材并非一次或几次旅

---

① 英国著名诗人威廉·亨利·戴维斯（1871—1940），以创作清新朴素的抒情诗而闻名。

行,而是十一年的生活经历和二十余年间的无数次远足。在这本书的开头,爱德华·托马斯写道:"我用'南国'这一术语指代被南丘和英吉利海峡所俯瞰之地,康沃尔郡和东英吉利仅仅因为对比之故而被包含在内。粗略地说,它指泰晤士河、塞文河以南,埃克斯穆尔高地以东的地区,因此包括肯特郡、苏塞克斯郡、萨里郡、汉普郡、伯克郡、威尔特郡、多塞特郡以及萨默塞特郡的一些地区。"

在这些地区,诗人的足迹几乎无处不在,他随性而为,采用一种近乎流浪的旅行方式,在偏僻的乡间小道,甚至人迹罕至的山野之中行走,随时为了一条溪流、一座小丘、一片树林、一块草地、一块梯田或是一座乡村教堂而驻足停留。在这个返璞归真的旅途中,他用以感受这个世界的不仅仅是一套感官,还有被重新打开的灵魂之眼,面对自然的博大、多变,他重拾谦卑之心,并且对生活有了令自己信服的新感悟。爱德华·托马斯如此总结自己在旅行中获知的真谛:"我就这样一直在旅游,除了自我和一颗贪婪、放荡不羁、变化无常的心以外,我什么也不携带;旅游的目的不是追求知识和智慧,而是追求永不占有。"

永不占有,因而便可以永远追求。

观察者与歌颂者

《南国》的读者们在领略过爱德华·托马斯高妙的状物之能后，恐怕很难不为之叹服、为之陶醉。一片山毛榉、一株欧石楠、一朵蘑菇，星空、岬角、溪谷，一只野狐，甚至杂草尖上的露水，在他的笔下都散发着一种令人沉醉的魔力。这不仅仅是诗才，更是一种超常的观察力的产物，而这两种能力都并非来自训练，而是一种更为深刻的东西，是埋藏在生命源头之处的珍宝。

爱德华·托马斯的妻子海伦·托马斯为《南国》创作了出版前言，其中写道："由于他的眼光敏锐，观察力几近神秘，对于乡村生活很敏感，因此他在散步时不会错过任何一个事物。除了这些事物外，他从广阔的天际、云朵、雨、荒凉之地，从粗糙的大地，从与劳动者的朴实生活的接触中获得了一种难以定义的品质——他那忧郁的、极度不满足的精神需要从这种品质中获得安慰和满足，而且正如他所理解，如果没有这种品质，生活将无法继续。"

那么"这种品质"究竟指什么呢？德国思想家海德格尔曾断言：存在不可能不是诗意的。如此说来，在这一逻辑当中，我们并非充满诗意的日常生活便可以被比作纠缠着我们的非自然的枷锁,将我们拽离了存在本身;而另一方面,那种远行的冲动,那种埋在精神深处的、会使人不自觉地凝望着地平线的冲动,便是出于存在的本能了。

诗意的感受力和洞察力或许正是一种直面存在的能力,一种不简化、不抽象、不偏不倚的对于万物的体认能力。这种能力让爱德华·托马斯成为诗人和旅行家,让他成为观察者与歌颂者;因为他对世界完全敞开了自身,世界便也毫无保留地回馈于他。正因如此,他得以与汉普郡的鸟儿们如同密友一般交谈,得以在温切斯特与坎特伯雷之间的朝圣者之路上邂逅一片永恒的月光,得以将萨里郡的一阵大雨看作天空的舞蹈,得以让苏塞克斯郡的一棵无花果树成为伊甸园的尘世象征。这一点在爱德华·托马斯描写汉普郡的一个平常的早晨之时得到了极致的体现:"大地躺着,它眨着眼睛,懒洋洋地翻个身,像半睡半醒的小孩那样讲话;它有时候安静地躺下睡觉,眼睛依然睁着。空气中依然弥散着夜之梦,温柔的太阳还无法将它们驱走。"

可以说,诗人与万物均为同类,他与它们之间亲密的、相互信任的关系在熙熙攘攘的城镇生活中是无法想象的。年轻的托马斯仿佛从一幅早已被磨灭的神话图景中找到并复原了这种关系,他感受世界的方式如同一个精灵。

重新理解生活

区别返璞归真与消极避世的原则，在于视其是否中断了对于人的关注与思索。爱德华·托马斯热爱生活，他对生活的种种不满也正是出于这种热爱，苦闷和困惑并未让他躲进以一种桃源想象挖筑的洞穴之中。

与北方的工业城镇相比，南方的乡村并非只是一个美丽的镜像，在他看来，那里代表着一种实际可行的解决方案。他说："我认为它比其他任何地方都更适合那些无家可归的现代人……他们宁愿在这儿退休，他们中的很多人宁愿在这儿度假，因为它是个好养母——胸怀宽广，性情温和，朴实无华。狂暴的海滨、高山、峡谷不会这样欢迎他们，它们有适合它们的人、有它们自己的语言和行事方式，并且嫉妒心很重。你必须是一个喜好大海和高山的人才能在那里悠然散步。但是南国温柔体贴，会接纳任何人；这里安静的居民们会默默地怨恨入侵者，因此很多人不会注意到这种怨恨。这就是家园，一个人可以藏在那里。人们并不友好，但是那块土地很友好。"

《南国》中的两篇专门记叙"人事"的文章值得注

意，其中一篇名为《一节火车车厢》，讲述了作者在一辆自伦敦开出的列车上的见闻；另一篇则叫《大地之子》，介绍了英格兰南部乡村的两位截然不同的居民：一位艺术家和一个养牛的老人。从这两篇风格各异的文章中，可以管窥诗人对生活的基本态度。

《一节火车车厢》以充满讽刺意味的笔调描写了两位童年好友的相遇，他们虚伪地缅怀着，极力地想借由共有的记忆来填满空洞的当下，但他们丢失的是一种无法弥补的东西：真实的体验。对此，爱德华·托马斯写道："那些听过、说过，却没有体验过花儿的美丽和生命的人只是植物学家，因为命运拒绝了、教育毁坏了自由和快乐的馈赠。"而在《大地之子》中，那位牧牛的老人一生贫穷艰辛，活着于他而言，就是不懈地与环境搏斗，直到晚年，他终于停歇下来，才与这块土地取得和解；另外，那位独居的画家，则在孤独之中绽放了惊人的激情，创作出洋溢着充沛生命力的杰作。在诗人看来，他们都是"大地之子"，而他们的秘密正在于始终将自我完整地、毫无保留地投入体验之中。这种生命理念贯穿了爱德华·托马斯的一生。

1917年，爱德华·托马斯死于第一次世界大战的战场，此后看来，《南国》中一个不起眼的段落，竟然成了诗人总结自己一生的谶语："在死亡之前我们会多次摔倒，但是在今天……一切都会被治愈，梦想说，一切都会焕然一新。今天如同童话般地诞生，它是一个弃儿，阴郁的昨天不是它的父母。它什么也没有继承。"

这位旅行家将饱含忧患的目光和真诚乐观的微笑灌注到文字中，给自己留下了一幅动人的精神遗像。他告诫我们，要正视现实的荒谬，但绝不能因之而绝望，而是要以"饱满的精神，无畏的智力和想象力，赤手空拳的反抗，无限的努力和希望"，欢叫着在生满荆棘的道路上奔跑。

阿尔谢尼耶夫与德尔苏·乌扎拉

能永远留在这里该有多好。

——阿尔谢尼耶夫①《在乌苏里的莽林中》

二十世纪初的中俄边境地区是一片奇特的处女地,这里的一切仿佛还是天地初开时的模样,全权受到自然意志的支配,不打任何折扣地呈现它的美丽和险恶。俄国军人、学者、探险家阿尔谢尼耶夫曾在1901年至1910年间多次带领探险队赴此处考察,并以精彩的游记作品记录了这段经历。

这片广大的地区虽杂居着不同民族的人口,但根本谈不上有什么社会样态,他们全都孤独而静默,只是存在然后消逝而已,在世间不留痕迹。在那个风起云涌的

---

① 弗·克·阿尔谢尼耶夫(1872—1930),俄国著名学者、作家,曾经在沙俄军队服役,是俄国地理学会会员和俄国东方学会会员,担任过哈巴罗夫斯克(伯力)博物馆馆长和俄国地理学会阿穆尔(黑龙江)分会会长。主要作品包括《乌苏里山区历险记》《在乌苏里的莽林中》和《穿越原始森林》等。

时代，他们只是作为历史扬起的一撮尘埃，被抛撒在这个仿佛已被遗忘的地方。也许，只有一个人是例外，那是一个名叫德尔苏·乌扎拉的赫哲族猎人，他独自一个，游走在叵测的林莽和危险的野兽之间，他优雅、睿智，虽然过着一种原始的、危机四伏的生活，却从未将生存看作与环境的搏斗，而是将自己视为环境的一部分。正因为转述了这种对同一性的认知，阿尔谢尼耶夫的著作《在乌苏里的莽林中》既是一部自然考察笔记，也是一部极具感染力的人物传记，而传记的主人公，那位老猎人，在大半个世纪之后，将会因为日本导演黑泽明的电影而广为世人所知。透过他纯真的笑容，人们能够窥见自身所属物种在异化来临之前的自足与圆满，而发生在他身上的悲剧便是失乐园神话在人间一角的重演。

共生共存

阿尔谢尼耶夫在青年时代并非专业学者，而是一位职业军人，1895年，从彼得堡步兵士官学校毕业后，他便进入军队就职。五年之后，他又被上级派往位于中俄边境的远东地区。由于他很快便表现出远超普通军人的地理学知识，以及对于探险和狩猎的浓厚兴趣，阿尔谢尼耶夫被任命为一支"狩猎队"的队长，负责考察边境地区，搜集整理与军事、经济、地理和民族状况有关的资料。

作为这一工作的成果，《在乌苏里的莽林中》显然过于文学化了，拥有太过强烈的感情色彩，似乎只能被理解为一个意外。这本书的写作显然是出自任务以外的另一种需要，或者说，作者是为了回应另一种指令才创作这本书的，这指令来自他的良知，而这良知则与超越一切个体存在的永恒相连。

这本书主要记录了阿尔谢尼耶夫和"狩猎队"对这一地区的第二次考察，其中记载的所有事件都发生在1907年。在该年5月，他们开启了这次行程，计划考察"北纬45°到47°之间的锡霍特山脉中段和沿海地带"，并且"以捷尔内伊港为起点，只要时间允许，尽可能北上，最后考察沿比金河去乌苏里江的路线"。于是，常年在这一带游猎的赫哲族猎人德尔苏·乌扎拉便受到邀请，作为向导，与这支俄罗斯人的队伍一路同行。

由于无法以流利的俄语与他们交谈，这个其貌不扬的老人起初并未赢得这群年轻军人的尊敬，他们对于他的情感认同主要来自一种奇异的道德感。在德尔苏的认知当中，人与人，甚至人与物之间并无明显的从属关系、等级关系，甚至连"私有"的边界也是模糊的。在吉基特海湾，他不顾士兵们的反对，坚持将他打来的一只鹿与住在附近的每一个住户平分:"这种原始共产主义精神好像一条红线,贯穿他的一切行动。他把自己打到的东西平均分给所有的邻居,也不分民族界线。而且给自己留的跟分给别人的一样多。"

这种共生共存的意识,也许与一种泛灵论的自然信仰有关,但在阿尔谢尼耶夫看来,却体现了一种世所罕见的无私与崇高。此后,这个半野蛮状态的老猎人几乎成了这个文明人的导师,一步一步地引导他,使得他渐渐懂得敬畏自然,进而意欲亲近自然。可以说,因为德尔苏的存在,阿尔谢尼耶夫此次的考察之旅成了一条统合身体和心灵的修行之路,而他的考察笔记,则成了一篇赞颂自然生命的叙事长诗。

原初感受与生命激情

"自然界也显得愁眉不展。空气由于水分饱和而变得沉重,凝然不动地压在地面上,因此周围的一切都躲藏起来了。阴沉沉的天空、湿漉漉的草木、泥泞不堪的小道、道上的死水坑,尤其是笼罩着周围的沉寂——这一切都证明:雨不过是略微歇歇,马上还要倾泻下来。"这一段记录的是阿尔谢尼耶夫一行在锡霍特山深处所遭遇的天气状况,显然,这片土地起初并未以亲切和蔼的态度来迎接这支队伍。他们一路步行，从达东沟走到勃拉戈达季湖，之后穿过了几块沼泽，又从三河皮沟进入一道峡谷，蹚过了一条名叫顾家河的山间小河，又经过了大崴子河谷和阿集米河谷。

在这些普通地图上根本寻摸不着的地点之间，他们遭遇到推倒椴树偷食蜂蜜的熊、误伤了一只孤独的野猫、被一群名叫巨天牛的甲虫侵扰……这里的大自然是完全赤裸的，未经装点的，迷人且危险，毒虫和猛兽时时威胁他们的生命安全，终日不见阳光的原始森林和崎岖难行的乱石山则是对体力和意志的双重考验。

出于军人的自尊和荣誉感，阿尔谢尼耶夫和同伴们将这些困难视为来自大地的挑战，认为它们都是能够征服，并且必须被征服的，这种英雄主义的叙事贯穿了全书。总体而言，冒险总是让人兴奋的，然而，当其超出一定限度，带给人力有未逮的感受，褪去了激情的灵魂便将以一种更为深刻的反思重新面对生活和信仰。

《在乌苏里的莽林中》记载了作者两次遭遇生命危险，而后又化险为夷的经历。第一次是在要子河岸边，一阵突如其来的大雾让阿尔谢尼耶夫远离了探险队，独自在森林中徘徊了一夜；另一次是在1907年8月，连日的暴雨引发了山洪，原本温柔恬静的毕楞河发狂般地咆哮着，吞没了探险队的营地。在这种情形之下，除了祈祷,人是无能为力的,他被自然推进了绝境,又只能等着自然再来将他解救出来。另外,巧合的是,这两次险情恰好呼应了探险队伍在进山之初所遭遇的两种气候现象:雨与雾——预言和警示散布在未经驯化的空气之中,可悲的是,人们或是恍若罔闻,或是在一呼一吸之间便将之忘却。

对于长期在野外生存的人而言,自然仿佛是一个善变的情人,既能给予,也能剥夺。它时而温婉,时而凶狠;有时,要求人们抗争,有时,只想要人们顺从。在探险的过程中,阿尔谢尼耶夫与这种自然的双重形象建立了一种微妙的关系。当他在大克马河捕捞大马哈鱼,在丛林中猎取孢子,在外乌苏里地区弧线形的皱褶山中猎取梅花鹿的时候,他对它充满感恩之情;当在浓雾之中察觉自己被一种面目不清的神秘野兽追踪,在阿穆尔河岸边发现六具死因不明的骷髅的时候,他则因它而深感恐惧。这种体验近乎人类初民的生存状态,其中充溢着生死相依的原初感受和明暗交织的生命激情。

神灵的离弃

自然虽心思叵测,但绝对慷慨。你无法拥有它,但可以用眼睛捕捉,以脑海珍藏它那些绝美的馈赠。有一回，在海滨扎营的探险队有幸目睹了一幕难得一见的景象："西方晚霞的余晖消逝以后，周围一切都陷入了夜幕的黑暗中，这时我们看到一种非常有趣的电磁气象奇景——大海发光，同时银河系格外明亮。海水一片平静。哪里也没有一点溅水的声音。整个辽阔的海面上，反射出一片暗淡的光辉。有时，整个大海突然闪烁了一下，就像有闪电从海上掠过一般。闪光忽而在这里消失，忽而又在那里出现，然后慢慢地消隐在地平线上的某个地方。天空中的星星多极了，密密麻麻地簇拥在一起，好像一片星云。在这一片繁星当中，银河显得格外明亮。"

事实上，从1907年5月至12月底，在整个考察的过程中，探险队的成员们多次见证光怪陆离的异象：或是雷电与大雪并作，或是红色火雨焚烧整座河谷中的树木。即使是由现代科学武装的头脑，依然不可能不被如此奇观所震撼，情不自禁地生出这样的念头：自然是一个神灵。

在德尔苏·乌扎拉的引领下，阿尔谢尼耶夫和他的探险队走过了小克马和大克马，翻过了萨哈角和坎达角，蹚过了奥米河和库卢姆别河，并终于在1907年11月到达了"外乌苏里地区的心脏"，纳赫托胡河的沿岸地区。赫哲族老猎人以他的虔诚和睿智赢得了所有队员的尊重和爱戴，他的信仰也渐渐为他们所认同。

是信仰让德尔苏在险恶的乌苏里山区像水中游鱼一般安之若素，然而，导致悲剧出人意料地发生的也是他的信仰。衰老使得赫哲族猎人的视力不断衰退，这个曾经的神枪手渐渐地失去了瞄准猎物的能力，而在他本人看来，这一生命的转折起始于一次决定性的事件：在伏锦河边，他误杀了一只老虎，这种美丽而又危险的猛兽是受神眷顾的。因此，老人的双眼便遭了神的诅咒。对于德尔苏来说，这意味着神灵已决意放逐他，意味着森林和山地不再对他敞开胸怀。

1907年年底，在结束考察之后，阿尔谢尼耶夫带着失去野外生存能力的德尔苏·乌扎拉一起回到了他在哈巴罗夫斯克的住处，而在野兽和飞鸟之间度过了一生的老猎人根本无法适应，也无法理解城里人的生活。在他看来，这里的人们总是以多余的规条自缚手脚，外表彬彬有礼，实则在内心深藏着经过粉饰的恶意。他们疏远了本然与应然的一切，变得冷漠、孤独，无靠无依。不久之后，他便向主人请辞，最终在独自返回山林的路上被劫匪杀害。

在黑泽明后来改编的电影《德尔苏·乌扎拉》中，阿尔谢尼耶夫赠给了德尔苏一把贵重的最新款来复枪，这位电影大师暗示，劫匪很可能正是因为这把枪才起了歹意。于是，德尔苏·乌扎拉之死就此成了一个悲伤的现代寓言：自然之子死于一件"来自文明的赠礼"。这个故事提醒我们注意现代文明对于人性的扭曲和破坏，并要求我们进行长久的反思。

夜空中的旅行者

飞机就是你的星球,而你是上面唯一的居民。
——柏瑞尔·马卡姆① 《夜航西飞》

二十世纪初的非洲,一个叫柏瑞尔·马卡姆的女人跃出她自己的空间和时间坐标,成为"永恒的女性",更重要的是,她不是歌德的格蕾琴,更不是但丁的贝阿特丽斯,② 她是她自己的柏瑞尔·马卡姆。两百年以来,她代表着人类对天空和自由的向往。唯有诚挚的生命,以及语言的魔法,能够如此这般,以雕像般坚不可摧的

---

① 柏瑞尔·马卡姆(1902—1986),英国女飞行员、冒险家和作家。在东非长大,十八岁时成为非洲首位获得赛马训练师执照的女性。自二十世纪三十年代起学习飞机驾驶,后转为职业飞行员,向非洲大陆深处运送货物、乘客和邮件。1936年完成从英格兰到布列塔尼岛的横越北大西洋的历史性东到西单机飞行。1942年出版回忆录《夜航西飞》。

② 格蕾琴是歌德的长篇诗剧《浮士德》中的角色,浮士德在摩菲斯特的帮助下引诱了她,而后却又将她抛弃,并最终导致她悲惨地死去,这让这部伟大著作的结尾,即"永恒的女性引领我们飞升",多少显得有些虚伪。贝阿特丽丝是《神曲》中的角色,是她安排了诗人但丁由地狱至天堂的旅行。

魅力使一个世纪犹如一个瞬间。

柏瑞尔·马卡姆写成的唯一一本著作叫作《夜航西飞》。这部作品的1984年版序言作者玛莎·盖尔霍恩如此评价它:"和当年欧洲的地平线一样宽广。"而这本书的作者,这个书写宽广的女人一度被视为圣-埃克苏佩里[①]的一个女性版本,在一个已经被诗化的象征性的图景中,他们同样坐在在今天看来如同纸扎的简易机舱内,戴着同样的飞行帽和同样的防风镜,同样在疾风中艰难而幸福地挺直头颅,面对远方与未知。但命运,甚或某种更为神秘的内在因素又使得他们成为全然相反的两种隐喻:圣-埃克苏佩里的航线最终通往死亡,而柏瑞尔·马卡姆却飞向一种全新的生机——并非仅止于个体,而是为所有女性,甚至为全人类打开了一种新的生命景观。他们在生死两端,各自抵达了永恒。

非洲和黄金般的喜乐

《夜航西飞》的引语出自威廉·莎士比亚的《亨利四世》,在这出历史剧的最后一幕,亨利五世即位,一

---

① 圣-埃克苏佩里(1900—1944),法国著名作家、飞行员,代表作有小说《夜航》和童话《小王子》等。

个市井之徒得到消息，便赶去通知一向深得新君主欢心的约翰·福斯塔夫爵士，称自己带来的是"非洲和黄金般的喜乐"。曾几何时，与持续了数个世纪的西方的黄昏相对，非洲正代表着炫目的阳光、灿烂的正午。非洲，正是曾经被亚当弄丢的伊甸园，上帝将它摆在我们身边，好让我们亲手遗弃它。也许正因如此，被这种象征着希望的图景所吸引，1906年，柏瑞尔的父亲离开了他的故乡——英国的莱斯特郡——带着一家人来到肯尼亚，在东非草原上开垦了一片属于他自己的农场。后来，他的妻子带着儿子返回了英国，将柏瑞尔留给他，叫这对父女与草原以及草原上的一切相依为命。

"恩乔罗的农场广阔无垠，但在我父亲开垦之前那里并没有农场。他在一无所有之中创造出了一切：一切农场所需。他开垦丛林与灌木，利用岩石地与新土壤，依靠阳光与暖雨。他付出辛劳、拿出耐心。他不是个农民。他买下这块土地是因为它廉价却肥沃，还因为东非是片新兴的土地，站立其上，你能感觉到它的未来。"

柏瑞尔·马卡姆的身上流淌着这个追逐未来之人的血液，她从他的身上承袭了一种史诗英雄的信念，而他们的舞台是非洲：这个世界上最后一块处女地。在东非草原上，柏瑞尔·马卡姆以神话般的生长方式长大成熟，身边跟着由她亲自命名的猎狗和马驹，它们忠诚而亲切，仿佛守护精灵，或是她在世上的小小分身。孩提时代，她在锡安人、马塞人、纳迪人、卡韦朗多人和基库尤人中间往来，像棕黑色平原上唯一一颗白色的卵石。她是他们的珍宝。

她在同等程度上掌握了英语和斯瓦希里语：一种白色的语言和一种棕色的语言。一个幼小而天真的殖民者，因此变成一块语言调色板，以一种彩虹般的微妙技艺理解他人，也被他人理解。她似乎天生便有了一个名叫"危险"的情人，他给了她累累伤痕，以及一个精彩无比的人生。对于她而言，非洲那种"黄金般的喜乐"意味着童年，也意味着层出不穷的危险。

一次带有成人礼色彩的狩猎成为柏瑞尔·马卡姆少年时期的代表性事件。她与两个纳迪猎人一道，带着她的猎狗在肯尼亚平原上开拔远足，沿着穆阿丛林旁的小径，越过荣盖峡谷，在莫洛河的岸边，穿梭于"迷宫似的银灰色岩石和棕红色蚁丘"之间，他们的脚底是火焰般的赤道，头顶有羽蛇般的秃鹫在盘旋。他们遭遇了一头目露凶光的雄狮，它与他们相互对峙，中间只隔着几码的距离，那时"强烈的狮子气息袭来，带着肉腥，浓郁刺鼻，几乎无法形容"。守护着她的两位纳迪战士英武如山林之神，以无比的勇气和智慧打消了猛兽的恶念，最终与它取得和解。对于童年时期的柏瑞尔·马卡姆而言，狮子是一个伟大的象征，她曾数次被狮子袭击，每一次幸存都使得她汲取了一部分狮子的灵魂。当非洲，这"喜乐之黄金"随着汩汩流淌的鲜血一同冷却、暗淡并终于逝去，她听见"一头刚醒来的狮子发出怒吼"，而"那是非洲的呼喊，带来不存在于我们脑海，也不存在于我们内心的记忆——或许甚至都不存在于我们的血液。它不属于这个时代，但它存在着，展示着一个我们望不到头的断层"。

人的极限，从海洋到天空

作为一名在非洲长大的白人女性，殖民时代的记忆和童年的欢乐在柏瑞尔·马卡姆的身上交织在一起，给了她一种复杂难言的生命体验。她几乎亲眼见证、亲身经历了一个失乐园的故事，在这个故事中，那些有着美丽肌肉曲线和坚毅神情的纳迪人和卡韦朗多人走出丛林，离开家园，成为苦力和士兵，失去了尊严和生命。而大地仿佛一个有关人性的隐喻，以惊人的速度变得贫瘠，恩乔罗的农场被严重的干旱摧毁，整个英属东非也奄奄一息，"这一切都是因为那些和蔼的神明们争吵起来，拒绝再送来任何雨水"。种子死了，恩乔罗的农场再也长不出一株麦苗，少女柏瑞尔不得不与父亲一起搬离她成长的地方。

"我学会了如果你必须离开一个地方,一个你曾经住过、爱过、深埋着所有过往的地方,无论以何种方式离开,都不要慢慢离开,要尽你所能决绝地离开,永远不要回头,也永远不要相信过去的时光才更好:因为它们已经消亡。"

失去了土地,双脚便失去了作为舟楫和作为标尺的效力,但柏瑞尔·马卡姆用以游历和丈量世界的工具绝不止双脚而已。她既是非洲大地上第一个获得驯马师资格的女性,也是第一位单人由东至西飞越大西洋的飞行员。这两个"第一"表明了她是多么精通于冒险,或者说,精通于流浪的技艺。在她最初的记忆中,我们可以看到一个孩子怎样凭着纯真与自然相洽,又是怎样在大地之上,围绕着自己的躯体搭建其独有的方位系统:"深广的穆阿森林就在我身后,荣盖河谷从我脚趾尖流淌而下。在晴朗的日子里,我几乎可以触碰到梅加南火山口焦黑的边缘,手搭凉棚,就能看见覆冰的肯尼亚山顶,还能看见利亚基皮亚悬崖后的萨提玛峰在日出时分变成紫色。"一种只属于自由心灵的秘密天赋在她的体内暗自生长。

人是相对性的动物,"广阔"的意义起初由目光决定,后来却被航船和飞机两次刷新。海与天,是宇宙的两只彼此对视的眼睛，它们表征着距离的两种填充形式：水的混沌和气的空无。人类征服极限的桥梁从海洋搬迁至天空，现代的奥德修斯长出了一双金属翅膀，在星辰之间拨弄着风云的涟漪。

二十世纪三十年代，柏瑞尔·马卡姆开始学习飞行，并很快成为职业飞行员，她的飞行线路从内罗毕直至伦敦，长达六千英里。作为当时唯一一个单人飞越大西洋的飞行员，她在空中独自体味着姆万扎、南格威、摩罗等上百个地名里的孤独，聆听沙漠、平原、山地、沼泽和湖泊在风里叹息。她见过宏观的非洲和微观的非洲，见过具象的非洲和抽象的非洲，她亲眼看到纳库鲁湖被火烈鸟染成"粉红色与火红色汇成的熔炉"，看到尼罗河上的苏德沼泽混沌如洪荒未开的史前时期，看到塞伦盖蒂大草原"像温暖的热带海洋"一样孕育着无穷的生命。

是啊，生命。我们活着，也许只为理解我们活着这一事实本身。柏瑞尔·马卡姆将身躯投入非洲的天空，在星光眨动的平原上独行，付出寂寞，换取智慧，在流云的旗语中读解生命的谜题。

生命宛如一片寂静

空间，既是人的朋友，又是人的敌人，它表征着人的尺度和人的局限。有时它意味着你拥有一切，有时它又意味着你拥有的仅仅是孤独。要体验这一点，最好的去处就是非洲的天空。"那时候，能找到的非洲飞行地图都标着'1/2000000'的比例尺——一比两百万。地图上的一英寸距离，在空中大约等于三十二英里，相比之下，欧洲的飞行地图上一英寸约等于四英里飞行距离。"在一种近乎无限的广阔之中，人被稀释了，语言失效了，即使自言自语也会被风带走，无人诉说，无人倾听。无论愉悦或悲伤都成了绝对私人的事务。

与其说柏瑞尔·马卡姆善于操作机械，善于写作，善于以超语言的方式与鸟兽沟通，不如说她最擅长的是孤独与沉默。每一次形单影只的飞行都如同沿着世界和自我间的切线游移，对人间的一切和自己的内心做漫长的一瞥，这使她径直深入生命的秘密，一种与寂静有关的秘密——寂静不可言说，而她正为这不可言说而言说："世间有许多种静默，每一种都有不同意味。有一种寂静随林间的清晨一同降临，它有别于一座安睡的城市的寂静。有暴风雨前的静默以及暴风雨后的静默，这两者也不尽相同。有虚无之静默，惊惧之静默，疑惑之静默……无关氛围与场合，事物的本质将在随之而来的静默中延伸。它是一阵无声的回响。"

在高空当中，唯有寂静是真实的。她在晴朗的清晨掠过阿西平原火红的天空，凭指南针的指引飞越雾气弥漫的肯尼亚山，在被洪水包围的亚塔高原顶上像诺亚一样在云上飘浮。一切都是无声的，但"无声的回响"就在她的脚下，无处不在，那便是非洲蓬勃的生命。

"草原上，角斑羚、角马、汤普森瞪羚的足迹纵横交错，上千匹斑马踩过草原的洼地与河谷。我曾看见一群水牛在偶尔出现的棘树下吃草，突然，模样怪异的犀牛蹒跚着走过地平线，仿佛一块灰色的巨石拥有了生命，来到野外。""目睹上万头未经驯化、不带贸易烙印的动物，就如同第一次登上从未被征服过的山峰，发现一片人迹未至的丛林，或是在新斧上看见第一点瑕疵。那时你才会领悟从小就听说的那些事：曾经，这个世界上没有机器、报纸、街道、钟表，而它依旧运转。"

在神的眼中，万物平等，因为他总在高处，将伟大的目光投向下界尘埃般的众生。对于柏瑞尔·马卡姆来说，她强制性地在高处获得了一个超越的视角，俯视着她自己身处其中的那个在低处的群体。在被计入柏瑞尔·马卡姆名下的众多"第一"当中，也许最令她骄傲的是这一个：第一个用飞机追踪并拍摄象群的人。她对这种最壮观的陆地生物充满敬意，认为它们"是理智的动物，懂得思想"，而人却并未有幸拥有同等的理智。对于其时盛行于非洲的高级娱乐"猎象"，柏瑞尔如此表达了她的无奈与愤怒："大卫王和歌利亚起码都是同一物种，但对于大象，人类只是带着致命毒刺的侏儒。"

与荷马歌唱的英雄相似，似乎所有的冒险家都同时是智者和宿命论者，他们凭借沉思的力量战胜野蛮的巨人，又以豁达的心胸面对命运的诡谲。二十世纪四十年代，战争与贫穷使得柏瑞尔·马卡姆不得不离开天空，回到地面，直至逝世之前，她一直在内罗毕默默无闻地过着清贫的生活。她的前半生跌宕，后半生平淡，但一同构成了一个迷人形象的圆满。

肮脏和美丽的非洲大地

这场旅行打开了我对非洲的爱,这种爱一直留在我的内心。

——格雷厄姆·格林① 《没有地图的旅行》

作为二十世纪最著名的小说家之一,格雷厄姆·格林的人生经历有着不亚于其任何一部作品的戏剧性。也许可以这么说:他的生活是他最为宏大也最为成功的作品,是他以冒险家的激情创作的一部充满意外和曲折的传奇。他将堂吉诃德式的古典理想从漫画般的变形中解救出来,放大了其中的英雄主义色彩,并且身体力行,成就了一例现代生命的典范,浪漫,但不乏庄严。他的写作和生活实践中,贯穿了一项严肃的哲学命题,即活

---

① 格雷厄姆·格林(1904—1991),英国作家、编剧、文学评论家,是一位罕有的在通俗文学和严肃文学领域均居于顶尖地位的作家,被誉为二十世纪最伟大的文学家之一。其主要作品包括长篇小说《权力与荣耀》《问题的核心》《恋情的终结》《人性的因素》《布赖顿硬糖》等。

着的意义，便是在生与死之间去迎接，甚至制造一场接一场的挑战。他对非洲大陆的偏爱，正因其动荡，正因遍布其上的未经驯化的自然力量，正因那些在黑暗中蠢蠢欲动的威胁。那种身处危机当中时对自身存在的绝对确认，那种征服危机之后所能抵达的绝美境界，均是在现代化的欧洲所无可寻觅的。格雷厄姆·格林的足迹对于今时今日的我们来说，是一个有力的提醒，它告诉我们：生活是无止境的冒险，在它面前，我们需要时刻鼓起勇气。

怕黑的人走夜路

1904年，格雷厄姆·格林出生于英国赫特福德郡伯克姆斯特德，他的家族在当地颇有名望，他的父亲查尔斯·亨利·格林则是一位受人尊敬的知识分子。但是，良好的家世并未给格雷厄姆·格林营造一个明媚的童年。幼年时的格林身体瘦弱、沉默寡言，在相当长的一段时期，成了那些顽劣的同龄男孩取笑和欺侮的对象。这些成长道路上的痛苦或许并不稀见，但对于性格纤细敏感的格雷厄姆·格林来说，却成了终生难以摆脱的噩梦。作家的躁郁症和少年时期企图自杀的经历早已广为人知，从心理分析的角度而言，一个孤独无助的灵魂发现了文学,并在虚构的世界中为自己辟出一块可以容身和喘息的空间是一件自然而然的事情。格雷厄姆·格林先是成为一个阅读者,继而又成为一名写作者,这一过程可视为一次成功的自我救赎。

少年格林的阅读偏好集中于以英雄、骑士、探险家为主角的奇幻文学作品,这毫无疑问出自一种补偿心理。而在一定意义上,他的虚构作品也多数可以归为一种去浪漫化的探险小说,有关流浪者、政治阴谋,以及不断挑战又不断失败的人生。某种程度上,这些故事正是通过描写理想主义者在现代社会的铁壁面前不断受挫的过程,实现了从古典罗曼司到现实主义的过渡。这种转变既体现了一个人文主义者对历史的洞察,也体现了在一个青年知识分子的幻想与实践之间所存在的无法抹平的落差。就这一意义而言,游记《没有地图的旅行》在格雷厄姆·格林的众多杰作之中具有十分特殊的象征性地位,这本书记录了他徒步穿过利比里亚丛林的惊险之旅。

1935年,刚过而立之年的格雷厄姆·格林已经是一个孩子的父亲。在缺乏经验,也没有向导陪同的情况下,贸然前往危机四伏的非洲丛林,不仅显得冒失,也着实有些疯狂。据格林自己所说,这完全是一次临时起意的决定,仅仅是由于在一次聚会上喝了太多的香槟。他的旅伴是他年轻美貌的表妹芭芭拉,一个和他一样冲动和不顾后果的人,正因如此,这段旅途在旁人的转述中,很容易被染上一层旖旎和暧昧的色彩。然而,在《没有地图的旅行》中没有骑士也没有公主,没有任何浪漫可言,它只记载了两个笨拙的欧洲人如何在步步危机的非洲丛林里吃尽苦头。

事实上,格林一再强调自己的身体和精神所遭受的双重折磨,提及自己对飞禽和野兽的恐惧,但同时,似乎这一切不仅不能使他退缩,反倒坚定了他的信念,增强了他的勇气。就像一个怕黑的人通过一次义无反顾的夜间行走,让自己的双眼适应了黑暗。

混沌的大地

在《没有地图的旅行》中,格雷厄姆·格林曾经如此总结这桩冒险的思想动机:"当人们开始意识到痛苦、灭绝的危险到底给我们带来什么时,他们就会好奇地想要知道是否能够回到我们从前的时代,让人类好好想想到底是在哪个时刻误入了歧途。"当然,出于身为作家和文化名人的自觉,他总得就自己的行为提供一份伦理解释,这样的答案必定是一次反思的结果,与激情主导的初始动机有一定区别。也许,下面这句话是一种更接近事实的说明:"这种环境往往会孕育传奇故事。传奇都属于那些自然的原始时代。"

在文明的、祛魅的欧洲,一种以枯燥重复为特征的日常生活已经被现代作家们视为不治之症,在他们看来,虚无比死亡更为可悲。格雷厄姆·格林也不例外。从这个角度可以理解他为何在动身前往陌生的非洲大陆之前,没有针对安全和舒适做任何准备:一个悠闲的白人观光客无法体验那些属于"原始时代"的传奇,他必须减少对于现代技术成果的依赖,将自己还原为一个未经驯化的人,一个初始的人。

格林和芭芭拉乘坐轮船,从利物浦出发,经过数日航行,抵达塞内加尔境内的达喀尔港口,而后又换乘陆地交通工具前往塞拉利昂的首都弗里敦。总体上,这两座相对发达的城市并未获得作家的好评,如他所说:"弗里敦的热闹颇具英国特色,而达喀尔的热闹则颇具法国特色。"它们都是遗落在非洲大地上的欧洲碎片,是欧洲人在自己的大陆之外强行开辟的一个角落。

抵达利比里亚共和国之后,格雷厄姆·格林发现英国当局已经联系了当地政府,要求他们对作家一行予以妥善接待。格林并未领情,强大的祖国给他挂上了这块他并不需要的护身符,不仅没让他感激,反而令他愤怒。他刻意避开了利比里亚内政部长为他指出的路线,绕过了所有受命接待他的地区，让这次非洲之旅演变为名副其实的"没有地图的旅行"。

此前，他从未离开过欧洲，对于脚下的这块土地一无所知，也没有任何在丛林中徒步所需的知识，他甚至坦言自己看不懂指南针。所有这些欠缺都给旅行造成了极大的困难和无数的风险，但与此同时，却也为作家渴望经历的"传奇"创造了条件。对于格雷厄姆·格林来说，脚下的这块大陆已是一片混沌，与"原始时代"并无两样。而在这短暂的几个星期中，他将在危机四伏的自然状态下体验存在本身的重量，他为自己设计了一场历险，并且让它成了一部小型的史诗。

真诚的局外人

在徒步旅行的十一年后，格雷厄姆·格林在《没有地图的旅行》的第二版序言结尾写道："我已开始忘记作为游客脑海中最清晰的那部分记忆——那些肮脏邋遢、不幸、遭遇不公、筋疲力尽的人们。但是只要画面真实，我就会让它一直驻留在脑海中。"

真实，这一向是作为作家的格雷厄姆·格林对于自己的最高要求，同时也是他那些最为出色的作品的共有特质。真实，便意味着要在同等程度上表现肮脏与美丽。

也许正因如此,著名作家保罗·索鲁①才会将《没有地图的旅行》称为一本喜怒无常的书。早在前往非洲之前,格雷厄姆·格林就曾阅读过一份关于在利比里亚所发生的暴行的报告,他对此评价道:"书中堆砌的悲惨和痛苦简直令人发指。"而他之所以选择这个非洲最为贫穷的国家作为目的地,也正是因为它的落后和混乱。可以说,这是一片名副其实的处女地,虽沉陷于苦难之中,却也充满了未知的可能。

在几内亚,在塞拉利昂,在利比里亚,美景与惨状交替出现在作家的眼前,有时他看到"孩子的肚脐向外凸起,他们在羊群和鸡群中大便,妇女脸上长满麻子,脸部、腿部和胸部涂满药膏,这种药膏是从丛林中的某种植物中挤出来的,可以美容,可以当药材。她们用这种药膏来应付天花、热病、消化不良,以及几乎所有的其他疾病"。有时他看到"可爱艳丽的小禾雀飞来飞去,脆弱的黄棉花直接长在没有花梗的主干上,看起来像朵野玫瑰,带着透明的报春花花瓣,小小的红色花心和白色花蕊;蝴蝶、棕榈树、山羊、岩石和那高大笔直的银木棉树,女人头上顶着篮子优雅地穿过木棉林"。

---

① 保罗·索鲁(1941—),美国当代旅行文学作家,代表作包括《老巴塔哥尼亚快车》《火车大巴扎》《赫拉克勒斯之柱》等。

丑与美、苦与乐，截然相反的两者在非洲总是可以并存，在被殖民者撕裂的大陆，这是一种可悲可叹的真实。对于格林而言，真实还有一重含义，在英国，曾广泛流传有关利比里亚丛林中存在食人族的说法，但在作家亲身考察之后，却证明其纯属子虚乌有。因此，在格雷厄姆·格林心中，他负有为被西方污名化的非洲澄清事实的责任。他与克里奥克人和班迪人打成一片，和他雇用的土著脚夫阿米拉结下友谊，并且毫不留情地指出白人的傲慢是何等荒谬。

他将《没有地图的旅行》中最为深情的段落留给了他的非洲朋友们："他们永远善待陌生人，却一如既往地贫困，他们内心仍然充满恐惧，这些都从未改变，而笑和幸福似乎成了自然之中最为勇敢的事情。有人说，爱是吟游诗人在欧洲的发明，但是在这个没有遭受文明践踏的遥远国度，爱一样存在。"

的确，爱是所有人类，甚至所有生命共有的语言，是唯一能够重建巴别塔的手段，它帮助我们向他者靠近，让我们不至于成为茫茫人世中的一座孤岛。这是格雷厄姆·格林对于他的非洲之旅所做的最后总结，也是他对于人何以为人所做的最后总结。

从慕尼黑到巴黎,将道路还给足迹

即便这件事疯狂又毫无意义,我也要坚持到底。
——沃纳·赫尔佐格①《冰雪纪行》

经由现代交通工具的中介,起点与目的地之间的区域被简化为一个数字,出发与到达被限定于机场与车站等同质化的场所之中。一切都太过容易,去除了身体的艰辛,精神也似乎更难被触动,旅行的意义降格为以一个个预期之中的景观在灵魂的表层描绘一些装饰性的花边。流浪似乎早已是一种史前状态,行吟诗人遍布大地之上的足迹已经变作一串模糊不清的化石。

对于德国导演沃纳·赫尔佐格来说,载着肉身在世界上自给自足地航行意味着身体的诚实。只有借助这种诚实,他才能恢复行使一种与生命直接相关的行为方

---

① 沃纳·赫尔佐格(1942—),德国著名电影导演,与维姆·文德斯、施隆多夫和法斯宾德等人并称为德国新电影运动的核心,代表作包括《卡斯帕·豪泽尔之谜》《阿基尔,上帝的愤怒》《陆上行舟》《石头的呐喊》《玻璃精灵》等。

式。从《绿蚂蚁做梦的地方》到《快乐的人们》，从《卡斯帕·豪泽尔之谜》到《陆上行舟》，在那些典型的赫尔佐格电影当中，他一次次地探索着人与世界之间业已断裂的关联，而在电影之外，他也以一套同样的行为逻辑践行着自己的人生。1974年的冬天，在一次全凭双脚跨越德法两国的旅行之中，沃纳·赫尔佐格的身体和影子，像桅杆和船一样被牢牢地捆扎在一起，凭着地图和心灵的指引扬帆远航。他以此将自我完全投身于生命的馈赠当中，也以此为另外一个生命呼告祈福。

一次非同寻常的探视

独特的，甚至是极端的自然环境在多数情况下已经成为赫尔佐格作品的要素。从茂密虬结似神经的热带雨林、色调单纯如金色皮肤的非洲沙漠，到俄罗斯的与世隔绝的小村落或被坚冰覆盖的极地雪原，沃纳·赫尔佐格的主人公们在一个个人迹罕至之处，挖掘出自身深处的黑暗与光明。他们钻透了社会化的自我，进入本我之中，成为一种疯狂而又高贵的人性样本。这个凝视着自我的深渊的人，从少年时代起便明白，人的生命状态与周遭的天地有密不可分的关系，外部景观与人的内在互为隐喻。因此，他始终将在世界的各个角落行走当作一项重要的修炼。

未及弱冠之年,他便已只身游历了英国、希腊、墨西哥等地,甚至到过位于非洲大陆的苏丹。他的足迹所至循着一条不断通向险僻之处的窄路,似乎他想要制作一部不用摄像机的电影,一部仅仅存在于自我内部的电影,他想要成为一个电影人物,一直行走到身体的极限之外,成为一个全然通透的灵魂。

1974年的冬天,三十二岁的赫尔佐格便进行了一次"自我创作",在其中,他将自己塑造为一个探索极境的孤狼般的角色。给了他灵感和契机的事件是一位远在他方的友人和前辈所遭遇的不幸。卓越的电影史学家和影评人洛特·艾斯纳是德国新电影运动的定义者,也是德国的第一位女影评家和法国电影资料馆的创立人之一,同时也是第二次世界大战的受害者、一名犹太女性。在赫尔佐格的时代,她被一众年轻电影人奉为精神先驱,不仅赫尔佐格对她十分敬重,维姆·文德斯也将自己的代表作《德州巴黎》题献给她。在1974年的末尾,死亡的阴影像秃鹫在这位艺术精灵的头顶盘旋。

11月底的时候,赫尔佐格接到一位巴黎友人的电话,告知他洛特·艾斯纳病危的消息。"我的脑海中有一个压倒一切的念头,必须离开这里,这里的人太可怕了。我们的艾斯纳不能死,绝不允许她死,她不会死的。

她还好好的,她根本不会死。现在还不是时候,谁准许她就这样死掉。我每踏出一步,大地就开始颤抖。当我行走,就是行进的野牛;当我停步,就是静止的山峦。她怎么能死!"

这对于尚未抵达"人生中途"的青年赫尔佐格来说,不啻为死亡所下的一封战书,同时也意味着一次真正的来自彼岸的召唤。它带给他强烈的震撼,要求他必须以某种绝无仅有的方式回应,以他的第一冲动,以全部生命的激情才能予以对抗。因此,赫尔佐格决定"抓起一件夹克、一个指南针、一个帆布袋",穿上他的新靴子——这件装备似乎也提前预示了他的行动——立刻走出去。他要凭双脚走到他的朋友身边,他要在他与她之间踩出一条生命之路。时间未定,前途未卜,他要以一切的未知来抵御那最为残酷的已知:那似乎早已前定的死亡。

远足,作为修行或仪式

之所以如此发愿,或许出于这样一种信念:既然人们用自己的双脚可以使得萎缩为数字的距离重新复活,那么也应该能够以同样的方式讨回一个人即将逝去的灵魂。这是一个人和他自其中来,并终将归于其中去的伟大自然之间缔结的契约，包含着一个朝圣者的自我期许。

从1974年的11月23日开始，赫尔佐格用十几天的时间越过国境，弗格森山脉在他的肩头沉睡，莱希河与莱茵河在他的脚边流淌，一路上只有山鹰和乌鸦与他为伴。12月12日他抵达了普罗旺斯，并终于在12月14日来到巴黎的病友身旁。四年之后，他将这组日记结集出版，书的名字叫作《冰雪纪行》。

在耗时一个半月的行程中，沃纳·赫尔佐格如同投身于修行的僧侣，在一个巨大的无边际的教堂中行走。大雾遮蔽了前路，雨雪抽打着身体，泥泞一再拖住他的脚步。他只是行走，目光只扫视地图上那些最小的地理单位，诸如申盖辛格、基希海姆，或是盖尔滕多夫、佩斯滕亚克，那些如此不起眼的，仿佛必须因他的经过才能被首次命名的地方。在疲惫使得他必须停下来，在野外席地而眠，或到某个昏沉的乡村旅馆投宿的时候，他便就着初露的晨曦或幽暗的灯光记录过去一天的行程。

"昨晚我在博伊尔巴赫附近的一个稻草垛里过夜。脚下是牛棚，地上满是被踩得稀烂的泥巴；头顶要好一些，但是没有光线。夜晚很是漫长，但至少还算温暖。低垂的乌云在逼近，秋风瑟瑟，周遭一片灰蒙。"

极具影像感的文字仿佛在描写创世之初的环境，无论是否早有预见，沃纳·赫尔佐格在这次旅行中实际上部分地实践了一种祖先的生存方式。他将生命归还给劳作的艰辛，归还给危机四伏的自然，归还给直觉，也归还给人最为真实和最为根本的状态：孤独。在慕尼黑到巴黎之间，在寥廓的天与地之间，一个人的灵魂被空间稀释了，成为一个既渺小又浩瀚的个体，却也在同时得以和万物混而为一。"从窗户向外望去，对面屋顶上蜷着一只乌鸦，在雨中缩着头，一动不动。许久后，它依然在那儿，身体僵硬，孤独地沉浸在乌鸦的世界里。我觉得我就是那只乌鸦，被孤独感包围着。"

正是在这种压倒一切的孤独中，人才有可能深入自身，与隐藏在深处的绝对者展开对话，将自己呈递给自己，既作为祭品，也作为接受献祭的神灵。在这次超验的对话之中，沃纳·赫尔佐格所要追问的是那个亘古不变的问题：生与死。

超越死亡的心灵证词

在沃纳·赫尔佐格看来，艾斯纳，这个可敬的犹太女人在1974年所接到的死亡召唤，与三十年前那场在背后追逐着她，一直将她从德国追到了法国的战争之间有一种互文关系。

三十年的时间，不足以使死神衰老，也不足以使其忘却它曾经的猎物,如今它又回来了。作为艾斯纳的朋友,而且同样身为德国人,赫尔佐格似乎感觉到自己有一种驱魔的责任。这种有着宿命论意义的解读,将沃纳·赫尔佐格的行动放大了,他的动因不再是某一次具体的死亡威胁,而是横亘在每一个人记忆深处的阴影,甚至可能就是死亡本身。"太阳从我背后升起,云朵撕裂开来。从开战之日起,每天升起的都是这样血红的太阳。衰败的白杨树掉光了叶子,一只翅翼残缺的乌鸦飞过,像是下雨的征兆。"但赫尔佐格从未忘记,思考死亡也就是思考生命,因此,他同样也看到了"美丽却已干枯的小草在强风下肆意舞动"。

自11月25日起,直到12月初,从施瓦布明兴直到施兰贝格,极端的雨雪天气始终笼罩着沃纳·赫尔佐格头顶的天空。也许是因为这种恶劣的气候使得他极度敏感,也许是因为太久的沉默使得他要去寻求另外一种与自然的更为直接的沟通,也许是因为在空旷的野外,他的生命对一切敞开着,在这一路上,他似乎一再得到天启。野狗与鹰,一根枯枝或雪地上的足迹,似乎都在进行着神秘的言说。"在最为孤寂之处,我遇见了一只狐狸,尾巴的末端染上了白色。""一辆被雪压垮的车,车身扁得像一本书。"

不知不觉,他已将使一切荒芜的冰雪的力量视作死亡的象征，想要以此来理解周遭无处不在的意义系统。"有个老人正在过桥，走得很慢，步履沉重，每走几小步就得停下来歇息。他没发现死神正与他同行。""前方是一片尚未收割的玉米地，玉米苍白地矗立在寒冬之中。没有风，却能听到沙沙的声响。这是一片名为死亡的田野。地上有一张湿透了的白色纸片，我将它捡起，想破解上面的信息。我翻过潮湿的那面，心想上面一定记载着关于它的事情。纸上一片空白，但我并不失望。"之所以并不失望，是由于他已明白，这空白本身便是死亡的形象，他不再畏惧它，敢于只身直面它，在理解了这不可理解之物的同时，他便赢得了与它的竞赛。

因此，这个故事有一个悲伤的开头，却有一个圆满的结局。赫尔佐格像一个秘密的英雄，只身穿越纠缠着友人的死亡，在旅程的终点赶上并越过了它。12月14日，当他终于来到艾斯纳身边时，他的朋友已经从重病的泥沼中挣脱出来，渐渐痊愈："她看着我，优雅地微微一笑。她知道我是一人一步步走来见她的，她理解了我。有那么美好而稍纵即逝的一个瞬间，一股暖流涌入了我疲惫不堪的身体。我说，把窗户打开吧，在这些天里，我学会了飞翔。"

星野道夫的极地人生

> 人的一生,总是为了追寻生命中的光,而走在漫长的旅途上。
>
> ——星野道夫[①]《在漫长的旅途中》

1922年,美国导演弗拉哈迪的纪录片《北方的纳努克》上映后引起轰动。影片跟拍了一位在北美阿拉斯加地区生活的因纽特猎人。除了在人类学领域的资料价值以外,这部名作也因为反映了主人公在极端恶劣的自然环境下的生存智慧和奋斗精神,引发了广泛而长久的反响。然而,让人印象最为深刻的相关事件却发生在影片之外,即在影片上映后不久,纳努克因为贫困和饥饿而悲惨地死去。这让人不禁思考,在现有的条件下,世界是否仍有返璞归真的可能?针对这一问题,日本著名摄

[①] 星野道夫(1952—1996),日本著名野外摄影师、旅行作家,因以阿拉斯加的山野环境和野生动物为素材的摄影作品而扬名世界。主要摄影作品包括影集《旅行的树》《阿拉斯加,光与风》《表现者》等,主要文字作品为据其遗作整理的旅行札记《在漫长的旅途中》。

影师、旅行作家星野道夫通过决绝的生命实践给出了自己的解答。他将自己的半生投入阿拉斯加的原野，与驯鹿、棕熊和野狼为邻，将耳朵紧贴大地，倾听"大自然的呢喃"，用"鸟的眼睛"观看"极光的舞蹈"。他以镜头和文字记录下的那些绝美的瞬间，是对人类日趋偏狭的视力的纠正，它们提醒我们这些闭目塞听的人：听吧，看吧，世界本就应该如此。

生命的本来面貌

星野道夫于1952年出生于日本的千叶县。据说，他在青少年时代，因为一本名为《阿拉斯加》的摄影集而对北美的自然风光和野生动物产生了浓厚的兴趣，从此便以摄影为终生志趣。24岁的时候，他正式成为一名职业动物摄影师；26岁的时候，他便在阿拉斯加地区的城市安克拉治定居。此后，星野道夫常年出入于北美的冰川、山脉与原始森林之间，以双眼观照那些在天地之间袒露的，却被人类社会遗忘的生命景观，并用手中的机器将转瞬即逝的图像捕捉下来。

如果说，人的感受力是一种天赋，那么它与那些天生天养的生命之间理应存在着某种天然的联系。在野外工作期间，星野道夫不仅创作了那些动人的摄影作品，更在自己的心灵中建立了一种对于自然的原初认同。当他按下快门，拍下一只雪中漫步的麋鹿，或一头在海面翻滚的座头鲸的时候，他并不满足于看到它们，他想利用那定格的一瞬，让自己投入那些陌异的生命，想让自己在成像的片刻，真正成为一只鹿、一头鲸。换句话说，星野道夫想做的和要做的，不仅仅是欣赏自然，而是投入自然的怀抱。他想要作为个体，转身返回被人类整体所背弃的大地。

他的遗稿结集而成的旅行札记《在漫长的旅途中》里，留下了这位摄影家在布鲁克斯山脉的辛洁克河、捷格河、卢斯冰河、锡特卡、麦克尼尔河、阿留申群岛，以及远在非洲的贡贝森林中露营的文字和影像记录。在他的镜头当中，鸟兽山川花草均呈现出一种古老的迷人特质，而他的文字更是体现出一种对一切生命现象的无差别的爱与欣赏。所谓和谐，便是对自然存在的多样性给予最大程度的理解与尊重，星野道夫显然深谙此道。尤其值得注意的是，在他的眼中，人类与自然并非二元对立的关系，而人之所以在非人造的自然环境中感到困难重重，归根结底是由于对自身的遗忘。在他看来，逃避自然和破坏自然让人变成了非人。

星野道夫在一篇文章中以他对自己儿子的观察为例，从感受出发，陈述了以上观点："未满周岁的儿子，坐在黄叶散落的阳台上，吹拂着九月的秋风。褐头山雀'咻'地掠过树枝间的缝隙，北美红松鼠在云杉枝上发出警戒的叫声，每当白桦树叶被风吹得沙沙作响时，他就会向外张望。在那一瞬间，我不由自主地感受到孩子的那双眼睛里，传达出无关父母存在与否，仅仅是纯粹身为'人'而展现出的生命力。"

事实上，"自然"一词的意义便是"本来如此"，它只会将一切生命的本来面貌完整地、不偏不倚地呈现出来，不以任何意志为转移。当一个人，将自己全权交托给自然，交托给这"本来如此"的一切，他将从自己的渺小之中收获幸福。

人生与四季

作为一位摄影家，星野道夫一向以表现极地风光的作品而著名，对于那个由冰雪构筑的晶莹而纯粹的世界，他可谓再熟悉不过了。而雪地与冰原在星野道夫的作品当中，并非自然的一种覆灭生命或是抑制生命的极端样态，而是一种为生命蓄力的，使生命暂时歇息的休眠模式。在阿拉斯加漫长的冬季，他将镜头对准荒野中的棕熊、空中觅食的雪鸮、落在驯鹿巨大鹿角上的积雪，以及如同天启般的极光。镜头以内和镜头以外的一切，都在对他讲述生命的奥秘,这奥秘就隐含在四季的交替之中:这是一个循环往复,永不终止的故事。

星野道夫和妻子将在日本的习惯移植到了酷寒的阿拉斯加,他们在院中种植了许多花草。尽管他们知道"可能会有人觉得惊讶",但还是坚持在仅能持续两个月的暖阳下播下种子,并且从中收获了别样的快乐:"三月,阿拉斯加还在深雪中,不过随着日照时间一天天增长,就知道春天即将来临。再一个月,就可以闻到暌违半年的土地芳香。今年夏天,我计划种满一庭院阿拉斯加野花,勿忘我、柳兰……我眺望着雪景,光是想着这个计划,就觉得很开心……时序已至十月,没有日落,闪亮动人的花季已经远去,美丽的秋色也已褪尽。但是,还不用感到悲伤,看着风中飞舞的落叶,踩着沙沙作响的枯叶,我们还享有一段美妙而慵懒的时光。如同潮水涌上,在退去前那短暂的平静,在人的一生之中,也有这样的季节吧。"

花朵的绽放与凋落,在星野道夫的笔下是生命对于自然节奏的应和,再平常不过,也再美妙不过。正是这种充满禅意的生命智慧,让他即使在自家的后院,也与那些古老而且亘古不变的事物心灵相通。但与此同时,星野道夫并未谴责现代化的都市生活。相反,他对霓虹灯和星光,对摩天大厦和耸立在荒野中的雪山几乎抱有同等程度的欣赏，对于都市白领和因纽特猎人持有同样的爱与同情。在一篇名为《原野与大都市》的文章中，他写道："我觉得纽约和阿拉斯加有着某种相似，因为两者都是不易生存的世界。在阿拉斯加是必须面对严酷的大自然，而在纽约，则需要在混沌的社会里拼命挣扎，都可以说是弥漫着人类求生的紧张感吧。我喜欢阿拉斯加，也喜欢纽约。"

但或许，只有见过天地之广阔的人，才能理解这种"紧张感"的意义：它要求人们牢记生命的脆弱和不确定性，而身处现代社会，人们往往反其道而行之，力求麻痹自己，使自己忘却这种"紧张感"，但结果往往事与愿违。星野道夫给了我们一个提示，只要我们热爱生活，将自己的生命视作自然的馈赠，那么一切艰辛都将成为人生途中值得追忆的美景。

渡鸦之歌

星野道夫对阿拉斯加的原住民充满尊敬，他的朋友之中有因纽特猎人，有阿塔巴斯加印第安人的巫师，也有特林基特印第安人的守墓人。他如此热爱他们，以至于有时会将他们视为自己的精神导师。在他看来，他们的文化和生活有一种深具魅力的特质，能够概括整个阿拉斯加对于他本人的意义。他以一个"核心事物"作为这种特质的象征：渡鸦。

渡鸦是特林基特印第安人和海达印第安人的图腾，位于他们精神世界的中心，它意味着对命运给予的一切报以坦然接受的态度，意味着在幸运与厄运到来时，都能淡然处之。渡鸦的歌声，既歌颂生，也歌颂死，也可以说，它歌颂的是超越任何个体的自然秩序。

在《印第安散财宴的启示》一文中，星野道夫记录了生活在科尤库克河流域的阿塔巴斯加印第安人的一场仪式，即被称为"散财宴"的为亡灵送行的祝宴："大家吃着、跳着、聊着死者的事。小屋里充满了热气，对死者表达的悲伤不可思议地升华成开朗的气氛。"这场既是哀悼也是庆祝的仪式，起初使他感到困惑，但随后却给了他深刻的启迪，促使他向自己发问："世上的所有生物总有一天要回归尘土，再开始新的旅程。有机物与无机物、生与死，是否真有分界？"

正是因为这种了悟生死的智慧，使得《在漫长的旅途中》这部作品具有一种超然的美感。在布鲁克斯山脉的山谷中，他遇见了一只"跟妈妈走散而迷了路的小驯鹿"，看到它"噗噗地啜泣着消失在冻原上"，他说："它应该是活不成了吧。"同情，但并不哀伤。而当他说起在伊格鲁山中大角羊分娩的场景时，采用的几乎是同样的语气:"大角羊横躺着,突然猛烈地蹬起后腿,随即喷出一块带着血的小东西,滚到黄昏的草丛里。"

也正是因为这种智慧,他才会专门撰写一篇名为《阿拉斯加·墓碑》的文章,以一种低调的、静谧无声的方式在纸上纪念几位在阿拉斯加死去,并在这里重新回归自然的朋友。以只言片语说明如下事实:他们存在过。而他自己后来,也加入了他们的行列,将肉身交还给了大地。1996年,在一次野外作业中,他被一头棕熊掌击头部而死。

失去了自然之子的身份,人在方寸之地也会迷失。受困于日常生活的牢笼,我们时常会忘记世界有多大;习惯了转过身去,面朝琳琅满目的橱窗、背对寥廓苍茫的原野,我们会遗忘具体而微的生命感受,陷入经验的贫乏之中。星野道夫以他的摄影和文字,更以他的人生故事为我们提供了一个救赎的案例。他告诉我们:"大自然的强韧背后总是隐藏着脆弱,而吸引我的,正是那生命的脆弱……现在的我,正在聆听着大自然的呢喃。"请跟随他,张开你的耳朵。

#　第三辑

东方与西方

东方,一部无法辨认的天书

> 多少事物依然存在,只是而今我们把它们都扔在身后。
>
> ——保罗·克洛岱尔[①]《认识东方》

所谓诗人,从传说中的俄耳甫斯开始,便是一些以自己的身躯测量大地之深广的精神游牧者,他们的旅程指向的最终目的地不在别处,只在自己的内心。因此,就这个意义而言,法国诗人保罗·克洛岱尔将他的心灵存放在东方。对于他所生活的时代而言,这一与"西方"相对的方位表达,意味的是一片陌生而充满魅惑的精神极地。诗人的感伤主义浸染了他作为基督徒的精神祭坛,使得克洛岱尔将西方世界信仰价值体系的沦陷与东方古老帝国的落败联系起来,对于现代世界的种种失望终于导致一种带有灵修色彩的文化漫游状态。这种自

[①] 保罗·克洛岱尔(1868—1955),法国著名诗人、剧作家和外交官,曾在中国担任过将近十五年的外交官职务,是中法文化交流的先驱。其代表作有诗集《五大颂歌》等,剧本《城市》《缎子鞋》等。

我放逐在克洛岱尔的政治、宗教和艺术等多重精神特质的作用下，折射出异常耀眼的光芒，至今仍在诗意地照拂着那些当代的"世界心灵"。

外交官员：文明的忧患意识

近代西方世界中那些率先向东方、向中国递来橄榄枝的文化骑士，多数起初都有官方职务。保罗·克洛岱尔和比他略晚来到中国的维克多·谢阁兰①一样，以外交官的身份来到中国。这一相对安全的身份，使他们在帝国崩溃前夕动荡不宁的环境之中，得以以旁观者的视角凝视这一风起云涌的过程。克洛岱尔的外交官生涯始于1893年，终于1936年，近半个世纪之久，几乎贯穿了他的整个人生。毫无疑问，作为一名外交官所持有的国际主义和人道主义的政治态度是保罗·克洛岱尔身上一个极为重要的精神维度。

克洛岱尔得到的首个外交官任命是在北美大陆。在以外交官考试第一名的成绩被录取之后，1893年克洛岱尔离开法国前往美国就职，此后的两年分别在纽约和波

---

① 维克多·谢阁兰（1878—1919），法国著名诗人、东方学家，曾三度来到中国工作与考察，发现并拍摄了大量古代碑刻，其文学代表作包括诗集《碑》、小说《勒内·莱斯》和散文集《出征》等。

士顿担任驻地外交人员。到达美国之后，资本主义蓬勃的活力、巨型城市超乎想象的拥挤以及人的加速物化，都给年轻的克洛岱尔以巨大的冲击。相比于身着华服但早已垂垂老矣的贵族欧洲，美国，这个新兴资产阶级的巨人没能给予他任何心灵的慰藉，反而使得他更为深刻也更为迫切地认识到一种整体性的"精神疾病"正在整个西方范围内不断恶化。欧洲也好，美国也罢，都是最为严重的病区。尽管不能说保罗·克洛岱尔作为外交官的游历是一个主动寻求治疗方案的过程，但在客观上，这一历程确实启发了他，使他明白对一名"西方病人"而言，唯一自愈的手段便是拒绝成为单一文明的囚徒，用自己的双脚走出去，呼吸陌异文明新鲜的空气。因此，可以说法国人保罗·克洛岱尔在精神实质上是一位世界公民。

在四十余载的外交官生涯中，克洛岱尔的足迹遍布欧洲和亚洲、南美与北美，包括美国、中国、丹麦、比利时、意大利、德国、巴西、日本等国家，近距离见证了二十世纪上半叶全球范围内的主要社会变革。这种得天独厚的条件，使得克洛岱尔得以透过西方人、诗人和天主教徒的三层滤光的镜片，对世界文明做出整体性的把握和诊断。在他那些最为著名的戏剧与诗歌作品中，视野往往在十分宏大的时空背景中展开，主人公总是一些如他一样在世界各个角落逡巡的行者,他们身上都具有强烈的道德感和历史意识。

克洛岱尔在他的戏剧作品《缎子鞋》中曾言道:"我的王国变得像一个人的心房,当一部分伴随它的肉体存在时,另一部分却在大洋彼岸找到了栖身之地,它永远在世上另一些星星照耀下的地方抛锚停泊。"这无疑是他本人的心声。而作为殖民国家温和的代表,他痛恨野蛮粗暴的殖民罪行,并如此控诉道:"仿佛天主在海洋的怀抱中制作出这个世界,不是为了那和平十字架下唯一的国王,而是为了这群嗜血成性的恶蚊。"

显然,在克洛岱尔看来,与那些遥远的异质文化进行和平的、富有同情的交流,是适合西方精神的一种治疗手段。

帝国诗人:诗意地认识东方

保罗·克洛岱尔首先是一个诗人。正是因为丰富而卓越的诗歌作品,克洛岱尔才会被人世代铭记。他在学生时代便爱上了诗歌,兰波的《彩画集》和《地狱一季》给了他一种醍醐灌顶式的诗歌启蒙,之后他便一直生活在诗的世界里,终身与美为伴。值得一提的是,创造力和艺术天赋在克洛岱尔家族不仅出现在保罗一个人的身上，他的姐姐卡米耶·克洛岱尔是非常出色的雕塑艺术家，但也许她的另一身份更为知名：雕塑大师罗丹的情人。

诗人克洛岱尔的世界首先是审美的世界，他的旅程是追逐诗意的旅程。这位年轻的法国诗人十分钟爱中国的唐宋诗歌，他在自己的创作中曾多次引入中国古诗的主题，诸如月色、回音、钟声等，并直接改写过李白、杜甫和苏轼等诗人的作品。在他的眼中，中国的国土与中国的古代诗歌具有同一性，他深入这个国家的过程，也是他走进东方诗意核心的过程。眼前的中国尽管早已面目全非，但仍是伟大的唐帝国的延续，在那些不起眼的角落仍旧保留着古老的、无法磨灭的美。在写给著名诗人马拉美的信中克洛岱尔写道："云随着中国神话里的那些大龙和巨蟒从山谷间升起，烟雾蒸腾，时时朝我们门前的平台涌来。"

散文诗集《认识东方》正是保罗·克洛岱尔以其诗心，在游历中华大地时写下的笔录。他在福州、武汉、上海和南京等地均留下了许多诗篇，以诗人丰沛的感受力为二十世纪初叶的这些中国城市留下了生动的文字快照。其中，福州对于他的人生尤显重要。生性淡泊，偏爱自然的克洛岱尔由于求学和工作的原因，多年来生活在巴黎和纽约等大城市，当他终于来到秀美的福州，又看到了久违的田野，就像从牢笼中被释放出来一般。他满怀爱意地将这个温暖常绿的中国南方海滨城市称作一个有着"玫瑰和蜜的颜色的地方"。寺庙、大钟、园林、陵墓、运河等中华大地上形形色色的事物，在克洛岱尔的诗中都披上了神奇的法国面纱。

克洛岱尔热爱中国，但同时也谦逊地、不无遗憾地认识到，作为一个外来者，他对于中国的理解始终只能是一种有限的理解，他可以拥抱它，但无法成为它。他痛苦又热烈地写道："我等待没有面目没有声音的骑士，展示那有待辨认的天书，把我带走，挂在他的马鞍上，穿越那条混浊的黄河吧！"

1909年，保罗·克洛岱尔满怀留恋地离开了这本他读了近十五年的天书，离开了这个"充满欢乐与苦难的国度"和"被遗忘了的伟大眼泪的源泉"。而他和同样杰出的诗人圣-琼·佩斯[①]以及维克多·谢阁兰一道，以传奇经历和伟大作品吸引了众多身体与灵魂的追随者。如今，西方对于中国这本天书的阅读仍在继续。

---

① 圣-琼·佩斯（1887—1975），法国著名诗人，1960年诺贝尔文学奖得主，代表作有长诗《颂诗》《航标》等，曾被派驻中国担任五年外交官。

在梦境中旅行

　　艺术家总是受到东方阳光的诱惑,仿佛他们有着鹰的天性。

　　　　　　　　——杰拉尔·德·奈瓦尔① 《东方之旅》

　　杰拉尔·德·奈瓦尔生活在浪漫主义兴盛的年代,对于那时的法国人,尤其是巴黎的中产阶级来说,异国情调是一种颇能锦上添花的文化佐料。于是,就像是另一种令人愉悦的东方香料,旅行文学也拥有相当数量的受众。人们对单调的城市生活感觉乏味,被遥远的距离刺激想象,渴盼着亲近那些笼罩在一千零一夜的神奇面纱下的异国图景,即使只是得自他人的转述。无论是夏多布里昂还是伟大的维克多·雨果都被这种集体趣味所

---

① 杰拉尔·德·奈瓦尔(1808—1855),法国天才的浪漫主义诗人、作家,也被追认为超现实主义先驱。其主要作品有诗集《小颂歌集》《幻象集》《幻象他集》,小说《安婕丽嘉》《西尔薇娅》《奥蕾莉娅》,散文集《波希米亚小城堡》《漫步与回忆》,以及游记《东方之旅》等。

俘获，创作出诸如《从巴黎到耶路撒冷》和《东方集》这样的作品。而对于其时正遭遇精神危机的奈瓦尔而言，一次漫长的、远离巴黎的旅行当然也同样是文学意义上的灵感之旅，但除此而外，无疑还带有一种精神疗养的意味。

游历三国，来自欧洲另一面的安慰

1839年至1840年间，奈瓦尔曾前往瑞士、德国和奥地利这三个德语国家游玩。如果说，当时法国巴黎"世界之都"的繁华与进步景象正是奈瓦尔所厌倦的，那么瑞士迷人的湖光山色，维也纳优雅的女性气质和非凡的剧场表演，还有像一座大博物馆般充斥着艺术品和艺术家的城市慕尼黑，都不乏能被这位诗人挖掘和提炼诗意的要素。

由于十九世纪烦琐的交通方式，以及诗人自身的懒散和随性，单是从巴黎到日内瓦的路途便用去了许多日子。在最初的记录中，这种拖拖拉拉的赶路状态令奈瓦尔深感疲倦，他甚至对出行感到后悔起来："大海忧伤的梦幻、湖水朦胧的诗意、临摹阿尔卑斯山的习作和所有那些充满诗情画意的喜阳植物，这些让巴黎中产阶级向往不已的东西，在这就派不上用场了。"然而，拖延却也拉长了他的期待,以至于到达目的地的喜悦唤醒了这种期待时,他的情绪顿时就有了天壤之别:"从那出发,经过两小时的行程,穿过依旧绿莹莹的原野、一片美丽的土地、花园和令人愉悦的别墅,我来到了让-雅克·卢梭的故乡。"尽管也许仍然显得单调了些,但奈瓦尔在这位伟大的启蒙哲人的出生地度过了一段惬意的时光,他这样简短地评价道:"日内瓦的菜很好吃,和日内瓦人交往也让人愉快。"

作为文学史上著名的病患,对于精神与身体都积弱已久的奈瓦尔而言,旅行的确是一种必要和有效的纾解。在瑞士,诗人游历了伯尔尼、洛桑、苏黎世等地,他在庄严的哥特式教堂、洛可可风格的贵族居所、优雅的石雕和巨型喷泉之间流连忘返,但最为吸引他的,还要数那雄伟的雪峰、黑色的森林、勃发的激流、波光粼粼的湖泊和爬满野葡萄的山丘。他称莱芒湖的景色"宛若歌剧的布景",当他终于乘车前往慕尼黑时,他说他离开了"一座西方的伊斯坦布尔"。

慕尼黑是奈瓦尔在德国停留的唯一一座城市,但对于诞生过歌德、席勒和荷尔德林的国家,奈瓦尔的心中无疑怀有敬意。他将慕尼黑以及德国比喻为"一颗挤满了诗人的星星",显然,奈瓦尔的慕尼黑不仅是地理意义上的慕尼黑,更是美学意义上的慕尼黑。只是真的踏上慕尼黑的土地，他的发现却既有反讽，又有自嘲的意味：诗人并未统治这座城市，画家已经夺取了这里的统治权。"这座大都市里到处都是画师，这儿简直可以称作现代的雅典了"，但他仍然感到万分欣喜。慕尼黑好像在举办一场永恒的展览，皇宫、教堂，由建筑师克伦策主持设计建造的石雕陈列馆和美术博物馆，托尔·瓦德森的雕塑和鲁本斯的画作让诗人叹为观止。

维也纳是奈瓦尔在旅行中停留时间最长的城市。而在维也纳的时光，他主要是以如下方式度过的：去剧场观看戏剧与歌剧，在酒馆小酌，以及午后与傍晚悠闲地在树荫下、小河边散步。使诗人沉醉的还有一个从未兑现的、抽象的对于艳遇的期待："在一片美丽、优雅与爱情织成的氤氲气氛中，有某种令人心醉的东西。人变得飘飘然，喃喃低语，如痴如醉地沉入爱河——不是爱某一人，而是一下子爱上所有的女人。"

正是在这样一种在法国，在巴黎不可能得到的仿若爱情的沉醉中，奈瓦尔开始了《东方之旅》最初部分的写作，而这本书后来成为法国文学史上最重要的游记作品之一。

造访群岛,在海与山的怀抱中安眠

1843年,奈瓦尔开始了他的东方之旅。他在马赛登上了前往埃及的航船,而在到达真正的东方之前,在亚得里亚海、凯里戈岛、基克拉泽斯群岛和锡罗斯岛的见闻,却先行帮助他开启了有关东方的梦境。

由于一位同船的乘客突发疾病去世,奈瓦尔乘坐的客轮临时停靠在凯里戈岛上,而这里便是古时的西岱,一个属于维纳斯的岛屿。如果说东方是浪漫主义诗人神秘瑰丽的梦境,那么希腊则是他们共有的精神故土。因此,对于奈瓦尔来说,来到希腊,既是一次远足,也是一次回归,这双重的赠礼让他自觉十分幸运。诗人怀着充沛的热情咏叹道:"光辉的希腊将和太阳一起从水面升起。就这样,我看到她了。我这一天的开端,如同荷马史诗一样辉煌!在五彩的晨光中,东方之门在我面前开启!"

而那个被奈瓦尔以女性代词指称的希腊毕竟早已淹没在时光的洪流中:"这是我梦中的景象,而现在,梦要醒了。天和海依旧在,东方的苍穹和爱奥尼亚海,在每个早晨,都会温柔地亲吻;只是大地已死,它在人类手中失去了生命力,神灵们已经远去!"所幸,即使是那个像梦一般逝去的希腊，在这片大地上依旧可以搜寻到一些碎片般的遗迹。

在当地向导的带领下，奈瓦尔在阿波鲁诺里山和山下的西岱旧城找到一些破败的浮雕、残柱；在圣尼科洛港前的海岸边，他们遇上一个考古发掘的现场：一尊年代不明的白色大理石雕像出土了。在布满古迹碎片的帕莱奥卡斯特龙山，几处古老的墓穴和神庙激发了他的想象，使他感到神灵仿佛近在咫尺。

而诗人的怀古之情在锡罗斯岛达到了高潮："抛锚的声音把所有人都吵醒了。它向我们宣告：就在这一天，我们踏上了希腊本土，锡罗斯岛羊角形的停泊场把我们环抱其中。从这个早晨开始，我一直处在一种狂喜之中。我真想把自己融化在这一片声名远播的岛屿中，完全融入希腊人中去……照耀着锡罗斯城的太阳，的确是东方的太阳了。"对于奈瓦尔，这里的一切既熟悉又新鲜，仿佛戏剧之中的景物，穿梭在这里的人群中，仿佛在观摩一场美妙的表演。

此时，诗人奈瓦尔的灵魂躺在温软如云的希腊土地上睡去，而在前方等待着他的是一个美丽奇异的东方梦境。

探秘东方,陶醉于一个遥远的酣梦

当代著名学者、思想家爱德华·W. 萨义德在《东方学》中写道:"东方几乎是被欧洲人凭空创造出来的地方,自古以来就代表着罗曼司、异国情调、美丽的风景、难忘的回忆、非凡的经历。"因此,东方本身就是一个梦境,奈瓦尔只是众多做梦的西方人之一,但不同之处在于,他的肉身能够将双足踏在这梦的土地上,即是说,他被允许在醒时做梦。

在开罗,他为戴着面罩的埃及女人着迷,她们的面目是做梦的人无法了解的秘密,而诗人正是探索秘密的人。奈瓦尔写道:"不由自主地,我们就想去看那蒙面的埃及女人的眼睛,那可是件再危险不过的事情……这双眼睛的诱惑力简直胜过所有的艺术品。"而这迷人的眼睛,正是对于这梦幻之乡的隐喻。埃及,以及整个东方,都"像居住于其中的女人们一样,也是一点点掀起了自己的面纱,让人看到她隐藏其中的迷人景象"。

正如奈瓦尔所说,在抵达东方之后"一千零一夜中的故事一个个浮现"在他的脑海中,并与他的足迹相互印证。于是,记载在游记《东方之旅》中的旅途,始终带有传奇和历险故事的色彩。在开罗,他参加了一场神圣如祭典般的火把婚礼；被几个男扮女装的舞女所吸引，尽管知道真相后他感到啼笑皆非，但却不得不承认他们醉人的美；他骑着毛驴前往奴隶市场，观看有着彩色文身的黑人女孩如何被买卖；在吉萨和萨卡拉赫，他被当地的阿拉伯人"像运包裹一样"送上了金字塔；在黎巴嫩，他在"沉睡的城市"贝鲁特偷偷溜进了帕夏的王宫；他和黎巴嫩王子结交成为朋友，并在他的邀请下参与了一场王室狩猎；他在凯斯鲁安省的山区目击了一场族群冲突；在叙利亚，他染上了一种当地独有的热病，只有离开才可疗愈。而这当中，最为浓墨重彩的，是拥有"世界上最美丽的风景"的港口城市伊斯坦布尔。

奈瓦尔总是使用它的古称，并且给予它这样的评价："真是个奇怪的城！富贵与贫穷，泪水和欢乐，比任何地方都专制，却也比任何地方都自由。"对于他来说，正如开罗代表埃及，君士坦丁堡自然便代表了土耳其以及逝去已久的拜占庭王朝。他在这座包罗万象的城市中，像在一座迷宫中一样，走了数月之久，一直走向了这场异国梦幻的巅峰，但同时也接近了它的终结。"是的，在希腊，我觉得自己是个异教徒；在德鲁兹人中间，是个泛神论者；在迦勒底的星神的海上，是个虔诚的教徒。但是在君士坦丁堡，我明白了土耳其人现在实施的这种普遍宽容的伟大之处。"

在这个美好的收尾之后，梦醒了，奈瓦尔结束这趟历时一年的旅行返回法国。尽管，十年之后，他还是不堪忍受一再复发的癫痫与夺走一切理智的精神病症，而最终选择了结束自己的生命，但是在他面临严重的精神危机之时，这抹东方的启示之光确曾将他从疯狂的边缘挽救回来，而且也成为他生命最后十年的灵感之源。这位在生前做着东方情调白日梦的作家去世后被葬入先贤祠，人们将巴尔扎克身边的位置留给了他。

东方之心与西方之魂

> 东方的气味将永世长存。没闻过这气味的人等于没有活过。
>
> ——鲁德亚德·吉卜林① 《回到东方》

在所有惯于并乐于用笔来营造或实或虚的异域风情的作家当中,鲁德亚德·吉卜林是十分特殊的一个。他生于印度,长于印度,半生在东方与西方之间往来,他的特殊性根植于他的出身之中,他性已经成为他的本性,异域即是他的故乡。对于希腊和天竺的众神,他同样熟悉,同样热爱,他的灵魂之河的两岸坐落着同样高大的《伊利亚特》和《摩诃婆罗多》,莎士比亚和迦梨陀娑。在十九世纪和二十世纪之交,两次接踵而至的世

---

① 约瑟夫·鲁德亚德·吉卜林(1865—1936),英国小说家、诗人,代表作包括长篇小说《基姆》,短篇小说《国王迷》,诗集《七海》《营房谣》,儿童故事集《丛林故事》,游记散文《从大海到大海》等。1907年被授予诺贝尔文学奖,成为迄今为止最为年轻的诺贝尔文学奖得主。

界大战之前,像吉卜林那样横跨世界文化两极的高级知识分子,都身负一重他们自己也未必意识得到的历史责任:证明我们生活在同一个世界之中。这是一个多元的大千世界,因其呈现的多与异而显得无比美丽,这形形色色的美又因为彼此间的欣赏和尊重而得以沟通与融合,终将把这多重新化为一。

旅行与时空的新魔法

1865年,鲁德亚德·吉卜林出生在印度孟买。这个后来被他称为"皇室的嫁妆"的东方大城的文化成分复杂至极,容纳了多个民族,多种信仰,如同一个架设在欧亚大陆东南边的文化大熔炉,在这里,你能够嗅到我们这颗星球上每一种文明的气味。鲁德亚德的父亲也许算得上当时孟买最有学问的英国人之一。他曾经担任拉合尔艺术学校的校长和博物馆馆长。鲁德亚德·吉卜林最著名的长篇小说《基姆》的第一章里出现了一位精通东方文化的博物馆馆长,"一个胡子花白的英国人",这无疑与他对父亲的记忆有关。家庭环境的影响除了赋予吉卜林很高的艺术和文化素养以外,也给他的精神涂上了一层瑰丽的,如梦似幻的东方底色。六岁时,吉卜林被送回英国,几乎如弃儿一般被寄养在家乡的一所儿童寄宿学校里，只因他的父母执意要他接受纯正的英式教育，这一经历对于他的影响不言而喻。那种通常涵盖于"故乡"这个字眼当中的安全感和依存感，对于这个聪明的孩子来说，从此便不再存在了。事实上，吉卜林的作品中不止一次出现独自流浪的孩童的形象，这也许是他在不经意间回溯那段刻骨铭心的生命经验所导致的结果。

从中学时期就读的军事学校毕业后，鲁德亚德·吉卜林便返回印度，在拉合尔市的一家报社担任编辑工作，十九岁时发表了第一篇短篇小说，从此他那些带有鲜明浓郁的东方风情的散文和诗歌开始在英语读者中间风靡。功成名就之后，他多次进行长途旅行，甚至在四个不同的国家长期定居，他熟悉那个时代所有的交通工具，它们几乎已经成为他的另一个移动的家园。旅行，以及旅行中的写作对于吉卜林而言具有极为重要的意义，正是游记作品《从大海到大海》以及一系列的旅行书简率先为他赢得了国际声誉，使他在青年时代便被视为最为优秀的英语散文家之一。

值得注意的是，在吉卜林的时代，机械技术取得了长足的发展，这从根本上改变了人们的旅行体验。在诗歌《机器的秘密》中，吉卜林将新式汽船称为"七万匹马和一些螺丝"，称它将能帮助人们"在一夜之间跨过大西洋"。他敏锐地注意到，十九世纪末和二十世纪初，技术的发展突然提速，而这不仅仅将会改变人们的物质生活，也会更新这个世界的精神与文化。在一篇题为《关于旅行的几个话题》的演讲稿中，吉卜林谈到时间和距离的概念已经大大改变，人的精神深处不再只能容纳视线所及的可见范围，世界的绝大部分不再是需要探索的阴影区域。人们有了自己的"灵魂罗盘"和"心理地图"，"地球在一月一月地逐渐缩小，更重要的是，它在人们的精神视野中也在缩小"，旅行家的首要任务不再是"发现"，而是穿越历史的巴别塔，向那些原本遥不可及的，如今却已是摩肩接踵的他者寻求更多相互认识和对话的可能。

从大海到大海

鲁德亚德·吉卜林曾经在文章中感叹道："我们已经把世界的时间和空间概念大大缩减了，我们还将不可思议地继续缩减它们，时空概念本身就是一个不断进步的车轮，世界文明的伟大发动机一旦加速和加热会创造什么样的奇迹啊。"

他最大限度地利用这些新的奇迹，在世界范围内纵情畅游，足迹遍及欧洲、亚洲、美洲、非洲和大洋洲的主要城市，目光扫过各块大陆上的重要文明。他是最早的汽车驾驶员之一，在陆地上，他仿佛风的骑士，已不再需要用体力和意志换取对于距离的直接感受，但在日渐被驯服的空间中，还有一个领域，仍保留着神秘，以及大发现时代以来的记忆。那就是大海。在五个大洲之间，海在码头与码头之间，也在文明与文明之间起到了衔接的作用。对于吉卜林来说，在海上的历程让他难得地体验了旧世纪的探险家们的光荣。他从英国和法国的港口出发，到美国，到加拿大，到日本，到新西兰，到埃及，他与太平洋、大西洋和印度洋上各个时节的风浪都很熟悉。

在1913年乘船前往埃及旅行之后，吉卜林写下了一篇名为《海上旅行》的游记文章，以自己的经历论述了海对于旅行者的不可取代的特殊意义。在这趟航行中，他与来自英格兰、苏格兰、苏丹等地的乘客，以及来自印度的水手和法国的工程师，出于机缘巧合共聚在同一条船上。他们分享着从各自的国家和传统中带来的故事，也因为各自不同的习惯而彼此不满。

可以说，海本身就是一个巨大的国度，每一个人在海上航行时都深刻地体会着"在异国"的感受，体会着各种新鲜，也体会着各种不便。这些新鲜与不便总在提醒着作家吉卜林，"人从来都是多种多样的……人无论如何也不会是同一种样式"；但同时，海也以它永恒不变的蓝色面孔融汇了每一种表情，为来自世界各个角落的不同人群提供了相遇的可能。因此，在吉卜林的语境之中，海在精神和事实层面都在各块大陆之间起到中介的作用。与约瑟夫·康拉德或赫尔曼·麦尔维尔等经典作家不同，吉卜林的身上没有水手式的海洋情结，海在他的作品中多数都承载着某种象征意义，在他看来，这无比贫乏又无比丰饶的存在连接了每一块色彩各异的陆地，正如同一个庞然无涯的精神托起了许多个彼此分隔的身躯。

有一段对于加拿大维多利亚市的描述，暗含了吉卜林心目当中人类城市的理想景观："要理解和把握维多利亚，你需要把伯恩茅斯、托基、怀特岛、香港的跑马地、杜恩、索伦托，以及坎普斯海湾最好的方面集中在一起，再加上些千岛群岛的特色，然后把所有这些都沿那不勒斯海湾布局排列。"可以说，海象征着人类不断相互吸引，向彼此靠近的文明进程，因此在吉卜林的想象当中，在历经艰险，征服了汹涌的海浪之后，等待着人们的将是海岸之上美丽而辉煌的日出。

东与西的辩证

鲁德亚德·吉卜林的心灵是那个机器轰鸣的年代留给人们的最为美妙的礼物之一。这不仅因为从他的笔墨中泼洒而出的卓越才华，还因为他以真切的经验和迷人的想象交织而成的缤纷作品像一座桥梁架设在东方与西方之间，为几代英国读者提供了一种跨越传统与现代、故土与他乡的价值观念。在古老的一千零一夜之后，可以说，是他为英国的读者描绘出一个现代的东方。

向着太阳升起的方向前进，这是旅行者的本能，对于那些不仅在可见的物质世界，也在不可见的精神世界中跋涉的人，他们还需要另外一种方位感。有趣的是，吉卜林似乎靠嗅觉来辨识他心中的东方。他写道，"骆驼身上散发的缕缕气息"会让他想起阿拉伯，幼发拉底河上散发着一股"臭鸡蛋的气味"，缅甸闻起来"像条干鱼"，"炸鱼店的气味代表了从开罗到新加坡的东方"，南中国海则充斥着"燃烧的椰子壳的气味"。对于他来说，这些气味表征了一个具有魔力的东方，气味与气味可以相互混合、渗透，因此这又是一个关于融合与交汇的隐喻。

在一篇题为《回到东方》的文章中，吉卜林写道：

"东方世界比欧洲人愿意承认的要大得多。有人说,它是从圣-戈萨特开始的,在这里,两个大陆的气味遭遇了,自始至终都在隧道里可怕的汽车餐厅的晚餐上相互争斗。还有些人是在威尼斯某个温暖的四月早晨发现东方的。实际上,无论你在哪里看到大三角帆的踪影,哪里就是东方。"由此可见,东方与西方已经不再只是地理层面的一对概念,更意味着一个现代灵魂的两个组成部分,它们不断出发,开启一次次新的航行,一直在试图向彼此靠近,没有确定的航向,或者说,只有一个存在于心灵之中的航向。

吉卜林也曾这样描写一种总在萦绕着他的感受:"这是个残酷的双重魔术。因为每一次我思乡的灵魂屈服于异乡的梦影,沉浸在倒流的时光里时,我就记起了在遥远的地方,身处陌生的声音和气味中的所有的人们所描述的孤寂的岁月和绵绵的思乡情怀。"而这"双重魔术"之所以始终生效,原因只在于这个一直缠绕着吉卜林的问题:英国或是印度,东方或是西方,究竟何处是故乡,何处是异乡?在有生之年,他没有停止过追问或寻找,或许他没有得到答案,但却唤起了更多人的更多思考。

两种不同的文化传统借助鲁德亚德·吉卜林的作品和生命实现了一次转身,他们彼此面对,彼此互为镜像,在相互映照当中窥见了各自的既古老又年轻的面容,获得了一次难能可贵的沟通。一代又一代的英文读者通过阅读吉卜林,开始梦想一个以理解为原则的,更为美好的新世界的来临,而这也是属于所有人的一个共同的梦。

叙利亚,在故事的内与外

> 我心中涌起一股幸福的巨浪,发现自己如此热爱这片土地……
>
> ——阿加莎·克里斯蒂①《说吧,叙利亚》

若是某个穷极无聊的神灵要从时间之河中捞出一个曾经存在过的最会讲故事的人,阿加莎·克里斯蒂很可能会被选中。她给她的读者留下了这样的印象:一个聪明的、优雅的、有时喜欢开玩笑的老太太,似乎从未年轻过,从未沉溺于天真的幻想,从未任由双腿领先于头脑,没有任何事物会在她身上引发过度的、使人盲目的热情。但显然,莎婆的读者们总是心甘情愿地受骗,在对于她本人的印象方面也是如此。

在大侦探波洛和马普尔小姐之间,在第一次世界大战和第二次世界大战之间,欧洲文明仿佛处于温室环境

---

① 阿加莎·克里斯蒂(1890—1976),英国女侦探小说家、剧作家,三大推理文学宗师之一,创造了波洛和马普尔小姐两大经典形象,代表作品有《东方快车谋杀案》《尼罗河谋杀案》等。

之中,"伟大而多难的十九世纪"已经过去,第一次世界大战摧毁了旧有的价值格局,新兴的中产阶级在自由的气氛当中思想与行动。因此,1930年,阿加莎·克里斯蒂在叙利亚的那次旅行很难被赋予一种历史色彩,那是纯粹的个体事件,但命运使得她一定要在经过了二战的末日情节之后回顾这次旅行,给予它一种缅怀和见证的意味:作为二十世纪早期的一位"东方快车"上的乘客,一个女人在一次错误的婚姻之后重新找到幸福,她奔向古老的、璀璨的东方文明,如同奔向她自己的黄金时代。

一次分离,一次相遇

作为她的时代中最为著名的人物,阿加莎·克里斯蒂的出身也许平淡无奇,她在英国德文郡的一个普通的中产阶级家庭出生,她的父母并没为她备好"文化的土壤",她的兄长和姐姐对于她日后的成长也没有直接的作用。一切看似完全偶然,因为母亲的突发奇想——出于后人难以追溯的理由,她认为孩子在幼年时不适于任何形式的公共教育——直到八岁之前,阿加莎·克里斯蒂都没有被送进学校。在家里,除了阅读,她几乎不可能找到其他的消遣。也许,她终身保持的对于悬念的喜好，与那个小女孩在壁炉旁怀着不安和兴奋的心情，从第一页直奔最后一页的故事体验不无关系。

作家的父亲，那位米勒先生，终其一生也未能得到成功的眷顾，由于生意失败，不得不出租英国的宅院，带着家人去消费相对较低的法国长期旅居。正是在那个阶段，阿加莎·克里斯蒂初步掌握了法语，也见识到了一种法国式的社交生活。那位留着小胡子，时不时地掏出手帕擦汗的大侦探赫尔克里·波洛的形象，或许就出自某个曾亲切地抚摸过这个小女孩的脑袋的绅士。

当她还是米勒小姐时，战争与她之间看上去依然有着一段遥不可及的距离——和平，这种容易被忽略但无比珍贵的财富在世界的多数地方被人们普遍拥有。周游世界，尤其是前往充满异族风情的中东地区，在那时几乎是每一个浪漫的西方头脑的幻想。海洋、沙漠和远古的遗迹，刺激着最有趣的故事在此诞生。一个出自中产阶级的姑娘，在她的生活还没有背上任何负重，她的世界还没有被蒙上任何阴影的时候，正该去享受，去追求。但命运是一个暴君，仅仅为了丰富自己，便要推促着它的主人公走过炼狱。

1909年，十九岁的阿加莎·克里斯蒂陪同母亲前往埃及疗养，并在开罗开始了自己的社交生活，她与她的第一任丈夫阿奇博尔德·克里斯蒂正是在一次舞会上相识的。1914年，第一次世界大战促成他们在圣诞节前一天完婚。这段婚姻持续了十二年，最后以阿奇博尔德的背叛而告结束。

1930年，已经出版了四本波洛系列小说的阿加莎·克里斯蒂结识了她真正意义上的终身伴侣——考古学家马克斯·马洛万。他们的蜜月旅行实在过于特殊：在刚刚举办过婚礼之后，他们便决定随考古团队前往叙利亚，对美索不达米亚文明的遗址进行考古发掘。如她所说，这是一趟"爱的劳作"。

经过了一场残酷性空前绝后的战争，这"爱"的意义已经远远超越个人的情感，而指向一种远在他方的终极救赎："在历经四年战乱后，我对叙利亚的念想越来越强烈，有一种力量促使我找出笔记和日记，完成一项未尽的事……我爱那片平静肥沃的土地和土地上淳朴的人们，他们知道如何大笑和享受生活，他们悠闲快活，他们有尊严、有礼貌、有幽默细胞，且不畏死亡。真主保佑，让我再回到那片土地，保佑我爱的这一切不会从世间消失……"

东方快车，一个年代的象征

"许多年前，我每次在路经加来去里维耶拉或巴黎的路上，都会被东方快车迷住，渴望有机会搭乘。现在它是一位熟悉的老朋友了，而那种兴奋感并未减弱。我正搭乘它旅行！我正坐在上面！我坐在蓝色车厢里，车厢外有简单的字样：加来—伊斯坦布尔。它无疑是我最心仪的列车。我迷恋它的节奏，开始时是快板，哐啷哐啷摇摆着离开加来，离开西方，乘客也跟着它疯狂的速度来回摇晃。等接近东方时，它渐渐变慢，直到完全变成一段抒情的连奏。"

在这次叙利亚之旅过去十四年以后，阿加莎·克里斯蒂在她的唯一一部游记作品《说吧，叙利亚》中如此回味出发时的心情，仿佛那一切与她仅仅相隔一个瞬间。东方快车，这也许是推理小说史中最著名的谋杀现场，那是一个移动的小社会，有着完整的阶级序列和临时的宪法，而车上的人们远行的目的却是去往他们的文明的反面，在那里他们牢不可破的社会属性将会被瓦解，他们将被还原为存在的基本单位：一个人。有关远方的神话，那时仍然是成立的，不仅如此，在很大程度上，它正寄身于东方快车的钢铁身躯以及河道一般的铁轨之上。

事实上，这位故事女王自己就像一班穿着裙子的东方快车，一路掠过伊斯坦布尔、阿勒颇、贝鲁特和巴尔米拉，她和丈夫一起，在凯勒卜河附近通向黎巴嫩隘口的山径岩石上看到了拉美西斯二世时期的埃及象形文字铭文石刻，在幼发拉底河和哈布尔河的交汇之处，他们从罗马时期遗留下来的色西昔姆城古迹旁经过。

这是一个刚刚收获了幸福的女人，这是一段装满了快乐的旅行。行程之中的多数事件都带有喜剧色彩，以至于她"可以尽情调侃阿拉伯人、库尔德人、亚美尼亚人、土耳其人和崇拜孔雀天使的雅兹迪人，同样也不吝啬调侃牛津的学者、丈夫和自己"。阿加莎·克里斯蒂兴味十足地谈到了自己是如何与老鼠以及那些"仿佛得到神佑"的虱子搏斗的，抱怨了几句当地的那种叫作"美济迪"的散发着大蒜味的货币，也赞美了那些"像是大朵快活的彩色花"的库尔德女人。

赫尔克里·波洛，这个旅行爱好者，这个死亡天使般的一路都有谋杀案相随的侦探，像一个看不见的伙伴，像一朵在月畔飘浮的云，一直陪伴在阿加莎·克里斯蒂的身边。除了带给她持续的创造的快感之外，他的另一个任务似乎便是提醒她注意生活中的阴影。

快乐的故事和不快乐的故事

阿加莎·克里斯蒂的故事中没有福尔摩斯那样全能的侦探，面对罪恶和人性的弱点，无论波洛还是马普尔小姐，常常无能为力，唯有叹息。在故事之外，她眼中所见的不只有生机与活力、真诚与善良，也有致死的疾病和致命的贪婪。似乎只有将人类的欢愉和苦难，喜剧与悲剧交织在一起，才能构成一件真正的阿加莎·克里斯蒂作品，哪怕是由一段真实经历投射而成的《说吧，叙利亚》也是如此。

在恰加尔巴扎尔考古基地附近的罕泽尔村，一个老妇人向他们求助，想请他们求大马士革监狱释放她的儿子，她告诉他们："他是个好人，他没干过坏事——什么都没干，我发誓……他真的什么都没做，只不过杀了一个人！"

在考古挖掘的过程中，也"发生了卑劣的叛变"，一伙工人眼见另一边的工人们在他们的开掘地里找到了墓穴，为了将掘取文物的功劳算在自己头上，便趁着对方休息的时候疯狂地盗挖墓穴，最终导致了四死一伤的惨剧。

不过阿加莎·克里斯蒂的叙利亚之旅到底还是幸福的，《说吧，叙利亚》对于她本人来说，仍然是一本快乐的书。"回忆那样的日子，那样的土地是美好的。也许就在此刻，我的小山头正盛开着金盏菊，白胡子老者正走在驴子身后，浑然不知远方的战争。"

悲剧性一直推延了大半个世纪才真正来到书以外的

世界,并将远方的战争拉近至眼前。今天的人们依然能够在书里看到这样的文字:"穿越栎树和石榴树,循着山间小溪,沿着山脊蜿蜒而上。空气清新纯净。最后几英里只可步行或骑马。这一带人性纯朴,基督教的女信徒裸身在溪水中沐浴。世界上再也找不到如此美丽、如此平静的地方了。"但许久以来,再也没有人能亲临其境,一切都被拖进了铁与火的深渊。也许经过了两次世界大战的阿加莎·克里斯蒂对此不无预感,所以才在书的末尾留下了这样的祈祷:"保佑我爱的这一切不会从世间消失……"

候鸟的归乡

即使幸福,在这世上也只能是匆匆过客,永远无法成为公民。

——赫尔曼·黑塞①——《通往印度次大陆》

赫尔曼·黑塞称自己为一个"漂泊的灵魂",可以将他的一生类比为候鸟的迁徙:他的目光总是朝向远方,内心总是处于向往之中。他身居西方,魂系东方,因此,旅行便是他一生的主题。而总结起来,黑塞的旅行有两种,其一是身体的旅行,这种旅行相对短暂,但却具有决定性——他曾数度前往东方进行访问;其二则是神游,借助回忆、沉思与冥想——这种旅行部分建立在身体旅行所获经验的基础之上,在他的人生中占据了多数时间。这两者完美地切割了他的生命,将之酿造成

---

① 赫尔曼·黑塞(1877—1962),著名作家、诗人,出生于德国,1919年迁居瑞士,并于1923年入瑞士国籍,1946年获得诺贝尔文学奖。其代表作包括小说《荒原狼》《玻璃球游戏》《东方之旅》《在轮下》《悉达多》《德米安》等。

混合了痛苦与愉悦的醇酒——或许诗人,便是为了美而付出代价的人,是甘愿将自己作为祭品摆在美的祭坛上的人。

正因如此,黑塞的主要作品无不或隐或显地包含着一个东方的沉思者的形象,而且十分罕见的是,这类形象具有一种无法割裂的完整性,即使被置于完全不同的时空,也仍然在总体上达成了统一。从他的早期作品到晚期作品,主人公们在宗教环境或世俗环境中,在青年、中年或老年的危机中,在古代或现代,在不同的文化环境和生存境遇中,被同一种慈悲的智性之光笼罩,结局迥异,但又归于同样的精神向度,最终凝结成一个晶莹剔透的、令人心醉的形象。这个既是多也是一的形象,既是诗人,也是漂泊者,当这个形象出现在二十世纪的星空之下,就必然要对应一个名字:赫尔曼·黑塞。

与生俱来的漂泊

赫尔曼·黑塞,诺贝尔文学奖获得者,显赫的隐士,世界公民,他的天才、他的精神配方和他的人生历程,早早地都在他的出身中埋下了端倪。黑塞的父亲是德国人,但出生于爱沙尼亚,母亲则是法籍的瑞士人,即是说,这一"异乡人"的身份,早就已经烙印在他的身上了。据说，若是要追溯血统的话，赫尔曼·黑塞其实是德国、法国、瑞士和英国的四国混血，这也使得他的民族或国家认同从一开始就是模糊的。他的父亲和外公都是牧师，家族的宗教氛围让他早早地专注于精神成长，即使是他的叛逆精神，也总是来源于崇高的内在追求，因此，他的作品总是具有极强的道德感和一种宗教式的升华体验。而当东方文明的醇酒掺进了赫尔曼·黑塞的灵魂，一座座迷人的文字建筑便在二十世纪的天空下接连升起，其中无不弥漫着智慧的芳香，一切顺理成章，却又像是奇迹。

从所有典型的黑塞式的作品中都不难找到佛陀、老子等东方智者的身影，这部分是出于叔本华的影响，但真正的源头却是来自他的外公。这位聪颖、博学的传教士曾长期在印度传教，在他的时代是一个马可波罗式的人物。在一篇名为《我与印度及中国的关系》的文章中，黑塞写道："孩提时起，我便从外部熟稔印度的气韵，我的外祖父、母亲和父亲都曾长期生活在印度，会说马拉雅拉姆语、卡纳达语、印度斯坦语，外祖父还懂得梵文，我们家里有许多印度的物件、衣服、织物、图画等，不知不觉中我已汲取了如此多的对印度的认识。"

沉浸在精英家庭的文化氛围中，早在接受学校教育之前，赫尔曼·黑塞的文学启蒙就已经完成。他七岁开始诗歌写作，并且展现了过人的天赋。之后，这个幼小的诗人进入了拉丁语学校，接受最为纯正的经院教育。他的人生轨迹似乎已经就此规划完成，而这样一种人生也堪称完美，简直像一个童话故事，阅读起来就像品尝一颗精致甜美的糖果，但是，对于一个极度敏感的灵魂而言，这同时也意味着一种致命的贫乏。

从少年时代起，黑塞开始大量阅读歌德、诺瓦利斯、艾兴多夫和荷尔德林等人的浪漫主义作品，以及印度和中国的古老经典，他的精神早已不是西方中产阶级的生活所能满足的。托马斯·曼称黑塞为"浪漫主义的最后骑士"，而在一个已被祛魅的时代，浪漫必将导致悲观。1892年，在毛尔布伦修道院就读期间，少年黑塞遭遇了严重的精神危机，他企图自杀，并以这种极端的方式迫使父母为他办理了退学。

十五岁的赫尔曼·黑塞开始了他的漂泊。在1892年至1899年，他辗转多个城市，在社会的底层谋取生计，从事过工厂学徒、书店店员等职业，成了这个正统知识分子家庭中的一个扎眼的叛逆。但对于黑塞来说，他的离开只是为了归返，正如他笔下的悉达多[①]，他踏出这

---

① 悉达多是赫尔曼·黑塞的中篇小说《悉达多》（也译为《流浪者之歌》）中的主人公。

一步是为了去远方找寻那已被离弃太久的精神故园。

在一篇名为《魔术师的童年》的简短回忆录里,黑塞写道:"这样美的家庭是我喜欢的,但是我憧憬的是更美的世界,我梦想的更多。现实从来都是不充分的,魔法是必要的。"这个文字的魔术师运用他的魔法在美与神奇中游历,吟唱着他的"流浪者之歌"。

从东到西,旅行是灵魂的容器

在《我与印度及中国的关系》中,黑塞写道:"我的一生有一半以上的时间都在从事印度和中国的研究——并非要谋取学者之名,不过是习惯于汲取印度和中国的文化和那虔诚的芬芳。"这"芬芳"所体现的是一种必须诉诸感受的欲望,自然要求一次全身心投入的朝圣之旅。1911年,三十四岁的赫尔曼·黑塞和他的画家朋友汉斯·施图尔岑埃格结伴前往亚洲,亲身去嗅闻那缠绕了他大半生的"芬芳"。在一段描写印度印象的文字中,黑塞隔空回应了这个象征:"在那里,我看见了棕榈树和寺庙,闻到梵香和檀香的味道。"

这次旅行几乎完全出于感性的冲动,未经充分的计划和准备,以至于最终由于花费远超预计而未能游完全部的行程,但却也因此保证了它的浪漫主义色彩——非得如此，才能使它成为一次流浪，而非一次访问。事实证明，这现实中的遗憾丝毫无损于精神收获的完满。此次未完成的旅行促使作家创作了一部美轮美奂的作品——《通往印度次大陆》，这本书洋溢着二十世纪初的东方游记中罕见的乐观和明艳的色彩。

在总共三个半月的旅程当中，他们穿越瑞士和意大利，在塞得港乘船，由苏伊士运河进入红海，再经过曼德海峡和亚丁湾，终于在经过了十余个他所谓的"甲板之夜"之后，抵达锡兰。

锡兰对于黑塞而言意义重大，是他在这颗星球上采撷的第一片东方的样本。在取得这一样本之前，黑塞瘦弱的身体已被远超想象的舟车辛劳折磨得苦不堪言："只有黑色的大海无边无际，上空是孤独的太阳，燃烧着仇恨的烈焰，我们的邮轮在中间缓缓前进，不知所往，漫无目的！我们看不到的那个远方，无论它是印度还是中国，都没有意义。我们面对的唯一现实是，我们像一个迷了路的小天体，飘忽游荡在荒凉浩瀚的太空，渺小而孤单。"

这段话不仅是一个疲倦的旅人因一时忧郁而生的感慨，更包含着一个现代思想者对于同时代人所面临的普遍境遇的忧思，而在他抵达锡兰的时刻，这一现实经历本身却反过来成为一个精神事件的象征：一个在思想的海洋中彷徨无依的泛舟者，终于遇到了一个可以停驻的港口。

于是，他凭着重新振奋的精神，描绘了那次激动人心的靠岸，就像在讲述一个辉煌的胜利："岸边高大的棕榈树，波光粼粼的大海和船上赤裸的水手，古老神圣的大地，在年轻的太阳那熊熊烈焰之中永恒地燃烧！蓝色的群山消失在云遮雾绕的缥缈仙境，峰顶光芒四射，在骄阳下勉露真颜。"

东方就像一个琳琅满目的道具盒子，在这个西方魔术师的面前打开。之后，在游历南亚和东南亚的过程中，无论是在马来群岛的原始森林，还是苏门答腊岛的巨港，或者是新加坡的中国戏院，这种象征的魔术一直在和他身上那种西方的忧郁相对峙，而"我们看不到的那个远方"在亚洲的土地和人民这里体现为一种强烈的张力：现代的东方既是患病者，又是疗愈者。由于这种双重形象导致的悖论，他寻找自我的旅行像是在天平上行走：自我永远在世界的另一端。从积极的意义上讲，这使他得以不息地追寻下去。

而另一方面，黑塞的东方并非一个文化概念，事实上它太具体了，以至于带有一种恋物的意味。可以这么讲，黑塞对于远方与异域的深情与一种显而易见的收藏癖相关。在黑塞晚年才结集出版的散文集《东方之行》

中，作家不止一次地在回忆中重温令感官迷醉的物的气息："零星小物无数次绕到各个感官提醒我、敦促我，唤起我的思念。""香料的气味，咖喱抑或姜的味道，或者所有气味中最有印度气息的檀木的芳香。"

这种摄取表象，再令其从自我深处喷涌而出的行为，其根本动力是灵魂自发的潮汐。在普鲁斯特或本雅明那里，这种"感官记忆"也被赋予了同样的重要性，因为它恰恰能将人的精神与外物进行一种彻底的沟通，在沟通当中，精神的空洞将被填充完整。这意味着，人或一草一木都是世界的一部分，这种同一性思维始终伴随着黑塞在异域不断行走的脚步："我想起了锡兰高地上那条绿色的小蜥蜴，那里距离皮杜鲁塔拉格勒山的峰顶如此之近，就在那里我跟它进行了一场奇异的对话，讨论动物和人，欧洲和印度。一刻钟的时间里我从它那里学到的比我之前努力十年所能学会的还要多。"

可以这么说，赫尔曼·黑塞如候鸟一般，用全部生命在西方与东方之间走过了一个来回，这对文化对跖点交替着扮演他的起点与终点，但黑塞的精神并未停留在这两者之中的任一，而是始终向着两者融汇交接之处跋涉。这个伟岸的灵魂始终在流动，在东与西之间的漫漫路途，才是它的河道、它的容器。

返回不可能回返的故乡

从某种程度而言,文化身份的模糊性不但是恰当的,还可能是幸运的——尽管这也许是一种可悲的幸运。正如众神翻搅乳海,便能从中收获神奇的宝物。从含混的身份之中,黑塞所获得的不仅仅是一种被现代化命名的多元视角,更是一种后退到存在本质的生命立场。

现代的西方,时间是线性向前的;古老的东方,时间则是循环往复的。前者使得一切都处于一种不可挽回的潮流之中,而后者则认同某种回返的可能。在西方与东方之间流浪的赫尔曼·黑塞,深刻地置身于矛盾之中,致使他有时悲叹道:"史前的世界,已无路折返,没有繁星似锦,森林、河流和大海何以安慰,福佑心灵。"但有时他偏又对这"已失去繁星的森林和河流"如获至宝,于是在他的笔下,河流"千折百曲,每分钟都会拐过一道别样的河湾",而森林则是"一片纷乱的绿色永恒"。在这种时而闪现的幸福中,"每个人都默默地坐着,讶异着,没有人去想,这种魔力是否会被打破"。

从槟榔屿到吉隆坡,从柔佛到新加坡,从占碑到佩莱昂,从巨港到科伦坡,再到康提,有一种用以怡情的小活动被过于认真地对待了：他像一只被放归野外的猫一样，迷上了四处扑捉蝴蝶。无论是在城市的公园及植物园里，还是在登山活动的间歇里，或是在徒步穿越热带丛林的行程中，黑塞似乎随时随地都会取出他的捕蝶网来。

他不是标本收藏家，更不会赞同杀生的行为，他的兴致全在于动作本身——屏息，追踪，跳跃，挥舞，沉重的肉身在刹那间仿佛消失，全副身心都被倾注于自然美丽而轻盈的生命力中。这种对自然的热爱与专注，从反面来说，表达的是一种避世的倾向，即由于在人世社会之中缺少真正的价值，只得转而走向自然。这只是一个猜测，但其合理性在于，若是可将一次旅行视为一个微型的人生，便可以为黑塞中年以后在提契诺的长期隐居找到一些心理根源。

旅程和生命都必有其始终，由于身体和经济都已无法支撑继续旅行的需要，黑塞只得提前结束了他的东方之旅。而旅行和人生最大的不同之处在于，旅行总是结束于开端之处——从那不勒斯到那不勒斯——但一个人又怎能返回自己生命的源起？所谓故乡，总是已经失落的，也许正因如此奥德修斯才不得不从伊萨卡再次起航[1]。黑塞一生都在渴望着故乡，因为这渴望，他遭遇了一次次精神危机，也因为这渴望，他始终以一种温厚的智慧来应对现代文明的一个又一个症状。

黑塞的印度次大陆之旅中，最为遗憾的是没能前往印度半岛的南部地区，毕竟那里的古老文化是作家的精神桃源之一，但这个遗憾之中也许恰恰隐含了一个新的可能。事隔多年之后，赫尔曼·黑塞写道："我通往印度和中国的道路并非要搭乘邮轮和火车，我必须独自找到所有那些神秘的桥梁。我必须停止在那里寻求救赎，停止对欧洲的仇视和摆脱欧洲的尝试，必须在感情和精神上拥有真正的欧洲和真正的东方，这条路持续了一年又一年，历经多年的痛苦、不安、战争和绝望。"而那个东方和西方在他的身上达成最终和解的时刻，便是归乡的时刻。

后来，在一篇名为《印度访客》的文章中，黑塞描写到了一位印度朋友的来访。此人是泰戈尔的学生和朋友，是一位"棕色皮肤的英俊男子"，他告诉这个西方

---

[1] 传说奥德修斯在回到故乡伊萨卡数年之后，组织船队再次出航，到达了炼狱山下，但最终船毁人亡。这个故事并非出自荷马史诗《奥德赛》，而是见于但丁长诗《神曲》的"地狱篇"和"炼狱篇"，其中提及奥德修斯时采用的是他的罗马化名字"尤利西斯"。

人——此间的主人——他的家让他想起了印度。黑塞写道:"他在我的房间里、在我的阳台上已经发现了这种印度式的安宁,这对我而言已经足够了。我指给他看,在逐渐昏暗下来的长满草地的山谷的另一端,第一颗星星正在山顶上方冉冉升起。"这种遍及整个空间的"印度式的安宁",如果不是来自主人的灵魂,又会是来自哪里呢?或许我们可以认为,这个流浪者恰恰在他的流浪之中给灵魂找到了安身之处。

1962年8月,赫尔曼·黑塞在瑞士的小村蒙塔纽拉逝世。可以这样总结他的一生:他既是那个在西方文化的边缘踽踽独行的荒原狼①,也是那个在东方文化的幽径中云游悟道的悉达多,而那位叫作克乃西特②的"玻璃球游戏大师"则是他最后留给世人的个人肖像:一个跋涉者,一个超越者,一个世界主义者,一个理想主义者和一个以精神海洋围护现实陆地的水系工程师。也许,他并非一个胜利者,但他选择的是一种最为高贵的失败方式:以灵魂牵引着身体的流浪与历险。

---

① "荒原狼"指黑塞的长篇小说《荒原狼》中的主人公哈勒尔。
② "克乃西特"是黑塞长篇小说《玻璃球游戏》中的人物。

从古典出发的现代之旅

即便勤勉不懈地抓紧每一分每一秒,也只是望得见地球表面的片段而已。

——阿诺德·约瑟夫·汤因比[①]《从东方到西方》

英国学者阿诺德·约瑟夫·汤因比为自己谋划了两种不同类型的旅行。其一是沿着时间之河逆流而上,回溯源头;其二则是在他像一颗棋子般落地的星球上,以棋子被允许的方式做最大范围、最大限度的逡巡。无论哪一种,都远远超出一个平凡个体的生命向度。

他的全部努力都在扩展时间与空间施加在他身上的规限,以至于当它们融合为一,再也难以分而视之。只有一个词语能够总括这一被他纳入自身的内在领域:文明。汤因比的精神与他所属的物种的整体生命产生了如此深刻的勾连,令他的知识成为人类智慧的一个不可忽

[①] 阿诺德·约瑟夫·汤因比(1889—1975),英国著名历史学家,曾被誉为"近世以来最伟大的历史学家"。他的十二卷巨著《历史研究》讲述了世界各个主要民族的兴起与衰落,被誉为"现代学者最伟大的成就"。

视的组成部分，使他的灵魂不断增殖，成为巨大的、不朽的事物。当跟随历史学家汤因比的脚步，回顾他的环球旅行的时候，我们必须将他的足迹视为人类全体的足迹，这个先行者所走的道路拓宽了人类的总体生命，因为他，我们也得以将目光投向深远之处，那些更靠近本质与根源的地方。

古典，处于时间上游的风景

1889年，阿诺德·约瑟夫·汤因比出生在一个知识分子家庭，母亲和伯父都是研究历史的学者。尽管他的父亲是一位出色的医生，但与外科手术相比，对于小汤因比而言，显然是那些浸泡在过往岁月里的历史典籍更具吸引力。他的出身与终身志向出奇地一致，仿佛静脉中流淌的历史学家的血液早早地便赋予他一种对于命运的体认。

青年时代，汤因比曾在牛津大学贝利奥尔学院攻读古典文学，后来又曾短期在雅典的考古学院求学，那是他走出英国本土的第一站。和欧洲的许多大知识分子一样，深厚的古典学背景和精通多种语言的才能使得他在弱冠之年就具备了成为一个伟大学者的智识条件。浸淫于古希腊罗马那些辉煌的创造之中，他的精神在更大的时空尺度中漫游，不仅仅使他更为自觉地扮演一个西方文明继承者的角色，也扫清了存在于许多西方人身上的固有偏见，使他能以一种世界视角不带偏见地审视各种文明的兴衰起伏。

在雅典就读期间，汤因比参与了大量考古工作，近距离观摩和探索古希腊以及希腊化世界的文明遗迹使他有了某种"目击者"才有的现场感。虽说无可挽回的时光猛兽般踏过一切，使这"现场"面目全非，但那么多的历史陈迹并置在同一个空间，被他一同感受一同触摸，不禁令他产生了这样的联想：岁月不可能抹掉一切，古代与现代虽然不同，但内在相通，甚至可以说，它们始终同时存在，只是或隐或显，以不同的方式呈现。

1912年5月，汤因比来到米斯特拉城堡，在城楼之上眺望迈锡尼遗址，那一刻他或是有了某些发现，或是被一种强烈的感受催促着记录了下面这段话："虽然梅尼莱昂的迈锡尼宫殿早在公元前12世纪就被摧毁了，米斯特拉城堡是在公元1249年建造的，二者相隔了24个世纪，但中世纪米斯特拉城堡的法国领主与迈锡尼时代梅尼莱昂的希腊贵族却有相通之处。"

这起初可能只是一个年轻学者过于感性的想法，仅仅出自灵感的启迪，未经理性培育成熟，但却使得汤因比下定决心要以比较研究的方式来分析古今历史，以期从中拣出那些"相通"的部分。可以说，他的文明史观正是在这种学术方法的基础之上逐渐酝酿成熟的。

1912年，汤因比结束了在雅典的短暂游学，回到英国之后在他的母校牛津大学贝利奥尔学院任教，次年与他的第一任妻子罗莎琳德·默里结婚。至此为止，他的学者生涯一帆风顺，并且看似还将继续一帆风顺下去，但也许每一个伟大的人物都非得以某种激烈的方式被抛入历史之海不可，否则终归难以获得那种波澜壮阔的推动力。

1914年，第一次世界大战爆发了。

一个现代人的环球旅行

前所未有的巨型战争不仅改变了整个欧洲的政治格局，更从根本上扭转了西方文明的走向，它像一道顽固的阴影笼罩着西方人的思想，提醒人们历史并非只会单一线性地向前发展。启蒙以来天真的乐观主义遭到了重创。正是在这一背景下，哲学家斯宾格勒[①]写出了影响深远的思想著作《西方的没落》，宣告这一拐点的来临，

[①] 奥斯瓦尔德·斯宾格勒（1880—1936），德国著名哲学家、历史学家，其代表作《西方的没落》出版于1918年，开创了"历史形态学"的研究路径，尝试以生物机体的规律解释文明的兴衰，一直以来备受争议。

而在这一历史契机之下,汤因比也开始构思宏伟的史学巨著《历史研究》。他的视角不再局限在西方,也不再局限于现世,而是给予世界范围内所有已逝的和现存的文明以同等的关注,因为单一文明必定会由稚嫩走向成熟,再由成熟走向衰亡,但在可见的将来,人类仍将继续存在下去。

1915年,汤因比暂时中止了他的学院生涯,加入到英国外交部政治情报司工作,并在不久后担任外交部研究处主任的职务。可以说,他的全球化研究始于政治,因为参与政治工作,他得以从大量的材料中全面地梳理和分析中东和中亚地区的历史问题。1921年希腊土耳其战争爆发,汤因比主动请缨,成为《曼彻斯特卫报》的战地记者,亲赴前线做采访工作。战争结束后,他又花了多半年的时间游历希腊和土耳其两国。在东西方文明交汇碰撞之地,战争的硝烟尚未散去,一种强有力的,任何书籍都无法比拟也无法传达的历史感给了他巨大的震撼。在此期间,他的第一部重要史学著作《希腊与土耳其的西方问题》问世了。这部著作的出版给作为历史学家的汤因比带来了巨大声誉,也为他此后开展分量更重、影响更为深远的研究项目奠定了基础。

战争是人类制造的最为壮阔也最为荒谬的景观,似乎这一可悲的物种必须尝试以自我残害来自我唤醒。古典学家汤因比以他亲身经历的两场战争给自己的生命做出醒目的标记,似乎如此才能牢牢地立足在他自己所处的历史土壤之上,成为一个无可置疑的现代人。

战争的噩梦使得汤因比在退休之后成为一个和平主义者和世界主义者,在他的余生,这位历史学家不断为二十世纪频发的侵略战争和种族灾难发出痛切的呼声,而在他这一时期的游记作品《从东方到西方》中,我们看到的是对于一切文明一视同仁的热爱。这位老人在倾心记录着他在这个世界上所能捕捉到的最后的美。他说:"柏拉图相当熟悉这个文明自我毁灭又自我重生的幻象。据他描述,这情景已经发生过,并且一而再,再而三地发生了。好吧,对我们而言,一次就已经太多了。"

1956年,六十六岁的阿诺德·约瑟夫·汤因比开始了他的环球旅行。

脚步不会停止,文明没有尽头

汤因比的环球旅行无疑少了很多惊险刺激,那种浪漫主义的西方想象在智者的头脑中早已褪色,但这仍然不失为一次值得纪念的壮举。

此次旅行共历时十七个月,从1956年2月开始直到

1957年秋季才结束。这位老当益壮的历史学家先由英国伦敦飞往纽芬兰岛,再经百慕大、巴哈马和牙买加,由哥伦比亚开始进入南美洲,又先后游历了厄瓜多尔和秘鲁,之后取道巴拿马运河,坐了二十天的轮船到达了新西兰,再由澳大利亚飞往印度尼西亚,接着是新加坡、越南、菲律宾、中国香港、日本、泰国、柬埔寨、缅甸,再由东亚和东南亚地区转往南亚的印度、斯里兰卡和巴基斯坦,在南亚逗留了两个多月后,他又花费了半年时间游览黎巴嫩、叙利亚、约旦、伊拉克、伊朗和沙特等中东国家,再从巴勒斯坦到以色列,最后由贝鲁特乘飞机返回伦敦。

如果只求"入眼",显然不需要这样一个漫长的过程,对于已经"读万卷书"的汤因比而言,"行万里路"的目的就是将过眼云烟一一吸纳"入心"。作为一个西方人,汤因比当然对西方中心主义再熟悉不过了,而他认为这种自负是毫无根据的,反而是那些更古老更原始的文明让他充满了敬意,正如在游览了新西兰的北岛之后他写道:"北岛典型的动物群既不是绵羊也不是人,而是黑暗又神秘的诸神……奥林匹亚的胜利者将剩下的那些死敌囚禁在新西兰,在地球上和希腊遥遥相对的地方。不管绵羊和人类的将来如何,怀拉基底下的提坦诸神会继续怒号,直到时间的尽头。"对于汤因比,这个世界的任何一个不起眼的角落，只要尚能找到一丝文明的痕迹，都值得更长久地关注、体验与思考。

"从东方到西方"，这一表述对于阿诺德·约瑟夫·汤因比来说，显然不止有地理意义而已，他的旅行也绝非仅仅在空间维度上成立。随着身体和目光的游移，他始终凭借自己的智慧辨认着文明的线索，在旧世界与新世界之间，在城市文明与农耕文明之间，在基督教文明、伊斯兰文明和佛教文明之间，他在细心地寻找分界和交融之处，关注着那些"跨越分界线"的地方、"多种宗教睦邻友好之地"和"参差多态之地"，并偶尔想象着一个取消了对立与误解的世界。尽管这看上去是那样的虚无缥缈，仿若一个梦境。他说："或许有一天，人类将利用原子能，取代风神来执行吹拉拖拽云朵的任务，比起自然变幻无常地乱来一气，将能够更加合理地分布云朵，使之为人类服务。届时，印度尼西亚可以通过灌溉澳大利亚广阔的稻田而过上舒适惬意的日子。"

1957年8月，在这趟旅程的终点贝鲁特，汤因比做出了如下总结："因为现代化进程发端于城市，以西方的设计思路来订立城市生活的标准，因此拉丁美洲和亚洲国家，城市与乡村的鸿沟如今已不可逾越"，而尤其值得注意的是，所有国家的首都，均已失去了任何特点，它们彼此"相像得就像豆荚中的两颗豆子"，"倘若人们的目标在于看看世上千篇一律的首都,那他不必大费周章收拾行李了"。这对于旅行者而言是巨大的灾难,幸而"乡村依然是真实的世界",正因如此,他的旅行"就总体而言并没有败下阵来"。

如今,我们反顾自身,不得不承认,今时今日,"豆荚里的豆子"是越来越多了,乡村的面目也早已变得模糊不清。与汤因比的时代相比,我们的生活距离"真实"更远了一些。不过,这位历史学家所践行的道路仍旧给我们莫大的鼓励,他告诉我们,这个世界还有许多未被充分认识的可能性,存在于我们未曾到过的远方,值得为之收拾行囊,扬帆远航。因为有某种永远无法被淹没的,必将比人类本身更加长久的精神实体始终在发出它的召唤,而要指称这样的事物和这样的现象,仍旧只能使用这一词汇:文明。

行走在文明的伤口上

我发现自己必须与这个世界进行最直接的接触。
——维·苏·奈保尔① 《幽暗国度》

2018年8月11日,印度裔英国作家维·苏·奈保尔病逝。在文学渐渐淡出公众视野的年代,这一事件不可能引发太多关注,更不会掀起一股阅读和讨论奈保尔作品的潮流。平静地步入群星之间,对于一位文学家而言,不失为一个合宜的归宿,毕竟,我们每一天都在遗忘,遗忘甚至就是我们存在的方式。但是,在某种意义上,文学的使命正在于对抗遗忘,所以有时,伟大的文学家及其作品会呈现另外一种时间特性:一切都在时间中暗淡、消逝,唯有它们被时间不断地抹净擦亮。

---

① 维迪亚达·苏莱普拉萨德·奈保尔(1932—2018),英籍印度裔作家,1957年发表处女作《通灵的按摩师》,2001年获得诺贝尔文学奖。奈保尔的代表作包括长篇小说《大河湾》,短篇小说集《米格尔街》和非虚构作品"印度三部曲"(《幽暗国度》《印度:受伤的文明》《印度:百万叛变的今天》)等。

从亮相文坛之初,奈保尔就被打上了"移民文学"的标签,这或许是他本人为跻身西方文学界而采取的一种身份策略,但无论如何,他的文学形象与他本人相得益彰,在他所处理的文学题材中,他自己便是一位"当事人"。奈保尔几乎终生都在进行非虚构写作,即使是他那些著名的虚构作品,也都有与纪实作品类似的关切与回应。因此,我倾向于将奈保尔的主要作品归类为"见证文学"。尽管长期以来,这一词语几乎成了那些与奥斯维辛有关的作品的专名,但与那个让所有人惊愕、失语的历史事件相比,我们这个惯于"视而不见"的时代或许更需要一位"证人"。

来自幽暗国度

关于奈保尔的出身,一个众所周知的事实是,他的父亲是一位文学爱好者,一个梦想破灭的理想主义者。那部半真半假的《毕司沃斯先生的房子》便是作家儿子为父亲修建的一座文学纪念碑。但可能只有少数人会留意到,奈保尔是一个婆罗门,在印度的种姓制度当中,他的出身十分高贵,正因如此,对于近代以来沦为殖民地的印度,奈保尔的家族可以称得上是"被流放的主人"。不难想象,作为移民身份的知识精英,在奈保尔的眼中，父亲的失落便代表了他所属的民族的失落。奈保尔出生在中美洲地区的特立尼达和多巴哥，从短篇小说集《米格尔街》的诸篇故事中可以部分了解他的童年，他出生和长大的街区是一个名副其实的"失败者的天堂"。这种环境之下，谈论所谓"归属感"或许是一件奢侈的事情。十八岁时，他获得了奖学金，前往英国牛津大学就读，不久之后，父亲的离世将他彻底推进了永远无法终结的"乡愁"之中。

这"乡愁"可以被视为奈保尔旅行和写作的直接动力，在这种动力之下，他写出了伟大的杰作，其中，"印度三部曲"尤为值得关注。当然，这几部作品的重要性是作者本人完全可以预见到的。奈保尔在成名之后，分别于1962年、1975年对印度进行了两次长时间的访问，并依据旅途亲历与调查所得创作了《幽暗国度》与《印度：受伤的文明》，至于《印度：百万叛变的今天》，据作家所说，是自1988年至2010年间的数次访问所一并促成的。

1962年，年仅三十岁的奈保尔独自一人前往印度的旅行无疑是一次寻根溯源之旅。这是他首次返回祖先的国度，而在此之前，对于他，"印度是虚悬在时间中的国家"。奈保尔在孟买登岸，他写道："初抵印度，令人触目惊心的现实宛如排山倒海一般直向我逼近。"在此后的旅途中,无论他如何挣扎,只能一次次地被这些现实所淹没。

印度不是从卡玛拉·尼赫鲁公园眺望的城市夜景,不是一座座帕西寂静塔,更不是翩翩起舞的宝莱坞美女,在橱窗般的景观背后是深陷在贫困、阴暗、肮脏、泥泞之中的人们。奈保尔说:"在这样的地方,悲悯和同情实在派不上用场,因为它代表的是一种经过改良的希望。我感受到的是莫名的恐惧。我必须抗拒内心涌起的一阵轻蔑,否则,我就得抛弃我所认识的自我。"

火车在旁遮普平原疾驰,驶入克什米尔地区……在马德拉斯,在西姆拉,在斯利那加城,在查谟,在艾旺提普尔城,在哈桑巴德城,乃至在德里……作家只能对美丽的景致和迷人的奇观做惊鸿一瞥,眼中所见,更多的是无法回避的苦难。

对于一个年轻人来说,对于一个理应对世界充满憧憬的人来说,这一切实在难以承受。正因如此,奈保尔将自己结束行程离开印度的那一刻称为"奔逃"。尽管如此,这噩梦般的旅程将转化为巨大的精神财富,因为痛苦总是比欢乐更接近真理。或许,这才是"幽暗国度"这个题目的真正含义。

历史夹缝中裂变的生命

在《印度：受伤的文明》中，奈保尔写道："在印度，我知道我是个陌生人，但我渐渐明白，我对印度的记忆，那些存在于我特立尼达童年里的印度记忆，是地上的一扇通向深不可测的历史的门户。"可见，印度，这个缺席的、幽灵式的、形而上的故乡，一直以来以一种秘密的方式塑造了作家的精神。

1975 年，在奈保尔的首次"归乡之旅"之后的第十三个年头，他应出版商的邀约，再次前往他那遥远的故乡。这次旅行带有更鲜明的目的，少了一些憧憬，多了一些有待澄清的困惑。或许，作家行前的心理状态会有些沉重，他说："印度对于我是个难以表述的国度。它不是我的家，也不可能成为我的家，而我对它却不能拒斥或漠视，我的游历不能仅仅是看风景。我离它那么近却又那么远。"

带着这样的认识，他第二次深入印度进行长途旅行，而这一次他的脚步踏入了岁月的渊薮。在维查耶纳伽尔王国都城遗址，他看到时间掉头返回，"它如此彻底地被夷为废墟……它自身就是过去的再现"；在比哈尔邦北部，他看到时间踟蹰不前，"对人类可能性的思考日渐减少，比哈尔北方看上去成了一个只会顾及眼前生活的世界"；在拉贾斯坦邦的班迪和科塔，他看到时间在加速流逝，他说这是一个"土崩瓦解的世界"。在奇特的多重时间状态下，印度似乎被完全地割裂了，迷信与科学、原始与现代、贫穷与繁荣……一切的一切在这里共存，并掺杂交织在一起。

奈保尔一次次地引用纳拉扬①的话，并以之贯穿了全书："印度会继续。"但如何继续？是重新恢复那种古老的平衡，还是迎来一种全新的、未知的生机？他提出了问题，但没有给出答案。他只说："二十世纪后期的印度看起来依然故我，仍然固守着自己的文明，她花了很长时间才明白，独立的含义远不只是英国人的离开。独立的印度，是个早已被挫败的国度，纯粹的印度历史在很久以前就结束了。随着'紧急状态'的出现，人们已经有必要抗拒新的印度衰亡的恐惧了。"

如果说，1975年的访问让奈保尔充分认识到"紧急状态"的发生，那么可以说，在其后的数十年间，作家对印度的数次大大小小的访问都围绕着与"紧急状态"相关的观察和思考来进行。"印度三部曲"的第三部，

---

① R. K. 纳拉扬（1906—2001），印度著名小说家，用英语写作，代表作包括小说《斯瓦米和朋友们》《向导》等。

《印度：百万叛变的今天》即是对于这期间所有见闻的一个总结。他的脚步遍及北方与南方，所到之处既包括孟买、德里、加尔各答、旁遮普等地，也包括那些连他自己也叫不出名字的贫瘠的乡村。

在新的世纪，一个年过古稀的老人，再次面对那个有关故乡的梦魇，他说："我必须对自己的世界诚实。它更具流动性，更难描摹。"他又说："印度是流动的，遍布这个广阔国家的男人和女人，背离了父辈、祖辈的狭窄道路和期望，希冀更多东西。"所以，到最后，问题随着对问题的接受而变得不再重要，伤口无法愈合，但在其中会孕育新的生机。

他者脸上的文明假面

即使在西方中心主义的视角中，印度文明的重要性也从未被低估过，即使仅仅作为一个镜像、一个梦幻，它也从未远离过文明的中央舞台。与之相比，在另外两块大陆之上，即在拉丁美洲和非洲诞生的文明，在西方人的眼中则很少有迷人的浪漫色彩，反倒长期以来被污名化，被指认为野蛮、落后、前现代。

1960年，特立尼达和多巴哥政府邀请刚成名不久的作家奈保尔赴加勒比地区进行了一次访问旅行，并建议他根据此行的见闻写一部非虚构作品,这部作品就是后来成书的《重访加勒比》。

在为期超过七个月的访问中,奈保尔到过特立尼达、英属圭亚那、苏里南、马提尼克和牙买加等国家和地区。那里是他的出生地,对于他而言,是一个既快乐又苦涩的地方,因此可以说,整个旅途都伴随着一种"失乐园"的记忆。他看到,整个加勒比地区都被笼罩在一种虚假的幻象之中。在这里"毁灭之路是真实存在的道路,是条宽阔得吓人又近在咫尺的道路"。究其原因,则在于这里拥有的仅仅是一种"借来的文明",生活在这里的人们只是这块土地上的异乡人。

当然,奈保尔也不会忽略另外一块至今仍在殖民时代遗留的酸液中不断被腐蚀的大陆:非洲。在 2010 年完成的作品《非洲的假面剧》中,他记录了四十多年以来在坦桑尼亚、肯尼亚、乌干达、尼日利亚和加纳等国家的见闻与思考。他曾亲临神圣的奥尼宫殿和闻名遐迩的象牙海岸,曾陶醉于壮丽的维多利亚湖和"仙界"般的卡苏比王陵,但非洲予他最深的印象却是"大地苦不堪言"。这里是名副其实的悲剧的舞台,而导致悲剧的种族问题、阶级问题,最终都可以归结为一个关于"他者"的问题,归结为一道文明的伤口。在这里,遍地都是被粉碎的神话,以及失去了荫蔽之后,突然暴露在西方文明的强光之下，以至于被严重灼伤的黑色皮肤。奈保尔如此做出总结："在非洲，白人为他们自身的文明建造了一个月球基地，当其土崩瓦解之后，黑人白人皆一无所获。"

我们生活在一个特殊的时代。从中心文化的、乐观的、优胜者的角度来说，这是一个全球化的时代；但从边缘文化的、悲观的、失落者的角度来说，这是一个后殖民的时代。也许，历史的进程不可能逆转，也许，我们可以确信世界正在走向进步、走向平等，但我们必须铭记那些做出牺牲的、那些受到伤害的人，这是我们这些较为幸运的人必须担负的道义责任。就此而论，未来的某一天，维·苏·奈保尔或许将被追认为我们这个时代最具代表性的作家。

语法灵猿在印度

> 我方才试着回答了墨西哥向我提出的问题；如今印度又在问我另一个问题，一个更为庞大且令人费解的问题。
>
> ——奥克塔维奥·帕斯①《印度札记》

在文学的世界地图中，墨西哥人奥克塔维奥·帕斯所处的位置略显特殊，他的私人岛屿由拉美、欧洲和东方的文学土壤一并捏合而成。民族性与世界性因为外交官的身份和大诗人的襟怀，在他的身上大致取得了平衡。作为文学家的帕斯，他的创作在本土神话、文学语言、现代政治和哲学玄思之间窜突扯动，打开了一个斑斓的时空。与其余那些"世界主义"的、"跨大陆"的诗人略有不同，在拉美和西方的二元构成之外，还有第三种文化强势介入帕斯的精神世界当中：复杂而迷人的

---

① 奥克塔维奥·帕斯（1914—1998），墨西哥诗人、散文家，1990年获得诺贝尔文学奖。其代表作为诗集《太阳石》、评论集《孤独的迷宫》等。

印度文明。

旅居印度的六年，对于奥克塔维奥·帕斯的生命至为重要，而这一古老的国度在诗人眼中和心中所形成的叠影，呈现出一幅别具一格的心灵图像。在"文学爆炸"的余波之中，这位1990年的诺贝尔文学奖得主，凭借这种异质性的养分，让自己的触角得以伸到拉美文学的墙外，甚至也突破了世界文学的既有边界。

腾跃于地球两端

在1995年出版的散文集《印度札记》中，帕斯以出自欧瓦尔神父[①]的引语开启全书："……为免重蹈相信没有对跖点的昔日哲人的覆辙。"既然这是一位年老的诗人在生命的最后阶段所书写的回顾性作品，那么将"对跖点"附会为帕斯自认的安身立命之本，也许不能算是全无根据的臆测。他的精神驱动着他的双脚，使得他无论站在哪里，足尖都始终朝向世界的另外一极。

1945年，三十一岁的帕斯被委派至巴黎的墨西哥大使馆，从事一份无足轻重的文职工作，也正是在此时，

---

① "欧瓦尔神父"指十七世纪智利的历史学家和地理学家，曾绘制了第一幅智利地图的阿隆索·德·欧瓦尔。

他开始尝试创作诗歌。战后的巴黎无疑适合于年轻的文艺灵魂,其时具有超现实主义倾向的帕斯像那些著名的超现实主义诗人和艺术家一样喜欢在巴黎的街头漫步。他写道:"它或许是我们文明特质最美的例证:稳固而不笨重,庞大而不致大得畸形,紧系着地表但有想飞的欲望。"

在这个西方世界的城市范本之中,帕斯漫游于广场、街道、咖啡屋、酒吧和朋友们的居所之间,这里与他所熟悉的拉丁城市既相似又不同,令他感受到旅居之乐,并使他的精神得以在闲暇中生长。但在1951年,一份突如其来的调职通知将他调离了这座博物馆般的城市,他的目的地是印度,这个古老的国家在几年前刚刚宣布独立,而一位墨西哥的诗人即将参与它的现代进程,见证它的改变和那些渐渐褪色的神奇。

奥克塔维奥·帕斯这样描述他那时的心情:"我知道是要调到印度后,略感安慰:宗教祭典、神殿、让人联想起逸事怪谈的城市、各种族与肤色齐聚一堂、像猫一样优雅有着黑色明眸的女人、圣徒、乞丐……"显然,神秘的东方对于那时的他而言,意味着潮水般的丰富意象。

诗人拖带着行李和友人赠送的《薄伽梵歌》便上路了。在身体抵达印度之前,他的灵魂已经在古老的吠陀梵音中事先为此行做好了准备。这一趟行程格外曲折漫长，因为他接到指令必须首先前往开罗与新任大使会合。不过这也给他的"对跖点之旅"增添了些许仪式感和传奇色彩。在开罗，由于大使临时改变主意搭乘飞机直飞德里，帕斯便带着提前买好的船票只身前往塞得港，在那里搭乘一艘名为"贝托里号"的波兰舰船，开始了一段横渡红海的航行。船在也门的亚丁短暂停驻，在那个港口城市，帕斯开始感受东方，那是熙来攘往的"覆着面纱、眼眸深邃如井水的妇女"，中国人、印度人和"仪表堂堂、神情严峻"的阿拉伯人。

无论如何，他知道，自己已经身处世界的另外一端。

行走于母语之外

"贝托里号"在"1951年11月的某个清晨"抵达孟买，多年以后，诗人忆起那幅情景，仿若在揣摩某种宿命。他写道："放眼望去尽是水银般的瀚海，远方有朦胧的山丘，几群飞鸟，浅淡的天空和几朵粉红色云絮……城市的白色与蓝色建筑逐渐浮现，一根烟囱的一缕烟，一座远方的花园中的赭色与黄色斑点……我身旁一个人倚在栏杆上叫道：'印度的门户。'"

那个填充了诗人对印度的第一印象的"门户"实际是一座纪念碑，是为了纪念英国国王乔治五世与其妻玛丽王后在1911年对印度的访问而修筑的，"是由十六世纪在印度古加拉特省风行一时的建筑样式引发的灵感"。而"在纪念碑后方，泰姬玛哈饭店的剪影在温暖的空气中晃荡着，宛如一个庞大的蛋糕；一种东方式的颓废，像一个巨大的泡沫，不是肥皂而是石头的泡沫，掉落在孟买的膝上"。

帕斯在印度的第一个朋友——诗人奥登[①]的弟弟小奥登告诉他，这座建筑的奇特外观是由于施工人员看错了巴黎建筑师寄来的图纸，以至于颠倒了朝向才造成的，但帕斯却认为"这项错误是刻意的，它显示了在无意识间对于欧洲的否定，以及对将那建筑物永远困锁在印度的期盼"。这与其说是一种猜测，不如说是一种神圣视角的"审判"，对于诗人来说，那是一个极具象征性的形象。抵达孟买后不久，帕斯前往位于孟买附近的象岛游玩，在那里他被印度的雕塑艺术深深震撼："所有的肖像都极其雄伟、坚固，仿佛采用一种太阳物质雕琢而成。肉身的美，变化成栩栩如生的石头。"可以认为，在诗人眼中，前一段引文中那个"刻意的错误"就是历史，后一段引文中那种"太阳物质"便是文明——

[①] 威斯坦·休·奥登（1907—1973），最重要的现代英语诗人之一，曾于抗日战争期间赴中国考察，其代表作包括诗歌《葬礼蓝调》、组诗《战争时期》等。

值得一提的是，帕斯以美洲印第安文明为素材的诗歌代表作名为《太阳石》，这当然也是一种"太阳物质"。

一个星期之后他从孟买搭乘火车前往德里，那是他人生中最重要的城市之一。在漫长的旅程中，另一种语言如同另一种空气，在迅速更新他的生命。他想起了他的祖国墨西哥，与印度相似，那里同样弥漫着西方人眼中的异国情调，同样充当着西方文明的他者。此时的印度，对于来自墨西哥的诗人而言，则成为他者的他者，这一双重性使得他眼中的一切景致和情韵都具有复合性的特质，令德里这座城市有时显得低俗丑陋，有时却又使人感到惊艳。

完全陌生的环境和暂时中断的语言能力将帕斯置于一种纯然的文学境遇之中，为他开启了全新的创作空间。

在无限中采摘诗的果实

对于奥克塔维奥·帕斯而言，有两个印度，一个是在尘世中历经沧桑的古国，一个是在精神中永恒流转的神奇。前者是有限的，而后者是无限的，几乎等同于宇宙。"湿婆神在另一个世界中微笑，那个天地间的时间是一朵飘浮的小云朵，那朵云不久就变成水流，水又幻化成一个苗条的少女，她就是泉水本身：女神巴凡娣。

这对神仙眷侣是幸福的形象,我们凡夫俗子只能享受片刻,这种幸福转瞬即逝。那种明确的、具体的、永恒的世界不是属于我们的。"而这一精神宇宙并非由印度教所独占,它的迷人恰恰在于包容性与丰富性,在于对佛教、基督教、伊斯兰教等宗教和精神现象的全面接纳。

帕斯在总题为《实与空》的系列随笔中全面探讨了各种世界观和宇宙观,提出了关于轮回、解脱和时空等问题的总结性和融合性的观点。他以诗性的语言描述了一位伊斯兰教国王胡马雍的陵寝:"往生者的灵魂已经消失,前往西方极乐世界,他的身体已成为一小撮尘土。一切都被转化成为一座以立方、半圆和弧形所组成的建筑:宇宙缩小成它基本的组合元素。时间静止,变成空间,空间又变成众多既坚固又轻盈的形体,变成另一个空间的创作,由空气制成。"

印度的土地上遍布着这种宇宙的模型,而毋论其出自哪一种宗教信仰。与欧洲相比,印度的建筑和艺术,在严整中包含刻意为之的不规则性,这是对于宇宙灵感的尊重,其中反映的是"光影与时间永不厌倦的嬉戏",美丽得有如梦幻。对于帕斯来说,要做完这个梦,仅仅六年时间是不够的。因此在1948年离开印度之后又过了十四年,在四十八岁的年纪,他再次重游旧地。那是一段"欢乐时光",也是一次更加充分和自由的旅行,他

"得以在亚洲的心脏地带中游历不熟悉的城市，见识奇风异俗，参观古迹名胜"。他还在途中邂逅了后来的帕斯夫人玛莉·荷西，他们在当地成婚，然后相偕出游。在缅甸、泰国、越南、柬埔寨、尼泊尔、锡兰和阿富汗，他不断地发现那些过往被遗落或忽略的东方和印度的碎片。

"我提起这些地名，宛若它们是符咒，仿佛擦拭它们之后便可召唤出生活形影、脸庞、景色和往日时光。它们也像是证明书，证明我在印度接受了数年的教育，而且不局限于书本。"

正是这种独一无二的教育制造了《东山坡》和《语法灵猿》，前者是最为出色的现代诗歌作品之一，而后者也许是最为重要的现代主义文学作品之一。

奥克塔维奥·帕斯的经历极好地展示了一个飘零世间的思想者如何通过使自身成为他者和将他者纳入自身的方式，将精神与现实融合起来，终于求得了一个个体灵魂的圆融与完整。也许，每一位精神上的巨人都有着类似的人生故事。

重回和谐之路

> 我所要做的,是将历史和辽阔的荒野装进自己的内心。
>
> ——加里·斯奈德①《大块》

对于东方的痴迷在二十世纪六十年代的美国是一个突出的文化现象,摇滚明星和"垮掉派"诗人热衷于身着宽袍大袖的东方服饰,在家中品茶论道,阅读俳句、唐诗。在他们看来,西方病入膏肓,东方就是一种治疗方案。多数情况下,这类偏好仅仅基于一厢情愿的想象,很快便会沦为一种在阶层内部流通的时髦符号。仅在极少数人的身上,它将继续生长、扩展,成为一种成熟的精神形态。

诗人加里·斯奈德是这股"东方热"的引领者之

---

① 加里·斯奈德(1930—),美国当代著名诗人、散文家、翻译家、禅宗信徒和环保主义者,"垮掉派"诗人群体的代表人物。主要作品包括诗集《砌石与寒山诗》《山河无尽》《斧柄集》,以及散文集《禅定荒野》《大块》等。

一，一副现代西方人的躯壳并未阻碍他从心灵上亲近那些遥远的时代和遥远的国度。他花费大量时间学习日文和中文，翻译中国古诗，阅读了大量的佛经和儒道经典。更重要的是，他曾长期居住于山野之间，过着一种纯正的东方隐士的生活。可以说，加里·斯奈德比大多数中国人或日本人更为了解古老的东方文明，以他的双眼为镜，有助于我们窥见自己灵魂深处的文化之源。

东方与前现代

加里·斯奈德1939年出生在美国旧金山，那里是嬉皮士文化的发源地。成年之后的斯奈德也确实深入地参与了这场影响广泛的文化运动，作为1975年普利策诗歌奖得主，他甚至可以称得上是"垮掉派"团体中的桂冠诗人。不过，他与东方文化的结缘却远远早于大胡子嬉皮士们谈经论道的时代。

在一篇散文中，他写道："在我九岁或十岁那年，我被带去西雅图艺术博物馆参观，为中国山水画深深震撼，那感觉比之前见到任何事物时都要强烈，或许至今如此……那次经历在我幼小的心中埋下一粒种子。随后我阅读阿瑟·韦利、埃兹拉·庞德翻译的中国诗歌，让这粒种子得到了雨露滋润。"

事实上，为这粒种子提供养分的并非仅仅只有书斋而已，更重要的是一种恰好与东方美学和东方思想相契合的生命体验：那便是对于自然环境的依恋和对于自然法则的深刻认同。可以说，在以加里·斯奈德为代表的，二十世纪中叶的美国青年知识分子的心目当中，西方文明的原罪之一便是对自然的背离。他们认为，自然本身便是最值得尊敬的智者和最应当顺从的君王。山与水是自然赠予人类的厚礼，淋漓尽致地呈现了其坚固和流动的两种面目，而且自然是十分公道的，它不偏不倚，在每一块大陆之上都置有同样美丽的山山水水。真正的问题在于，人们是否还具有见山是山的眼睛。对于一个现代人而言，这是一个重要的考验。

与"垮掉派"的另外一位代表人物杰克·凯鲁亚克类似，加里·斯奈德几乎称得上是一位探险家了。他在日本度过了整个二十世纪六十年代，期间，他在本州岛的山地徒步行走、攀登，还在活火山上留下过自己的足迹；二十世纪八十年代，他和艾伦·金斯堡等人组成了美国作家代表团，一起访问了中国大陆，并在稍晚一些时候到访过中国台湾。他沿着黄河和长江流域一路行走，既考察中国的环境，也观察中国的人心。在跨越文明的两极之前，作为西方知识分子，加里·斯奈德对于东方的想象天真得近乎梦幻，在他的心目当中，中国或者日本仍然处于一个"读圣贤书,立君子品"的时代,人与环境之间仍旧保持高度的和谐关系。这些设想固然美好,但显然不切实际,甚至有些自作多情。

在散文集《大块》中,加里·斯奈德回顾了自己在这个过程之中的心理变迁:"我开始根据文献记载和报道,检测土地本身的真实状况……中国与日本对待自然皆有独到、合理的见解,这在两国历史中都以精妙的方式得到明证。但我们发现,无论哲学思想、宗教价值观的影响有多大,大规模的文明社会都难以摆脱牺牲自然环境的行为模式。"

作为精神地形的山川

散文集《大块》得名于《庄子·大宗师》:"夫大块载我以形,劳我以生,佚我以老,息我以死,故善吾生者,乃所以善吾死也。"此处的"大块"一词即意指自然。一个现代的西方诗人之所以成为老庄的信徒,原因在于他感受到了现代性的破坏力,并且深知这种破坏力与一种被广泛接受的二元世界观相关。二元世界观将人类社会和自然环境区隔开来,提出了自然环境应当服务于人类社会,人类社会终将改造自然的观点。而以庄子为代表的中国道家思想却认为,人类社会产生于自然、成长于自然,事实上,它本来就是自然的一部分,因此无论人类个体或集体,最终极的发展目标便是让自身融于自然,达成"天人合一"。

对于加里·斯奈德而言,这不仅仅是一种理想的精神境界,更呼应着一种极为重要的现实关切。他想要借由古人的生活状态来思考这样的问题:其一,我们应当如何应对自身对环境所造成的不可逆的伤害?其二,难道我们所需要的幸福,一定要以牺牲环境作为代价来换取吗?

在谈及其在中国旅行的感受时,斯奈德屡次提及英国汉学家伊懋可的著作《大象的退却》。这部著作考察了中国云南、贵州一带的森林、水利等自然环境因素的变化,以及这些变化对于当地居民生活的影响。显然,加里·斯奈德非常清楚,他脚步所及的中国与他从典籍中读到的中国已是千差万别。但他仍然迷恋东方,仍然坚持在心灵中重构东方的理想形象,因为,在他看来,这是对于西方人,尤其是美国人所习惯的自我中心主义的一种有力的反冲。他认为,美国梦正在成为世界的噩梦,今日的中国和日本也受到这个梦的侵蚀,变得千疮百孔,但是,东方文明的基因之中本就埋有治病的良药,他们所需要的只是一次转身、一次回返。

作为诗人,加里·斯奈德热爱陶渊明和谢灵运,他在他们的身上看到了那"转身"的一瞬。两位中国古代诗人均从朝堂之上回到山川之间，自然治愈了他们在人世中所受的创伤。他们"沉溺于山水、丛林草木间，独自安营于高山之巅，整夜在月光下行走"，而他们的作品具有一种"对自然的中国式感悟"，反映的是"年复一年沉浸其中的状态"。

在《大块》中，诗人写道："在中国，山川始终是精神力量的焦点，也许这是早期萨满获得精神力量修炼成'仙'的栖息地。"在他看来，中国的山川不仅存在于地表之上，更是一种"精神地形"，它代表了一种以"和谐"为主要追求的文明形态。

文明的另一种路径

马克思将西方现代文明的症状称为"异化"，其突出表现便是失去了对环境的精神认同，失去了心灵的居所，即"故乡"。而加里·斯奈德通过他对中国以及日本文化的学习得出结论，这些历史悠久的，但在现代却渐渐退入边缘的文明都是以地域归属感和对大自然的崇敬之情为核心的。

在一篇名为《北海道之夏》的散文中，加里·斯奈德写道："曾有人问，你怎会成为一个万物有灵论者？

我说，我想应该是受原始森林中灵性的感召，它们闲荡在老树墩的上空，向我倾诉过往。"这位诗人并非想要在自己身上复活多神崇拜的原始信仰，他着迷的是"万物有灵论"所蕴含的一种绝对平等的观念，这种观念有助于人类从盲目的自大和自恋中清醒过来，从亘古不变的自然法则中学习如何与自然相处，如何与他人相处。事实上，人类的社会秩序和心灵秩序本来就与自然环境具有一种拟态关系，破坏性的发展策略不止伤害了自然环境，也在伤害人与人之间的有机联系，它最终将使人类社会走上自我毁灭的道路。

正是这种思想认知让加里·斯奈德格外关注一些少数族群的文明样态，其中包括日本北海道的原住民阿伊努人，以及居住在中国西南地区的苗族、彝族、壮族、哈尼族、仡佬族、黎族等。他称赞了中国的山地居民与自然共生共存的生活态度："值得称道的是，山林受到原住民（比经济上占主导地位的中国人更多）的保护和再植。原住民以山为家，把野生动物当作伙伴，这在他们的民间故事里对虎的称呼中即可看出，在神话传说里，老虎被称为'条纹兄弟'。"

正是从人与自然的亲密关系出发，诗人理解了东方人的生活、艺术，以及这块土地上的自然环境是如何相互辉映、相互交融、相互成就的。他不仅看过弥漫于富春山中的云雾,还透过黄公望的《富春山居图》,看懂了云雾背后的禅机;他看过广西的喀斯特石灰岩峰,安徽黄山山顶的迎客松,更在《芥子园画谱》中看到各种皴笔所呈现的岩石的脉络纹理。

可以说,在东方文明的意识深处,一草一木、一山一石,无不拥有灵魂,而人们在介入环境和改造环境之外,也从不忘记对自然的尊崇,从不懈怠与环境的沟通。王维的诗作《鹿柴》可说是这一思想的最佳体现:"空山不见人,但闻人语响……"加里·斯奈德对这首诗推崇备至,或许正因为他从中看到了那无比动人的瞬间。在那一瞬,山谷成了一个精神性的场所,人在其中消失了,似乎已经跳脱了肉身的羁绊,化为在四处回荡的人语之声:人与环境已完全融为一体。

加里·斯奈德的启示意义在于,他提醒我们,对于环境的肆无忌惮的破坏,其缘由主要在于情感的缺失:我们已经失去了对土地的依恋,并非世界遗弃了我们,而是我们自己流放了自己。要保护和修复环境,首先需要唤醒埋藏在我们心灵深处的情感,我们需要做的是让自己沉静下来,像古人那样,去全身心地感受如诗如画的自然。